ハヤカワ文庫NV
〈NV1395〉

殺し屋を殺せ

クリス・ホルム
田口俊樹訳

早川書房
7867

THE KILLING KIND

by

Chris Holm

Translated by

Toshiki Taguchi

First published 2016 in Japan by

HAYAKAWA PUBLISHING, INC.

This book is published in Japan by

arrangement with

LITTLE, BROWN AND COMPANY

New York, New York, U.S.A.

through TUTTLE-MORI AGENCY, INC., TOKYO.

カトリーナに――今一度、あるいは今初めて死を企んだ者が自らのその企みによって滅すること、これ以上に正しい法などこの世にはない。

——オウィディウス

おれたちは誰もがみな聖人ってわけじゃない。

——ジョン・デリンジャー

殺し屋を殺せ

登場人物

マイクル・ヘンドリクス……………殺し屋。元特殊部隊員
イヴリン・ウォーカー………………ヘンドリクスの元恋人
スチュアート…………………………イヴリンの夫
レスター・マイヤーズ………………ヘンドリクスの親友。酒場〈ベイト・ショップ〉店主
エドガー・モラレス…………………不動産会社のオーナー
ハビエル・クルス……………………〈コーポレーション〉の殺し屋
アレグザンダー・エンゲルマン……フリーの殺し屋
レオン・レオンウッド………………殺し屋
シャーロット（チャーリー）・トンプソン……FBI特別捜査官
ジェス…………………………………トンプソンの妹
キャスリン（ケイト）・オブライエン……トンプソンの上司。副部長
ヘンリー（ハンク）・ガーフィールド……トンプソンの同僚
エリック・パークハイザー（エディ・パロメラ）……組織の金を着服した男

1

マイアミのダウンタウンの通りは夕暮れの熱気にちらちらと揺らめいていた。スパイスと歌に満ちた濃い夏の空気に。ネオンとラム酒と暖かい海風が毒々しい期待を市《まち》に奏でさせていた。つまるところ、世界で一番精力的な市《まち》のひとつのありふれた金曜日の夜。それでも、その夜〈モラレス・インコーポレーテッド・ビル〉の現代的な広いポーチを歩いていて、ひとりの男が死ぬ現場に自分が一瞬でも居合わせることになろうとは、誰ひとり思ってもいなかっただろう。

エドガー・モラレスは自らの名を冠した、きらきらと輝く鋼鉄とガラスの建物の回転ドアを押して、太陽に焼かれたコンクリートの上に出た。空調の整った居心地のいい室内で一日過ごしたあとのことで、市《まち》の熱い息吹に一気に汗ばんだ。腕時計を見た。午後六時十三分。いつもなら彼の車は六時十五分きっかりに彼を拾いにポーチのまえにやってくるところだが、今日はいつもとちがっていた。モラレスの車はすぐにはやってこなかった。間に合わなかったのだ。修理に時間がかかり、彼の運転手はいつもより長く彼を人目にさらすことになった。そして、その長さは〈コーポレーション〉——キューバのマフィアは自分たちのことをそう呼んでいる——から彼を殺すために遣わされた男が仕事を果たすのに充分な長さだった。

マイクル・ヘンドリクスの都合からすれば充分とは言えなかったが。

ヘンドリクスは、米海兵隊専用の狙撃ライフルM40A3の望遠照準器を通して、同じ通りの四ブロック離れたところから——盗んで停めたキャディラック・エスカレードの運転席から——モラレスを見ていた。キャディラックのスモークガラス越しに見ているのと、馬鹿でかい車内を冷やすために頑張っているエアコンの振動とで、モラレスの像はほんの少し歪んでいた。車はヘンドリクスが数時間前にマイアミ国際空港の長期駐車場で見つけたものだ。クローム仕上げのリムの黒光りする車体、広い車内、どの窓もスモークガラス仕様——マイアミのダウンタウンで狙撃手が身をひそめるには完璧な隠れ蓑《みの》だ。もっとも、ヘンドリクスとしては、通りをはさんでモラレス社のビルに面して建っている、いくつものビルのどこかの上階に陣取れれば、そのほうがよかったのだが。上からの狙撃のほうが、標的をとらえるまえになんらかの障害に出くわす確率がはるかに低くなる。誰かに見られる心配も少なければ、逃走経路もより容易に計画できる。しかし、モラレス社のビルには出入口の上にろくでもない張り出し屋根があるのだ。その屋根のおかげで標的はそうした角度の狙撃から守られていた。そのため、ヘンドリクスはデザイナーズ・ホテルの駐車係に百ドル札をつかませ、ホテルの駐車場の奥の隅《すみ》に車を停める特権を得たのだった。そこからだと何にもさえぎられることなく、モラレス社のビルの出入口が見通せた。昔なら百ドルもあればこの市《まち》のホテルに泊まれただろう。が、今はそうはいかない。この界隈《かいわい》ではなおのこと。

彼は運転席に坐ってすでに一時間ほど、通りを走る車を眺めていた。エアコンは暑さと湿気を外に押しとどめようと、無駄な努力を続けていた。空気は重たくよどんでいた。風向計がわりに道路標識に布の切れ端を結びつけておいたのだが、駐車してからというもの、その切れ端はそよとも動いていなかった。ただ、風がないというのはヘンドリクスには朗報だった。風というのは重力に次いで弾丸《たま》の弾道を変える要因だからだ。風力というのは一定しているものではないから、まえもって計算に入れるわけにはいかない。一方、湿気のほうは初めから考慮しなければならない。これだけ湿り気を帯びた空気だと、弾丸《たま》の速度が明らかに減じられる。この湿気でこの距離だと、着弾点が優に三インチは下がり、三インチのずれというのは、ときに致命傷とかすり傷の差にもなりうる。

この蒸し暑さは最悪だ、とヘンドリクスは思った。脇にあるカップホルダーに口をつけずに置いてあるカフェ・コンレチェそっくりだ。よどんでいて、べたべたしていて、うんざりさせられる。ニューイングランドの北部の濃いグリーンとひんやりとしたブルーが恋しく思われた。ニューイングランドの太陽は真夏の一番暑い時期にさえ、森の奥深いところにある谷を暖めることができない。だから、ニューイングランドの水は一年を通して冷たい。確かにマイアミも美しい市《まち》だ。しかし、その美しさはけばけばしくて人工的な美しさだ。通りを歩いているシリコン入りの女さながら。

この市《まち》のものはすべてが不誠実に思える。

さっさと仕事を終わらせて、さっさとずらかるにかぎる。

照準器越しにヘンドリクスはモラレスが忙しい通りの左右を見やるのを見た。なかなか来ない車を探しているのだろう。コンクリートの階段を歩道まで降りてきた。布きれをやたらと節約した水着姿の日焼けした女たちが横断歩道の信号が変わるのを待っていた。そのすぐそばに立とうと、ビジネススーツを着た男たちがそれとなく競い合っていた。

「行くぞ」とヘンドリクスは言った。そう言って、イグニッション・キーを逆にまわし、エンジンを切った。が、バッテリーは切らなかった。彼のまわりの世界から音が消えた。車の振動も消えた。「もうシステムに侵入したと言ってくれ」

「とっくにしてる」と無線越しに答が返ってきた。「だけど、忘れないでくれよな。こういう警備システムは一流だ。五秒間隔で異常を検出してる。認可されてない命令がはいると、すぐに警報が発せられて、警察がすぐにやってくる」

「要するに、できないって言ってるのか？」

「ゴーサインを出したら、あとは三秒しかない。そう言ってるのさ。それ以上の余裕はないとね」

「だったら、おれが位置についたら」とヘンドリクスは言った。「その三秒を数えてくれ」

モラレスが歩道まで降りてきた。ヘンドリクスは照準器で現場を見ながら、ライフルをまず左に、次に右に動かした。そして、見えたものに満足げにうなずくと、助手席側の窓を開け、開けたところから標的を見ながら、ライフルを革張りの窓枠に固定した台座にのせた。

「位置についた」

いきなりその界隈の信号が変わった。いくつかの交差点の信号が緑から赤になり、車はどこからも通りにはいってこられなくなった。モラレス社のビルのまえから車がなくなった。横断歩道の信号も同じように変わり、モラレスのまわりにいた者たちが通りを渡りはじめた。

「3」とヘンドリクスの耳に声が響いた。

ヘンドリクスはゆっくりと息を吸って止めた。弾丸《たま》の背後で彼の体は本能的に複雑な数学の計算をしていた。熱気と気圧と海抜から生じる誤差を修正していた。彼の胸の中では心臓がゆっくりと規則正しい鼓動を打っていた。

「2」

彼の体はぴくりとも動かなかった。ただ引き金にかけた指にかすかに力が込められた。

「1」

雷のような炸裂音が通りに轟《とどろ》いた。

その音を聞くなり、モラレスは地面に身を伏せた。ヘンドリクスとしてもこれだけはモラレスを認めてやらなければならない。いい本能をしている——見たかぎり、モラレスはまわりの誰より優に一秒は早く反応していた。もっとも、結局のところ、彼のその自衛行動は不必要な反応だったわけだが。なぜなら、銃声が聞こえたときにはもう弾丸《たま》は彼のすぐそばを通り過ぎてしまっていたのだから。

ただ、モラレスにとって幸いだったのは、標的が彼ではなかったということだ。標的はハビエル・クルスという男だった――モラレスを殺すために〈コーポレーション〉が送ってよこした殺し屋だ。〈コーポレーション〉がマイアミのリトル・ハヴァナ地区で数当て賭博《ボリータ》で稼いでいたその昔、まだ下っ端だったその頃から数えると、クルスがこれまでに殺した相手は本人でさえ数えきれないほどだろう。

と言って、そんな彼に誰かが気づいたというわけではなかったが。ブリッケル通りをモラレス社のビルのほうへぶらぶらと歩いてきたクルス――ゆったりとした白いトロピカル風のシャツにリネンのズボンに麦わらのフェドーラ帽という恰好をした、人のよさそうな老人――とすれちがった人間がわざわざ彼に笑みを向けたとも思えない。彼のその鋼色の口ひげが唇の醜い傷痕を隠していることに気づいた者もいなかっただろう。その傷痕は警察官の警棒によってできたものだが、その警察官が翌朝の日の出を拝むことはなかった。また、クルスはいくらか足を引きずるようにして歩いていたが、それは年齢のせいでも坐骨神経痛のせいでもないことがわかった者もいないだろう。彼が足を引きずっているのは、〈コーポレーション〉を叩きつぶすことを自らの使命と考えた捜査官の妻が撃った二発の鉛の銃弾によるものだ。クルスは捜査官が市《まち》を出ている隙に、その捜査官の寝室に忍び込み、捜査官の妻に見つかってしまったのだ。彼女がすこぶるつきの美人でなければ――あるいは彼女が一糸まとわぬ裸身でなければ――クルスもナイトテーブルの上の銃に手を伸ばす余裕を彼女に与えたりはしなかっただろう。彼女はその銃を撃って、二発の銃弾を彼の脚にめり込ませた。一方、彼のほうは、寝室を血だらけにして、帰宅した彼女の夫の眼にとまるよう、彼らの四人の娘の写真の上に一本の薬指だけ残すと、州のあちこち六個所に彼女を埋めた。それ以降、その捜査官が〈コーポレーション〉のことを口にすることは二度となかった。

クルスとすれちがっても誰ひとり自分が今、そんな怪物と同じ場所にいることには気づかなかっただろう。が、クルスにとって不運だったのは、ヘンドリクスにはそれがわかっていたということだ。

さらにクルスにとって不運だったのは、ヘンドリクスは決してミスをしないということだった。

ヘンドリクスが引き金を引くと、クルスの頭が炸裂した。頭をなくしたクルスの体はモラレスからほんの数インチのところに、一瞬、立っていた。手にしたナイフの鋼の刃をきらめかせて。血まみれのフェドーラ帽をうしろに吹き飛ばされて。そのあと、糸を切られた操《あやつ》り人形のように歩道にくずおれた。

銃声の残響が消えると、パニックが惹き起こす音があたりの夜に一気に噴出した。人の声と車のタイヤのスキッド音。クラクションの洪水。遠くから徐々に近づいてくるサイレンの音。銃声を耳にした者は全員、日々聞かされるおぞましいニュースにある意味、鍛えられており、二発目の銃声、あるいは三発目の銃声、場合によっては五発目の銃声まで聞こえてくることを覚悟した。殺人者は自分の殺人台帳に数字をさらに書き加えるのではないか。誰もがそう思った。

ヘンドリクスは、ライフルを窓から車内に戻してスモークガラスの窓を閉めた。弾丸《たま》が飛んできた方向がわかるまでには、まだしばらくかかることが彼にはわかっていた。彼が逃げるのに必要な時間以上にかかることが。

「システムからは何も痕跡を残さずに出られるのか？」と彼は低い声で尋ねた。

「おまえ、誰に口を利いてると思ってるんだ？」声が彼の耳に届いた。「彼らには何もわからない」

「よし」とヘンドリクスは言った。「それじゃ引き上げよう」

「じゃあ、気をつけて」

モラレス社のビルのまえの歩道では、エドガー・モラレスがようやく立ち上がったところだった。顔面蒼白になって震えていた。彼を殺そうとした男の死体《もくろ》からどうしても眼が離せなかった。どれほど離そうとしても。初めから――高級住宅地化を目論んで、マイアミの治安の悪いグールズ地区にある安アパートを買い漁り、〈コーポレーション〉の麻薬セールスの拠点の浄化を始めたときから――こうなることがわかっていたら、彼の利他精神も彼の健全な自衛本能に席を譲っていただろう。いや、それでもなお今このときにいたるまで、彼には人殺しをする度胸など自分にはないことがわかっていなかった。たとえそれが自分の身を守るためであっても。

ポケットの中の携帯電話が鳴った。モラレスはまるで平手打ちでも食らったみたいにびくっとして、電話に出た。

「は——はい？」

「大丈夫か？」とヘンドリクスは言った。

モラレスはためらった。事実という観点に立てば、大丈夫などということからはどこまでも遠かった。それでもどうにか言った。「ああ。これはつまり私が払ったものはちゃんと受け取られたということだね？」

「そうじゃなければ」とヘンドリクスは言った。「あんたは今頃はもうそんな質問さえできないところに行っちまってたよ」

モラレスは笑った——張りつめた声で、動物が吠えるように笑った。「慰めのことばとはとても思えないことを言うんだね」

「だったら、こう思うことだ。これで人生をまるまる手に入れることができたって。これからはもっと真面目に取り組まなきゃならない人生がね。あんたと仕事ができてよかったよ」

電話はそこで切れた。

2

レマン湖南岸の涼しい八月の夜だった。ジャン＝リュック・ヴィアンの城《シャトー》はロウソクの光にあふれていた。そのさまは、艶《つや》のあるヴェルヴェット――柔らかな光が闇に吸い込まれるように、豊かな緑が黒へと変わるヴェルヴェット――を思わせるフランスの田園風景の中で、かすかに光る宝石のようだった。敷地全体が盛大なパーティのために飾り立てられていた。田舎の一車線の道からはいり、巨大な鉄の門と来客用エリアを過ぎて、母家《おもや》に至る石畳の私道には、高級車が列をなしていた。大半がＢＭＷかベンツだったが、ジャガーやベントレーといった車も数台交じっており、粗野な言動で知られるサッカー選手のカラヴァガスが運転してきた、ぞっとするような黄色のランボルギーニも停まっていた。彼も招待客に含まれているのは、ヴィアンの妻が強く主張したからだった。

今頃、あの嘘つきの牝牛《めうし》は、あの男を何室もあるシャトーの寝室のひとつに誘い込んでいるにちがいない。ヴィアンはそう思った。かくして今夜のふたりの振る舞いは、妻のこれまで同様のお遊びのひとつとして、パリからオート＝サヴォア県までのあらゆる夕食会の話題になるのだろう。

彼女が外務大臣の娘ということでなければ、彼のプライドが妻との離婚をとっくの昔に彼に決断させていただろう。彼らの結婚には、政治的、社会的な意味はあっても愛はなかった——それはヴィアンの願望からすると、権力の中枢においていささか知れ渡りすぎてしまった事実だった。

それでも、とヴィアンは思う。いくつもの欠点を抱えながらも、少なくとも彼女はパーティを愉しんでいる。一方、こっちには仕事がある。緊急電話会議に参加することを促《うなが》すメールが届いたのだ。それがどれほど火急の案件なのか。彼を雇っている会社のメールには何も書かれていなかった。

ヴィアンは暗証番号を書斎のキーパッドに打ち込み、開錠される電子音が聞こえるのを待ってから、部屋にはいった。ドアを閉めると、鍵が自動的にかかった。書斎には防音設備が設《しつら》えられており、弦楽四重奏の音楽と酔っぱらった客の笑い声が急にくぐもった音になった。

明かりをつけて初めて彼は自分がひとりではないことに気づいた。

「誰だ?」とヴィアンはフランス語でその男に尋ねた。「どうやって——」

「——ここにはいったか?」と招かれざる客はあとを引き取って言った。訛《なま》りはあるものの、場にそぐわない馬鹿丁寧なことばづかいで、すばらしいフランス語を話した。「ムッシュ・ヴィアン、あなたのような家柄と知性の持ち主がそこまで凡庸になることはありません——あるいは、とことん誠実になることもね。最初の質問はもちろん答が得られることを期待したものじゃありませんよね? そういうことを言えば、ふたつ目も。少し考えてさえもらえれば、私のほうは退屈な説明をしなくてもすむんですが」

ヴィアンは考えた。しかし、わからなかった。この男はいったいどうやって門を突破したのか？　どうやってすべての警備システムをすり抜けたのか？　招待客でないのは明らかだった。彼を雇っている会社は、自分たちの警護チームを提供してくれただけでなく、パーティに参加する全員の身元調査もおこなってくれていた。その招待客リストが届いたのはつい昨日のことだが、こんな男はその中にはいっていなかった。

だったら、はったりを利かせてはいったのか。この闖入者の服装は確かにパーティの参加者のそれだった。細身の黒いスーツに、糊の利いた、紫がかった灰色のシャツ、そのシャツに合わせたネクタイ。そんななりで今、ヴィアンの書斎の革の椅子に坐り、黒のオックスフォードを履いた足を机にのせていた。そのほっそりとした手はキッドスキンの黒い手袋に優雅に包まれていた。

しかし、はったりだけではこの部屋にははいれない――暗証番号を知っているのはヴィアンだけだ。ドアの鍵も暗号化された電話もインターネット回線も、それに部屋の防音設備も、そう、ヴィアンと彼の雇い主である会社が設《しつら》えたものだ。

そこでヴィアンにもようやくわかった。深夜に呼び出しメールがあったこと。この男の名が参加者リストに載っていなかったこと。ヴィアンの秘密の書斎まで侵入されてしまったこと。

雇い主である会社が雇用条件を見直したのだ。

闖入者はヴィアンの表情が困惑から絶望に変わったのを満足げに見ながら言った。「坐ってください」そう言って、足を机からおろすと、立ち上がりながらサプレッサー付きの銃をデスクマットの上から取り上げた。

ヴィアンは男の指示に従い、机の正面に置かれた背もたれの高い椅子のひとつに深々と腰をおろした。

「よろしい」と男は言った。その顔には笑みが躍っていた。「さて。どうして私がここにいるのか言ってください」男の顔は若くもなければ、老けてもいなかった――奇妙な老獪《ろうかい》さを思わせながら、その顔に皺は一本もなかった。これまで心配などとはついぞ無縁の人生を送ってきたかのように。髪は砂色がかったブロンドで、もしかしたら白髪も交じっているのかもしれない。いや、もしかしたら白髪など一本もないのかもしれない。ヴィアンは衝撃を受けた――このような劇的な出会いにもかかわらず――今からひと月後にこの男とすれちがっても、おそらく自分はまったくこの男に気がつかないだろうという事実に。

しかし、その一方で、ひと月後に誰かと道ですれちがうことなど自分にはもうないとヴィアンにはわかっていた。自分の人生は今ここで終わりを迎える……

「きみは私を殺しにきた」とヴィアンは言った。

闖入者は声をあげて笑った。「ああ、そうです。しかし、理由もわかりますか？」

「理由など今ここで重要なことか？」

「私の依頼人にとって重要なことは私にも重要ということです。なぜって、私はあなたにメッセージを伝えるよう頼まれたんですから。あなたの死はそのメッセージのただの最後のピリオドみたいなものです」

「わかった。だったら、そのメッセージを言ってくれ」

「あなたのスーダンでの仕事は受け入れがたい。そう伝えるよう言われました。それであなたには充分伝わるそうですが、伝わりましたか？」

充分伝わった。ヴィアンの雇い主はフランスの国防省からさまざまな業務を委託されている警備会社だ。書類上は。その会社は兵器と軍需品の製造販売、軍属との契約、戦略計画の立案なども請け負っている。これは公《おおやけ》の帳簿には載らない数字ながら、アフリカ大陸におけるすべての火器販売の四分の三を担っており、ダルフール紛争ではあらゆる側に兵器を供給していた。ヴィアンはそうした火器の販売を一時任されていたのだが、柔軟性が自慢の彼の道徳心にさえ、許容範囲というものがあることを知ったのだった。それで、その警備会社が国連・アフリカ連合の武器禁輸措置に違反しているという情報をひそかに国連に洩らしはじめたのだ。結局、これらの暴露はひとつも公にはならなかったが、それでもフランス国防省だけでなく、多くのNATO加盟国とも結びつきのある彼の会社は、七十億ドル相当の契約を失うことになった。

当然、ヴィアンは自分が関与した痕跡を消していた。だから発覚することはないと思っていた。

しかし、今となってはただうなずくしかなかった。否定するには遅すぎた。それでもこうも思った、少なくとも、自分はこれまでにやってきたことの中で唯一まともなことを自ら否定することなく死ぬのだ、と。

「そう、私はあなたからさらに情報を引き出すようにとも指示されています。訊き出せるなら、受け入れがたいあなたの行為にはほかに誰が関わっているのかとか。なんでもいいです。話してください」

「どうして話さなきゃならない？」とヴィアンはことばを叩きつけるようにして言った。「おまえはもう言ったじゃないか、私を殺すって。私の妻は人目につきすぎる人間だ。そんな相手にはおまえだって手出しはできない。おまえにどんな力がある？」

「いや、そうでもありません」闖入者はそう言って、ヴィアンの膝を銃で撃った。

ヴィアンは悲鳴をあげた。体じゅうの筋肉が一気に収縮した。椅子から弾かれたようになって床に転げ落ちた。膝の痛みは強烈だった。途方もなく熱かった。その熱さが股間を経由して広がり、みぞおちのあたりにとどまった。鉛のように。めまいと吐き気の波に体を揺さぶられ、意識が遠のき、視界の端がむらのある黒へと変わった。その間もずっと、防音壁の向こうでは、彼の苦痛とは無縁の客たちがそれまでと何も変わりなくパーティを愉しんでいた。

どこかで――千マイルも遠くに思えるどこかで――携帯電話が鳴っていた。闖入者は一瞬、ぎくりとしてから、スーツの上着に手を入れて、内ポケットから安物のプリペイド式携帯電話を取り出した。

「なんです？」と闖入者は嚙みつくように応じた。苛立って見せることで驚きをごまかした。「エンゲルマンか？」粗野で無教養な……アメリカ人？　彼の耳にはそう聞こえた。

「どうやってこの番号がわかりました？」

「うちの組織は以前おまえと仕事をしたことがある」と声の主は言った。

「〈評議会〉？」とエンゲルマンは尋ねた。〈評議会〉というのはエンゲルマンが仕事をしたことのある唯一のアメリカの組織だ。アメリカに拠点を置く主な犯罪組織の代表の集まり。イタリア系、ロシア系、キューバ系、エルサルヴァドル系、ウクライナ系、なんでもござれの集団。犯罪組織というのはたいてい競合するものだが、〈評議会〉ではそれぞれの組織の利害調整が図られる。アメリカの犯罪組織の大半は、エンゲルマンのような人間を指名するには偏狭すぎ、ファミリーはそれぞれ小さな縄張りの中で、自分たちのやり方でことをすまし、それぞれの組織の殺し屋は、求められたらどんな仕事もこなさなければならない。しかし、稀《まれ》にファミリー同士が手を組んで、組織外の人間を雇うこともないではない。そうすれば、どのファミリーが実際に手をくだすのか、リスクを負うのか、殺しにしくじった場合、どのファミリーが責任を負うのか、成功した場合、どのファミリーの手柄になるのか、そういうことを決めなくてもすむからだ。〈評議会〉はただ単にそれだけのためにも外部の者を雇う。エンゲルマンはそう理解していた。

そういう稀なときには――外部の者に仕事を頼むときには――彼らはとてもとても気前がいい。そうも理解していた。

「そうだ」とアメリカ人は言った。「頼みたい仕事がある」そこで間《ま》があいた。電話の向こうで人が泣き叫んでいるのに、そこで初めて気づいたようだった。「ひょっとして……その……まずいときに電話をしたのかな？」

「いや、全然」とエンゲルマンは言った。「実を言うと、あなたの電話で恐ろしく退屈なパーティから救われました」そう言って、携帯電話の送話口を胸に押しつけると、ヴィアンに言った。「すみません——出ないといけない電話だったもので」

エンゲルマンの手の中でサプレッサー付きの拳銃が三回跳ね——銃声はシャンパンのコルクを抜いた音ほどにも大きくなかった——ヴィアンの悲鳴がやんだ。もったいないことをした、とエンゲルマンは内心思った。ヴィアンは訊かれたことにはなんでも答えただろう。しかし、現実問題として損失はわずかだった。選ばれた者だけに与えられる仕事のことを考えると、ヴィアンは最も価値がある存在とは言えなかった。どんな情報に対してもボーナスが約束されてはいたが、そんなものは〈評議会〉が提示してくる額に比べれば、ものの数にはいらなかった。

「さて」とエンゲルマンは電話に戻って言った。「どこまで話をしたんでしたっけ？」

3

イヴリン・ウォーカーはフォルクスワーゲン・ジェッタを運転していた。そのフロントガラスに雨が一滴あたった。ちょうど細い田舎道を離れ、タイヤ跡のある未舗装の私道にはいったところだった。次の瞬間、空が割れて豪雨が解き放たれた。イヴリンはため息をつき、ワイパーのスウィッチを入れ、最速にした。それでも視界は百パーセントは確保できなかった。のろのろと徐行していると、タイヤが沈むのがわかった。彼女の車のタイヤが這っているタイヤ跡の窪《くぼ》みは今や泥水が激しく流れるふたすじの濁流と化していた。雹《ひょう》のような音をたてて、雨が車の屋根を叩いていた。

ヴァージニア州ウォレントンを出たときには晴れていたのに。彼女はため息まじりにそう思った。もっとも、驚くほどのことでもなかったが。急変するのがヴァージニアの夏の気候の〝趣味〟みたいなものなのだから。

カーヴを曲がると、ハンドルを取られてジェッタは左右に尻を振り、後部座席に置いた食料品がぶつかり合った。オフホワイトの農家の母家《おもや》が視界にはいり、私道の脇に密生している木々が広い芝生に変わった。イヴリンは夫のスチュアートのピックアップ・トラックの横にジェッタを停め、エンジンをかけたまま、雨が弱くなるのを少しのあいだ待ってみた。が、それはすぐには望めそうになかった。イグニッション・ボタンを親指で押して、車の振動を止めた。エアコンが止まると、すぐに外の熱気と湿気が車内に忍び込んできた。

車から降りることすら今は大変になっていた。腹のふくらみがわかるようになった数カ月前よりさらに。三回試み、最後に意を決して淑女らしからぬうめき声をあげて、やっと外に出た。ウェッジ・ヒールのサンダルの片方が水たまりの底の泥にめり込んだ。冷たくぬるぬるした泥が足の指のあいだにはいり込み、水たまりから足を引き上げると、サンダルが片方脱げた。

車の後部ドアを開けたときには、ふくれた腹にシャツがへばりつき、顔には髪が貼りついていた。食料品を後部座席から出すと――サンダルを履いた片足と素足の片足で斜めに立って――テラスのほうを見やった。テラスのフレンチドアが開いていた。スチュアートの姿はどこにもなかった。妙だ。四カ月前に妊娠検査薬に陽性の印が出たのを見てからというもの、ピクルスの瓶を開けたり、洗濯物の山を運んだりすることすらさせてもらえなくなっているのに――少なくともスチュアートが家にいるときには。彼が気づかってくれているのはわかっていても、正直なところ、常につきまとわれると苛々させられる。それはともかく、車を停めても彼が家から飛び出してきて手を貸そうとしないのは不可解だった。中身が飛び出しそうなほど食料品が詰め込まれた袋をふたつも抱えて運ぶ彼女の姿は、彼がすっ飛んできて、袋をおろすよう大声をあげてもおかしくない姿なのに。

やっぱりね、と彼女は内心思った。やっぱり助けというのは必要なものね。

「ハニー?」と開かれたフレンチドアに向かって声をかけた。室内の明かりはついていた。返事はなかった。

「ハニー?」もう一度呼びかけて、デッキへ続く階段をよろけながら上がった。腕の中の買物袋はびしょ濡れになり、左足が右足より数インチ下にあるせいで、どうしてもゆっくりとしたぎこちない足取りになった。開いているドアに近寄り、網戸越しに中をのぞいた。家の中は明かりが煌々《こうこう》とともっていた。これがスチュアートという人よ、と彼女は思った。スウィッチというものはすべてが右へ倣《なら》えにしないとスチュアートは気がすまない。そうとしか考えられない。しかし、彼の姿はどこにもなかった。

イヴリンは網戸の掛け金を見て、苛立ちまぎれの吐息を洩らした。ぎこちなく体を屈め——逆さまのコンマみたいに——前腕で買物袋を抱え込んで手首を曲げれば、この掛け金もはずれてくれるはず……しまった。左手に持っていた買物袋が破れ、食料品があちこちに散らばった。トマトがデッキを転がった。ひっくり返った卵のパックから卵の白身がにじみ出た。

いったい、スチュアートはどこにいるの?

イヴリンは、破れた袋に食料品を詰め直し、網戸を引っぱって開けた。そして、アイランド・キッチンのカウンターの上に買物袋をのせ、背後のドアを閉めようと振り向いた。床のタイルの上に泥だらけの足跡が続いていた。パティオのテーブルに買物袋をいったん置いて、ドアを開ければ簡単だったのに。そのことにそこで初めて気がついた。

ああ、妊婦の脳の働きの鈍さよ。

固い床材にあたる爪の音がして、アビゲイルが六歳のブルドッグならではの元気さでキッチンに走ってはいってきた。

「アビー、スチュアートは？」とイヴリンは尋ねた。アビゲイルは、来た方向を一瞬ちらりと見てからイヴリンに頭を掻いてもらおうと体を伸ばし、短い尻尾を嬉しそうに振った。そのあと空《から》の餌《えさ》入れのところに行き、見るからに悲しそうな眼でイヴリンを見つめた。

「どうしてパパに餌をもらわなかったの？」とイヴリンは繊細な線の顔を怪訝《けげん》そうにしかめて言った。アビーは知っていても言わなかっただろう。イヴリンはシンクの下からアビーの餌を取り出し、餌入れに入れた。アビーはがつがつと食べた。

「スチュ？」とイヴリンは呼んだ。稲妻がまたたき、雷鳴が家を揺らした。イヴリンはアビゲイルが出てきた居間に向かった。

戸口に近づくと、彼女の気持ちを根こそぎ揺るがすようなものが眼にはいった。

スチュアートの足。足の指のところに赤いストライプのある無地の白いスポーツソックス。その足の指は天井を向いていた。まったく動いていなかった。

イヴリンは口の中が一気にからからになった。鼓動が跳ね上がった。

「スチュアート？」と彼女は甲高い声で呼びかけた。その声が母家《おもや》の静けさをつらぬき、反響してモノマネドリの鳴き声のように返ってきた。慌てて居間の戸口まで進み、その少し手前で立ち止まった。

スチュアートは組み立て途中のベビーベッドの下敷きになっていた。釘と工具の海の真ん中で仰向けになっていた。彼女の呼び声を聞いて、急いで起き上がって坐ろうとしたところ、額を木枠にぶつけてしまい、まだ固定されていなかった枠組が彼の上に崩れてきたのだ。

「くそ――」と彼は悪態をつきかけ、そこで思いとどまった。このところ、卑語を言いかけては口をつぐむということを繰り返していた――イヴリンの子宮の中で発育しすぎて、耳に飛び込んできた罵声をすべて吸収した豆モヤシが、今から五カ月後に卑語を連発しながらこの世に出てくることを恐れるかのように。

「驚かさないで」と彼女は彼の恨みがましい視線を無視して言った。「すごく怖かったんだから！　呼んでも答えないし、アビーには餌をやってないし、それに……」

スチュアートはiPodのイヤフォンを耳から引っぱって、ぎこちなく立ち上がった。

「すまん――聞こえなかったんだ。きみが帰ってくるまえにベビーベッドを組み立ててきみを驚かそうと思ってさ――」彼はフレンチドアから雨が吹き込んでいるのに気づき、眉をひそめた。「でも、この説明書がひどくて。そのうち時間が経つのがわからなくなったみたいだ。驚かそうと思ったわけじゃないよ。ほんと、ごめん」

「わかるけど」イヴリンは眼に涙をにじませて、すでに泣いていた。どうして泣いているのか、自分でもわけがわからないまま。

「おい」とスチュアートは言って、イヴリンをきつく抱きしめた。妊娠による急激な気分の浮き沈み。彼女は自分の反応をそのせいにするだろう。それはスチュアートにもよくわかっていた。さらに、それがほんとうでないことも。「大丈夫。そばにいるから。どこにも行かない」

スチュアートは彼女をきつく抱きしめ、彼女のパニックが収まるのを待った。彼女の涙をキスで拭いて、寝室へ連れていった——何年もまえにカンダハールの北部のどこかの道端に仕掛けられた爆弾で死んだイヴリンの婚約者のことは、ふたりとも努めて考えないようにした。

夕暮れから夜になろうとする頃には、薄暗い空を背景に母家には明々《あかあか》と明かりがともっていた。スチュアートとイヴリンは階下《した》に戻ると、夕食の支度をした——ふたりとも疲れ、ふたりとも幸せで、ふたりとも満足していた。そのあと瞼《まぶた》が重くなるまで、足元にアビゲイルをはべらせてテレビを見てから、イヴリンがさきに脚を引きずるようにして、また寝室に戻った。ほどなくスチュアートもアビゲイルとそのあとに続いた。家のまわりを見まわったり、窓を閉めたり、施錠を確認したりして、そのぶん遅くなった。

ヘンドリクスはそんなふたりの様子を森の闇からこっそりと見ていた。何時間もそうしていた。それまで幾夜もしてきたことだった。見える明かりが寝室のテレビ画面の明滅だけになるまで見ていた。さらにその明滅も消えるまで。東の空が白みはじめるまで見ていた。それからレンタカーに戻ると北に——家に——向かった。

4

ニューヨーク州ユーティカのユニオン駅の駅舎は時代にも場所にも妙にそぐわない建物だ。ユーティカ市自体はモホーク川渓谷に位置する斜陽産業都市で、マンハッタンの雑踏から車で五時間ほどのところにある別世界だ。通りは荒廃し、人通りもまばらで、シャッターの閉まったままの建物があちこちに見られる。かつては住民に仕事を提供していた工場も板が打ちつけられるか、レンガでふさがれるかしており、そういう手当てがされていない窓は、何十年にもわたる破壊者の投石でガラスが割れたままになっている。

ただ、ユーティカの鉄道駅だけは——近頃は鉄道よりバスの利用者のほうが多いが——堂々とした見事なイタリア風の建築物で、ブロックまるまるひとつ分を占めている。ドーム型の天井に精巧なコーニス、内装には艶《つや》のある大理石がふんだんに使われている。常に曇っているニューヨーク北部のどんよりとした外光が射し込む天窓を支える円柱。ラッカーが塗られて光って見える背の低い木の長椅子。巨大な空間とは不釣り合いなその長椅子がその場に教会然とした雰囲気を添えている。駅には昔ながらの靴磨きスタンドに加えて、理髪店とレストランもあり、後者はかつてはアメリカのどの町のどの町角にも見られた伝統的なランチ・カウンターだ。

気まぐれな楽観主義。それがその終着駅を建てた精神だった。鉄道が王さまだった時代、マンハッタンのグランド・セントラル駅を設計したのと同じ設計者によって建てられた。しかし、その頃からすでにユーティカの命運は下降線をたどっていた。ユーティカの絶頂期はすでに近隣のエリー運河の全盛期よりまえに訪れていた。現在、駅は古い建造物として大事に保存されているというより、むしろ忘れ去られたような存在になっている。同じ回廊をさまようことを運命づけられた亡霊さながら。

過去五十年、ユーティカには有名なものなど何ひとつなかった――七〇年代から八〇年代にかけて市《まち》を支配した四つの犯罪組織の抗争を数に入れなければ。

アレグザンダー・エンゲルマンは民間飛行場から目的地へ移動するあいだ、運転手付きのリンカーンの窓からもの憂げに外を見ながら思った。バッファローとスクラントンの〈組織《アウトフィット》〉もそうだが、ジェノヴェーゼ・ファミリーやコロンボ・ファミリーのような大勢力の組織が、どうしてこんな場所でわざわざ血を流そうとしたのか。どうしても理解できなかった。この市《まち》がかつてどれほどの金を貯め込んでいようと、そんなものはとっくの昔に干上がってしまっているのに。それでも、この鉄道駅がすばらしい建物であることにちがいはない。それはエンゲルマンとしても認めないわけにいかなかった。だから駅を見て、思い直した――流血にはおそらく面子《めんつ》がからんでいたのだろう。

エンゲルマンが履いているカーフスキンのフェラガモの靴が、駅の大理石の床の上でこつこつと音をたてた。夏の暑さにもかかわらず、彼はダークグレーのウーステッド・ウールのスポーツ・コート、アイロンのかかったチノパンツという恰好で、白いシャツを一番上のボタンをはずして着ていた。鞄も武器も持っていなかった——唯一の荷物は小さな機内持ち込み用バッグで、それは〈評議会〉がチャーターしたジェット機に置いてきた。武器を携行して旅に出ることはなく、武器は必要に応じて仕事先で調達し、使用後に廃棄する。それが彼のスタイルだった。エンゲルマン以外に駅にいるのは、バスを待っているのだろう、髪をドレッドロックスにしたひどい服装の学生がふたり、ステロイドで増強した巨大な体をダークスーツに無理やり押し込んで、腋《わき》の下と腰のうしろと足首をあやしげにふくらませたマフィアがひとり。このゴリラが三挺もの銃を必要としている理由がエンゲルマンには測りかねた。足首のホルスターに手が届く柔軟性が筋肉をつけすぎた人間にあるのかどうか、疑問だった。といって、そうした品定めが重要なわけではなかったが。ただの習い性というやつだ。それ以上のものではない。この場に暴力は要らなかった。残念ながら。いや、ほんとうに。急いで地球を半周したので、エンゲルマンは疲れてもいれば、苛立ってもいた。元気づけの一杯をやってもいいところだった。

ゴリラに近づくと、ゴリラは頭をぐいと動かして、その先にある理髪店を示した。エンゲルマンはそのままゴリラのまえを通り過ぎると、店のガラスドアを押して一九五三年の時代に足を踏み入れた。

床は十セント硬貨大の六角形のタイル張りだった。もともとは白かったのだろうが、今では老人の歯のような黄色に変色し、目地もとうの昔に黒ずんでいた。腰まで高さのある大理石の上に張られた羽目板は明るい黄色だったのだろうが、それももう見る影もなかった。商品が高く積まれた小さな化粧台の上に丸い鏡が掛けられていた。もう何十年もまえに生産中止になったものだろう。エンゲルマンはそう見当をつけた。台付きのシンクのまえに、理髪店用の黒いビニールの椅子。ふちに白い線があしらわれ、凝った装飾が施されていたが、ブロンズの部分はとっくに光沢をなくしていた。

そんな椅子のひとつに男が坐り、そのそばに年老いた床屋が立っていた。坐っている男は背が高いのか低いのか、肥っているのか痩せているのか、なんとも言えなかった。体の大半が散髪用ケープの下に隠れていた。顔はひげ剃りのための蒸しタオルに覆われていて、鼻と黒くて濃い眉だけが見えていた。頭はうしろに傾けられ、鼻は空を向いていた。髪は撫でつけられていて、頭がそういう角度になっていても重力の影響を受けていなかった。

男はエンゲルマンの足音に指を一本立てた。男の手はそのときまで両方ともアームレストの端を軽く握っていた。灰色の髪に灰色の眼、皺のある青白い顔をした小柄な床屋はそれを合図に無言で姿を消した。

「なんとなくおまえはもっと背の高い男なんだと思ってたよ」と男は言った。粗野な感じのしゃがれた声で、二日前に電話してきた男と同じ男のようだった。

いずれにしろ、男はジョークを言ったのだ——眼を蒸しタオルで覆われ、エンゲルマンに男がよく見えないのと同様、男にエンゲルマンが見えるわけがなかった。エンゲルマンはにこりともせずに言った。

「そのうち教えてもらいたいものです。このあいだの夜まで使っていたあのプリペイド式携帯の番号をどうやって見つけたのか」

「まあ、そういうことにはならんだろうな。いいから坐れや」

エンゲルマンは坐らなかった。

男は肩をすくめて思った、少しはふてぶてしいところを見せたいのだろう。この男は呼ばれてやってきたのだ。確かに世界でも有数の才能あるプロの殺し屋かもしれないが、今、この部屋ではただの飼い猫だ。ライオンではなく。

「仕事がある」と蒸しタオルの下から男は言った。「駆除が必要な害虫がいる」

「その害虫には名前があるんでしょうか？」

「おれとしても教えたいよ」と男は言った。「名前がわかってたら、おまえを呼ぶまでもない」

「なるほど。つまりこういうことでしょうか。その男をどこで見つければいいのかも、どんな風体《ふうてい》の男かもあなたたちにはわからない。そういうことですね？」

男は苛立ちを隠すことなく言った。「はっきりとは、ということだ」

「だったら、男は何をしたのか。あなたたちをそこまで苛立たせるようなどんなことをしたのか。そこから始めたほうがよさそうですね」

男は背後のオーク材の化粧台のほうをあいまいに手で示した。「左側の引き出しを見ろ」

エンゲルマンは言われたとおりにした。引き出しの中には、書類でもはいっているのか、玉ひもつきのぶ厚いマニラ封筒がはいっていた。エンゲルマンはひもをほどいて中を見た。書類ではなかった。少なくとも中身の大半は。

写真だった。

光沢のある大判の白黒写真もあった。捜査報告書の中の写真のカラーコピーもあったが、大きく引き伸ばして、画像は粗くなっていた。ふちに印刷された文字も通常の五倍の大きさになっていた。それぞれの写真の裏面に日付と場所が小さな文字で走り書きされていた。その日付は過去三年までさかのぼれた。直近のものはつい二日前——エンゲルマンがここに呼び出される電話を受けた日のものだった。

どれも殺人現場の写真だった。

いや。ただの殺人現場ではない。殺し《ヒット》の現場だ。冷酷で、用意周到なプロの仕事であることをうかがわせる現場写真だった。

エンゲルマンは半ば呆然となりながら、それらを親指でめくった。そのうちの何枚か——たとえば、二〇一〇年十月のサンフランシスコや今年の一月のウィチタでの長距離からの殺人——は針の穴に糸を通すような、千二百メートルも離れたところからの狙撃だった。一方、グリーン・ベイやモントリオールのような、至近距離からのものもあり、そっちのほうは凄惨なものだった。前者は空港のセキュリティを過ぎたところでの殺傷で、後者は〈プラス・デザール〉でグノーの『ファウスト』のオペラ上演中に起きた絞殺事件だ。このふたつの接近してての殺しでは、エンゲルマンは前者のほうにことさら感心した。武器を携行して空港のセキュリティを通るというのは、不可能ではないにしろ、かなりむずかしいことだ。さらに、そこで殺人を犯し、誰にも気づかれずに逃走するというのは文字どおり離れ業《わざ》としかほかに言いようがない。それをこの男はやってのけていた。その姿が監視カメラにとらえられていたら、〈評議会〉はまちがいなくそれを手に入れているだろう。結局のところ、エンゲルマンも難なく見つけられたのだから。

「これがすべてひとりの仕事だと思うんですね？」とエンゲルマンは尋ねた。

「そうだ」

「すばらしい」とエンゲルマンはぼそっと言った。

「驚いたか」

「私の同業者はみんな自分の好みのやり方というものを持っています。それぞれぶれることのない絶対確実なやり方です。しかし、今見せてもらった仕事をした者はさまざまな手法の達人です。このようなスキルを持つ人間は世界でもそう何人もいないでしょう。そのスキルを自在に駆使できるとなると、さらに少なくなるでしょう」

「おまえにはできるんじゃないのか？」と男は言った。鋼のようにひんやりとした声音《こわね》になっていた。意に反して、エンゲルマンは不安の吐息を洩らした。これが自分をここにおびき出すための罠だったとしたら……？　そこで男がタオルの下から笑い声をあげた。「よけいなことは考えるな。おまえをはめるつもりはないよ。数カ月前、明らかにこの男の仕業と思われる事件があった。それ以来、こっちはおまえに目をつけてた。だから、一昨日こいつがマイアミで一仕事したときには、おまえはマイアミにいなかったこともわかってる。こいつは往来の激しい街中で四ブロック離れた地上レヴェルから、ある男の頭を吹っ飛ばした。信じられないことにな。それでその哀れなくそったれは地面の染みになっちまった」

「この写真の犠牲者は」とエンゲルマンは言った。「全員イタリア系マフィア《コーザ・ノストラ》なんですか？」

「何人かはな」と男は言った。「しかし、全員じゃない。エルサルヴァドルのやつもいる。ロシア系も。南アイルランド系もひとりいたな。実際の話、やられてない組織はひとつもないほどだ。しかし、おれに言わせりゃ、それは悪いことじゃない。誰も殺《や》られてないファミリーがあったら、殺《や》られたファミリーがそのファミリーを怪しむだろうからな。で、それがファミリー同士の抗争にもなりかねない。正直なところ、どこかのファミリーがほかのファミリーに指を突きつけるようになるのは、時間の問題だよ。どうにも怪しいって理由だけで。だから今やおれたちファミリーは——なんていったっけ——そう、一触即発の状況にいるんだよ」

「ゆえに〈評議会〉の出番になった」

「その〝ゆえに〟ってやつよ」と男は茶化して言った。「いずれにしろ、今は危険なほどファミリー間の緊張が高まってる。すぐになんとかしないと、戦争になっちまう。だから、この男を見つけて、片をつけてくれりゃ、おまえさんに百万出そうって言ってるのよ。殺しに必要なものはなんでも〈評議会〉が提供する」

百万ドル。

百万ドルに加えて、アメリカのあらゆる犯罪組織の協力。

エンゲルマンはどうにか興奮を隠した。感情をコントロールできなくては彼のような評判は得られない。

エンゲルマンは歯を見せて笑った。「ユーロでですね」

「なんだと?」

「百万ユーロということですよね」

椅子に坐った男は少しのあいだ黙ってから、うなずいて同意を示した。その拍子にタオルも動いた。

「大いにけっこう」とエンゲルマンは言った。「引き受けます。ケイマンの銀行口座の番号を教えますから、都合のいいときに送金してください」

「番号は教えてくれなくてもいい」と男は言った。「わかってるから」

エンゲルマンもこれにはさすがに驚き、固い唾を呑み込んだ。話題を変えて彼は言った。

「この男が仕留めてきた相手ですが、共通点はあるんでしょうか? 全員超法規的な組織に雇われていた者たちだったこと以外に」

「ああ。殺《や》られたやつらは全員が殺し屋だった。おまけに全員が自分たちの仕事の最中に殺《や》られてる」

エンゲルマンは聞きまちがいかと思った。が、そうではないことにすぐに気づいた。ひとりの人間があれほど多様な手口を示すということ自体、すばらしいことだ。が、標的が全員殺し屋だとは。しかも全員が仕事の最中に殺されているとは。そういうことがこの男のしたことをよけい偉大なものにしている。

「殺し屋が殺し屋を殺し、さらに殺し屋が雇われ、その殺し屋を殺して報復するというわけですね？」

「おれたちは問題を抱えてる。その問題を解決するのに、おまえには文字どおり百万の理由があるってことだ」

エンゲルマンはまた笑みを浮かべた。実際、彼にとってはそれ以上の理由があったからだ。これは十年に一度の難題だった。追跡するに値《あたい》する獲物だった。自分の身の安全を心配しなければならない十年に一度の仕事だった。自分に対処できるかどうか自問する意味のある仕事だった。もちろん、この男はアメリカじゅうの犯罪組織の協力など仰いでいない。それでもこれまでのところ、才覚ひとつでうまく切り抜けてきたのだ。

この男には、慎重の上にも慎重を期して対処しなければならない。エンゲルマンはそう思った。

合い見《まみ》えるだけでも誉《ほま》れとなりそうな男だ。こいつが何者であれ。相手がこの男なら報酬がなくても引き受けていただろう。エンゲルマンは内心そう思った。

5

携帯電話が鳴り、シャーロット・トンプソン特別捜査官はびくりとした。見るまえからジェスのEメールであることがわかった。今日はもう十五回もメールが届いていた。ジェスはシャーロットの妹で、大学を卒業してちょうど三年。自称アーティストにして、薬物とは美の女神をなだめてくれるものなどと真面目に言い張るウェイトレス。そんなジェスが躁状態になったときになだめるのがシャーロットの役目だった。しかし、今日はそんな忍耐も時間もなかった。張り込みのためのライトヴァンの後部に、ほかのFBIの捜査官三人と監視装備の山とともに詰め込まれ、すでに七時間を過ごしていた。ヘッドフォンを通して耳ざわりなアルバニア語を七時間も聞かされていた。彼女の隣りでは、支局の通訳――バシュキムという名のオリーヴ色の肌をした華奢《きやしや》な体型の男――が抑揚のない、感情のこもらない英語に翻訳していた。エアコンも扇風機もない七時間。ライトヴァンの車内は八月の暑さが増幅され、汗のにおいがこもり、捜査官はみな着ているものを肌に貼りつかせていた。ふたつの言語がひっきりなしに奏でる不協和音と脱水症。それに新しいパートナー、ガーフィールドの無駄なおしゃべり――もっとも、これは最後に彼女が黙れと怒鳴って解消できたが。いずれにしろ、それらのせいで、トンプソンは頭がガンガン鳴っていた。そんなときになによりも要らないのはジェスという〝頭痛薬〟だった。

彼女はため息をつきながら携帯電話をマナーモードに切り替え、グラヴボックスに入れた。三十秒後、携帯電話の振動音が聞こえた。グラヴボックスの中のヴァンの登録証をこすっているのか、その音がガラガラヘビの威嚇音のように聞こえた。

「痴話喧嘩？」とガーフィールドが悪戯心に眼を輝かせて訊いてきた。その日一日ずっとそういう調子だった。シャーロットは思った──何かそばで聞かれてしまったのだろうか。どれくらい知られてしまっているのか。しかし、ガーフィールドに妹の話はしたくなかった。ほかにも耳がいくつもあるヴァンの中ではなおさら。それにそもそも今は仕事中だ。〝悪いやつらを捕まえてくるよ〟。それは彼女が子供の頃、彼女の父親──現在はハートフォード警察の警部──が仕事に出かけるたびに言っていたことばだ。あの当時、そのことばは必ず彼女を笑顔にさせた。そして、彼女が大人になって唯一思ったのがそれだった。そのことを伝えたときには、父親に大いに驚かれ、心配もされたものだが。

監視用のヴァンは、北フィラデルフィアにほど近いポート・リッチモンドのアレゲーニー通りからはずれた細い脇道に停められていた。労働者階級の住む地域。ほとんどはポーランド系だが、アルバニア系の人口が近年上昇傾向にあり、ラトヴィア系、ウクライナ系、リトアニア系も増えている。コンドミニアムが林立する高級な地区がフィラデルフィアじゅうに出現しているが、そういった地区とはまさに対照的な地域。眼にはいる唯一の贅沢品と言えば、窓に取り付けられ、下のコンクリートに水をしたたらせているエアコンのみ、といった一帯だった。

通りに面した店の窓に掲げられている表示板は、リトル・ルイの店が閉まっていることを告げていた。が、実のところ、店には朝からずっとふたりの男がいた。男たちはトラックスーツに身を包んでいたが、その見た目から武器を所持しているのは明らかだった。ふたりはただ坐って酒を飲み、六時間の大半はサッカーにウォッカ、現実と想像の両方でのさまざまな性的体験に関するどうでもいい話をしていた。が、それもルフタル・ペトレラが現われ、行方不明の少女たちのことが話題になるまでのことだった。

ペトレラというのはまずいそうもないイタリア料理店の経営者だ。幽霊みたいに青白い肌、針金みたいな痩軀。地中海の太陽のキスを頰に受けたことも、心まで暖まるようなボロネーゼを食べたことも一度もないような顔をしていた。髪と眉は濃く黒く、イタリア系ではなく、どこかしらスラヴ系を思わせた。そして、言うまでもなく料理を学んだことなど一度もなかった。彼の叔父で、アルバニア系マフィアの地元のボス、トモル・ペトレラに命じられて人を痛めつける仕事が忙しすぎたのだ。

リトル・ルイの店の常連客――ペトレラの手下――にとってそうした事実はどれも大した問題ではなかった。痛めつけられる必要のある人々。ペトレラのリストに載っている人間に常連客はいなかった。

機関銃のような早口のアルバニア語のあと、バシュキムの抑揚のない翻訳が続いた。
ペトレラ：やつらは飯を食ったか？
紫色のトラックスーツの男：腹はへってないなんて言ってます。
ペトレラ：無理にでも食わせろ。栄養失調にでもなられた日にゃ、まともな値段じゃ売れなくなる。
ライム・グリーンのトラックスーツの男：あのブロンドがまた暴れやがって。ドアを開けたとき、エンヴァーの腕を引っ掻きやがったんです。
ペトレラ：だったら、あの女にはクスリを増やせ。逆らうよりクスリをもらうほうが楽なことを教えてやれ。そういう元気のいいのには割増し料金を払う客もいるからな。

バシュキムがトンプソンを見やった。その眼はもう充分ではないかと尋ねていた。トンプソンはヘッドフォンをはずした——怒りとアドレナリンで手がかすかに震えていた。この瞬間を三カ月待ったのだ。ホームレス・シェルターを念入りに調べ、ポン引きやストリート・ギャングを逮捕しまくり、電子送金を追跡しつづけた三カ月——すべてはミネソタ州ダルースから家出して死んだ少女と、その少女を利用できるだけ利用した男たちを結びつけるためのものだった。
トンプソンは指示を出した。

頭から爪先までのボディ・アーマーを着用し、武装した捜査官が瞬時に通りにあふれた——FBIのSWAT隊員。全員が黙々と正確に所定の位置についた。店の中にいる三人の男は少しも気づいていなかった。もう三人にチャンスはかけらもなかった。

破壊槌がドアに叩き込まれると、ペトレラとトラックスーツのふたりの男はとっさにテーブルから離れた。紫のトラックスーツの男は左に逃げ、偽物のマホガニーのカウンターの中に飛び込んだ。厚さ四分の三インチの中密度のファイバーボードが、フルオートマティックのヘッケラー&コッホから身を守ってくれるとでも思ったのか。捜査官は食堂を抜けて散開した。そんな捜査官を狙って撃ったりしなければ、その男も自らを守らなくてもすんだのだろうが、愚かにも発砲し、すぐにうんともすんとも言わなくなった。永遠に。

ライム・グリーンのトラックスーツのほうは、賢いとは言えなくても、本人の頭脳よりすぐれている本能に従った。裏口をめざして駆けだした。しかし、高度な訓練を受けている連邦捜査官が標的の背後にある路地を見逃すなどとどうして思ったのか。トンプソンには理解しがたかった。ただ、撃たれることなく逮捕されたので、そのわけはあとで訊けなくもなかったが。

ペトレラは別だった。自分のほうから反撃しようなどと思って、その場にとどまったりしなかった。ひとりで逃げ出しもしなかった。やはり評判どおりの男だった。SWATが行動を起こすと同時に、少女たちのところに直行し、自分に勝ち目はなくてもできるかぎり多くの少女たちを道連れにしようとしたのだ。

「捜査官」と無線から声がした。「ペトレラが地下に立てこもりました！　ドアは強化鋼製です。打ち破るのにはちょっと時間がかかります」

トンプソンは悪態をついてから言った。「やつは武装してるの？」

「まちがいないです！」

その答は隊員の返答よりさきにわかった。地下から射撃音が聞こえだしたのだ。

トンプソンはヴァンから飛び降りると、ほかの捜査官もそのすぐうしろに続いた。道路に立つと、手足のこわばりがいっとき忘れられた。残された少女たちに近づくための方法を必死に探して、まわりを見まわした。歩道上にある地下へのドアが眼にとまった。

そのドアは二枚の縞鋼板製で、へこんだところに錆のすじができていた。正面入口から数フィートほど離れた歩道上にあり、配達人がそこから直接、地下室に荷物を運び込めるようになっていた。把《と》っ手はなく、別の入口はどこにもなかった。が、霜が降りて凍ったり通行人に踏まれたりして、板の継ぎ目に少しだけ隙間ができていた。

「そこのきみ！」とトンプソンは近くにいた戦術担当捜査官に向かって叫んだ。「ハラガンを持ってない？」

戦術担当捜査官はベルトからその道具をはずすと投げて寄こした。一方の先端は暖炉の火掻き棒のように曲がり、もう一方の先端はバールのように平らな道具――SWAT隊員と消防士のお気に入りの道具だ。トンプソンは曲がった先端をドアの隙間に押し込んで引っぱった。錆びた蝶番《ちょうつがい》が軋《きし》み、縞鋼板の一枚が動いた。が、人が通り抜けられるほどには広がらなかった。ふたりのＳＷＡＴ隊員が手袋をはめた手で加勢したが、ろくでもない縞鋼板はそれ以上は動かなかった。

そのとき、さらに参加した三人目がすばらしいアイディアを思いついた。

その三人目――ハンク・ガーフィールドは組織犯罪課に転属してまだ二週間しか経っていなかったが、それまでは対〈マラ・サルバトルチャ（中米および北米に勢力をもつ大規模な犯罪組織）〉特別部隊で潜入捜査任務に就いており、残忍な〈マラ・サルバトルチャ〉に潜入しようと二年も費やした挙《あげ》句《く》、そのあとの半年は肩のリハビリに費やさざるをえなくなった男だ。〈マラ・サルバトルチャ〉の縄張りから北へ車で二時間ほど行ったところにある裏通りに面したカフェで、連絡《ハン》指令係《ドラー》と会っているところを〈マラ・サルバトルチャ〉に忠誠を誓う誰かに見られてしまったのだ。悪い場所に悪いときに居合わせ、さらにつきもなかったというほかはない。それでも、そのことから〈マラ〉の勢力がどこまで延びているのかがわかった。そのときガーフィールドは危うく命を落としかけたのだが、彼のハンドラーのほうはもっと不運だった。すでにこの世にはいない。ガーフィールドとそのハンドラーはプライヴェートでも親しかった。

ガーフィールドは彼女に許可を求めるべきだったのだろう。あるいは、許可は求めないまでも、少なくとも彼女に警告ぐらいはしたほうがよかった。しかし、しなかった。ただ、特殊閃光手榴弾をＳＷＡＴ隊員のベルトから引き抜くと、歩道上のドアの狭い隙間に放り込んだ。トンプソンはどうにか耳を守って体を反転させた。爆竹のようにけたたましく、罰あたりな太陽みたいにまぶしい手榴弾が炸裂するまえに。眼を閉じたにもかかわらず、そのあと優に五分は幽霊みたいな緑の残光がトンプソンの視界の中で躍りつづけた。

「ガーフィールド、何をやってるの⁉」

ガーフィールドはにやりとして言った。「これでもうやつは撃たなくなった。だろ?」

トンプソンは耳鳴り越しに耳をすました。確かに。もう銃声は聞こえていなかった。

そのすぐあと、SWATが地下の中のドアを破壊して、コンクリートの床の真ん中で意識を失って倒れているペトレラを見つけた。両耳から血を流していた。鼓膜が破れたのだ。

聞こえていた銃声は、地下室に連れていかれた十代の少女たちに向かって撃たれたものではなく、冷凍室のドアの錠を撃っていたものだったことがわかった。慌てて地下に降りたペトレラは、地下に降りるドアの外側のフックに掛けてある鍵を持っていくのを忘れたのだ。SWATの隊員がその鍵を破壊すると、その冷凍室は実質的には監禁場所だったことがわかった。中はうだるように暑くて熱くて、人の排泄物のにおいが充満していた。そこに、売春婦か白人奴隷として人身売買される運命にある少女たちがぎゅう詰めにされていた。全員ひどく怯えてひどく騒ぎ立てていた。それでも、とトンプソンは心の中で祈った。彼女たちも時間が経てば元気になるだろう。一般に思われているより人の心と体には回復力があるものだ。

いずれにしろ、彼女たちにしてみれば、大変な見物《みもの》だったことだろう。ゴーグルにヘルメット姿の武装した男たちが何人も冷凍室になだれ込んできたのだから。何週間もの窮屈な監禁生活ののち、彼女たちは地上に連れ出された。地上では、治療のためにセント・ジョゼフ病院へ彼女たちを搬送しようと、救急車が待機していた。

彼女たちが叫ぶのをやめなくてもなんの不思議もない。

少女がひとりずつ救出されるあいだ、トンプソンはリトル・ルイの店の薄汚い厨房に立ち、頭痛を和らげようと親指と人差し指で鼻すじを揉んだ。ガーフィールドはどっしりとしたコンロの上で煮立っている深鍋を見ていた。見るかぎり、厨房の不潔さにも少女たちの大騒ぎにも関心がないようだった。

彼は蓋を取ると、深鍋にスプーンを入れ、赤いソースに浸っているミートボールをすくい上げた。湯気が出ていてかなり熱いはずだが、それを丸ごと一個、口に詰め込んだ。ソースが顎に垂れた。

「何をやってるの⁉」とトンプソンは怒鳴った。

ガーフィールドは嚙みながら顔をしかめた。「おいおい、いいじゃないか。ミートボールは証拠でもなんでもないよ。腹がへってるんだ。丸一日ヴァンの中にいて、昨日の晩から何も食べてないんだから。ペトレラのことを悪く言いたくはないけど――すごくいいやつみたいだからね――こんなものが一口でも食える理由はただそれだけだ。しかし、あのくそったれが犯罪者の人生を送ってるのも無理はないよ。このミートボールのクソまずさと言ったらないね」

「特殊閃光手榴弾とはまた思いきったことをしてくれたわね」返すことばが彼女にはそれしか思いつかなかった。

　ガーフィールドは肩をすくめた。「とりあえずそれでうまくいった」

「今回はね」とトンプソンは釘を刺した。彼女に言わせれば、ガーフィールドというのは危険で、馬鹿で、生意気で損をしている。そういう男だ。傍若無人なところはストリート・ギャングが相手ならうまくいくかもしれないが、彼女の課が担当する、より組織化されたファミリーの犯罪を追うには、マイナスに働くこともある。きょうびファミリーの構成員も大胆で粗野なだけでは生き残れない。今やファミリーは企業であり、多国籍企業並みの経営をしており、深いポケットと長いリーチを持っている。忍耐と繊細さも併せ持っている。そんな彼らに対抗するには、こっちにも同等の忍耐と繊細さが求められる。「でも、少女たちが閉じ込められていたのが冷凍室じゃなかったら？」

　ガーフィールドは通りに面した窓を顎で示した。窓越しにペトレラの姿が見えた。意識をなくしてストレッチャーに縛りつけられていた。武装した捜査官がその脇を固めていた。ちょうど救急車に乗せられるところだった。少女たちはほかの救急車にふたりか三人ずつ収容されていた。「だったら——そういうことなら、泣き叫んだりされないぶん、少女たちを運び出すのが楽になってただろうね」

「すみません、ボス？」ヴァンの機材担当のリトルフィールドだった。トンプソンの携帯電話を手にしていた。「この二十分ずっと鳴ってます」

「妹よ」と彼女は言った。「一日じゅうメールしてくるのよ」

　リトルフィールドは首を振った。「ちがいます。電話がかかってきてるんです——本部からみたいですけど」

「あなた、私の電話を盗み見したの？」とトンプソンはいささか厳しすぎる口調で問い質した。

「ちらっと見ただけですよ」とリトルフィールドは身構えて言った。「重要な電話なんじゃないかって思ったもんだから」

そう言って、トンプソンに電話を渡した。電話は五回かかってきていた。すべてトンプソンの直属の上司、副部長のキャスリン・オブライエンからだった。五回もかけてきていながら、留守番電話にメッセージはひとつも残していなかった。

トンプソンは電話をかけ、作戦は成功したと報告した。

「よかったわ」とオブライエンは言った。「でも、その作戦のことで電話したんじゃないの。一昨日、マイアミで発砲事件があったんだけど、あなたとガーフィールドで行って調べてきてほしい」

「ええ、その事件はわたしもインターネットで見たわ。白昼老人が射殺された事件よね。でも、それがFBIの管轄だとしても、マイアミ支局で対応できるんじゃないの？　マイアミでの射殺事件なんて掃いて捨てるほどあるんじゃないの？」

「これはただの乱射事件じゃない。そう、〝ヒット〟よ」

トンプソンの全身を興奮のさざ波が走った——上司が慌てて電話をしてきたということは、これで事件解決となるかもしれないからだ。「被害者は？」

「ハビエル・クルス。〈コーポレーション〉の殺し屋」

「嘘でしょ」

「いいえ」

「目撃者は？」

「それはあなたが教えて、トンプソン特別捜査官——それがあなたの仕事でしょうが」

「次のフライトで向かうわ」

「そう言うと思った」とオブライエンは言った。

電話を切ったときにはトンプソンは笑みを浮かべていた。

「どうした？」とガーフィールドは尋ねた。材料はなんなのか、誰にも見当もつかないようなものを口いっぱいにほおばりながら。

「マイアミに行くわよ」とトンプソンは言った。「わたしのゴーストがまたやってくれたみたい」

6

〈ベイト・ショップ〉のドアに取り付けられているベルが鳴った。街灯に照らされた夜が放った一陣の冷たい潮風が中に吹き込み、酒壜をざわめかせ、銅を張った疵《きず》だらけのカウンターの上に居坐った。海から二マイルほど内陸にはいると、メイン州の夏の夜は人を役立たずにする。窓は開け放たれ、扇風機は〝強〟でまわされるようになる。が、その夜、カスコ湾の長さと同じ長さだけ延びているポートランド市は霧に包まれていた。

霧は夜の商売に水を差す。メイン州ポートランドのオールド・ポート――歴史的景観保護区で、改修された釣り桟橋と十九世紀の建築物で知られる――にあるどんな酒場の商売にも。〈ベイト・ショップ〉も普段は夏のあいだじゅう、日曜日も含めて繁盛している。すぐ近くのスペイン風の店ほど洒落《しゃれ》てもいなければ、同じ通りにあるアイリッシュ・パブのようなこの界隈の中心的存在というわけでもなく、市《まち》の半分ほどの店ともちがって、テラス席もなければ、海が見えるわけでもないのだが。おまけにカウンターの中にはレスター・マイヤーズがいて、彼は飲みものをつくるのが下手なことで知られていた。それが地元の人間には受けた。旅行客にまではいかなくても。

しかし、今夜はまさに閑古鳥が鳴くという始末で。レスターは十時半には店じまいをして、相当酔っている数人のロブスター漁師を夜に――家に帰るには古い敷石にとことん気をつけて歩かなければならない夜に――送り出した。それから窓のネオン・サインを消し、ドアも施錠したのだった。だから、ベルが鳴ったのは妙だった。

レスターはカウンターの中にいた。カクテル添加物用のケースをしまっていた。カウンターから身を乗り出して、テーブルの上にひっくり返してのせてある椅子越しに戸口を見た。どれほど身を乗り出しても、車椅子に坐ったままだと戸口は見えない。くそ四フィートのクソ背丈。彼は胸に毒づいた。二十八年と四カ月と十三日間、六フィート二インチの背丈があった身としては、いまだに脳がこの変化に完全に適応してくれていなかった。

「悪いが」と彼は呼びかけた。「もう閉店したんだ」

坐ったまま、いっとき耳をすました。しかし、誰かいるのかどうか、なんとも言えなかった。レスターはアフガニスタンの山々のあらゆる場所で、六年も特殊部隊の秘密工作に携《たずさ》わった男だ。だから、今では誰より繊細な耳を持っているのだが。

車椅子のタイヤを握り、もっとよく見えるように少しだけうしろにさがった。そのとき、衣ずれのような音がはっきりと聞こえた。

彼は動きを止めた。

音もやんだ。

数インチ動くと、また聞こえた。

「おい、面白くもなんともないぞ」とレスターは言った。そう言って、動くスピードを上げた。すばやく四分の一回転して、カウンターの端を通り過ぎると、車椅子の座面の裏にマジック・テープでとめてあるベレッタM9を握った。そして、車椅子を止め、戸口と向かい合った。構えた銃の照準の先には……何もなかった。

しばらくそのまま待った。いきなり動いたので、肺と腕が痛んだ。背後から音がした。慌てて振り返った。

ビールの栓を抜く音。

レスターは車椅子を半回転させ、音がしたほうに銃を向けた。その銃口がマイクル・ヘンドリクスの鼻すじにぴたりと向けられて静止した。

「やあ、レス」

レスターは銃をおろして言った。「おいおい――びっくりさせやがって！　今頃はおまえの罰あたりな顔が吹っ飛んでてもおかしくなかったんだぞ。しかし、言わせてもらうと、それでもっとましな顔になってたかもな。なあ、おまえ、ほんとにクソみたいな顔をしてるぞ。逃げるのに苦労したのか？　実は心配してたんだ、おれがあのシステムに長くとどまりすぎたせいで、逆に足を引っぱってしまったんじゃないかって」

「全然」とヘンドリクスは言った。「仕事はうまくいったよ。おまえの信号機操作は実によかった、魔法みたいだった」

レスターのハッキングは完璧だった。しかし、実のところ、それはヘンドリクスが望んだやり方ではなかった。クルスを殺《や》ったのは彼の好みに照らせば、綱渡り的なところが多すぎた。選択肢があったら、モラレスに手が届くはるか以前にクルスを倒す方法を選んでいただろう。が、今回は準備に充てられる時間が少なすぎた。ヘンドリクスに金を払う決心をするのにモラレスが時間をかけすぎたせいだ。

ヘンドリクスには一風変わったビジネスモデルがあり、請け負い殺人はやらず、また、いかなる犯罪組織のための仕事もしない。一般市民を殺したこともない。ただ、殺し屋だけを殺すのだ。ヘンドリクスというのは、誰かを激怒させたり、過ちを犯したりした人間を殺したいと思う者が電話をかける相手ではなかった。そもそも誰であれ、彼に用のある者が電話をする相手でもない——彼のほうから電話をするのだ。そうして彼から電話がかかってきたら、電話をもらった者はその電話に出たほうがいい。なぜなら、彼から電話がかかってきたということは、誰かがそいつの死をどこかで願っているということだからだ。

しかし、モラレスが躊躇《ちゅうちょ》をしたのも当然と言えば当然だった。こいつはおれの金をただ巻き上げようとしているだけではないのか。明らかにモラレスはまずそう考えたのだろう。億万長者でも二十万ドルというのははした金とは言えない。一方、〈コーポレーション〉がモラレスの首に懸けた賞金は二万ドル。ヘンドリクスが殺し屋を消す報酬はその殺し屋が〈コーポレーション〉からもらうはずの金額の十倍。額については交渉の余地はない。

それでも賢い者はその額を払う。支払わない者はそのことを後悔できるほど長くは生きられない。今回の場合、クルスが行動を起こす時間の六時間前になって、ようやくヘンドリクスの口座があるセイシェルの銀行からヘンドリクスにメールが届いた。つまり、モラレスがどう出るか、そのときまでヘンドリクスにはわからなかったのだ。

モラレスはモラレスで宿題をすませたのだろう。ヘンドリクスの存在についてはいろいろと噂があった。だからその噂の真偽を調べればよかった。エドガー・モラレスはこのあとも生きて、またいつか〈コーポレーション〉を怒らせるかもしれない。しかし、多くの場合、金で雇われた殺し屋は前任者が逆に殺されてしまった仕事には手を出さない。同じ目にあうことを望む殺し屋などいない。虚を衝《つ》くことがむずかしいとなると、殺しは一気にむずかしくなる。失敗したことで法執行機関の注意を一度惹いてしまうと、同じことをもう一度というのはほとんど不可能に近い。

それでも、しばらくのあいだはモラレスも身辺警護に気を配るべきだろう。あるいは、彼の会社の豪華なプライヴェート・ジェットに乗って国外に脱出し、ほとぼりが冷めるまで戻らないことにするか。ヘンドリクスの〝サーヴィス〟は一回かぎりのものだ。二十万ドルで生涯保証までは引き受けられない。

「クルスはちょろい相手だったか？」とレスターが尋ねた。「とんでもない野郎だと聞いてたが」

ヘンドリクスは肩をすくめて言った。「とんでもない野郎だった」

「だったら、どうして戻ってくるのに手間取った？　だいたいなんで今ここにいる？　歓迎しないわけじゃないが。おまえはすぐに家に帰りたがるものと思ってたよ」

「充電が必要だったんだ」とヘンドリクスはいかにもそっけない口調で言った。「で、時間をかけた。車で海岸線を北上してきたんだ。観光しながら」

「充電したのは顔つきを見ればわかるよ」とレスターは皮肉を言った。「だけど、その観光にはヴァージニア州がはいってるなんてことはないだろうな？　イヴリンの家のまえを通ったりなんかしてないだろうな？」

もちろん通っていた。それはもちろん、レスターにもわかっていた。ヘンドリクスのことがほんとうにわかっているのは、今はもうこの世でただひとりレスターしかいなかった。ヘンドリクスはもう死んだものとイヴリンは思っているのだから。

「元気そうだったよ」とヘンドリクスは言った。そのことば自体がすでに痛々しかった。

「それがイヴリンだ。もちろん元気そうだっただろうよ」

「今どれくらいいなんだ？」

やめろ、とレスターは内心思った。ヘンドリクスが家にまっすぐに帰らずにレスターのところに来たのはそのためだった。レスターはしらばっくれることにした。「なんのことだ？」

「よけいな芝居はしないでいいよ、レス。おまえが知らないなんて、おれが信じると思うのか、ええ？　おまえとイヴリンはフェイスブック友達だろうが。イヴリンともスチュアートとも」ヘンドリクスはその男の名前自体が卑語でもあるかのように口にした。「彼らのクソ結婚式にも招かれたんだろうが」

「招かれても披露宴には行かなかったよ」とレスターは車椅子を回転させて言った。「近頃はダンスがとんと嫌いになっちまってね」

「今どれくらいなんだ、レス？」

レスターはため息をついて自分の膝に眼を落とした。「そろそろ五ヵ月。予定日は一月だ。こんなふうになるからフェイスブックの彼女のフィードは見せたくなかったんだ」

ヘンドリクスはビールをカウンターに置いた。いささか強く。彼の咽喉《のど》にせり上がる苛立ちさながらビールの泡がグラスから跳ねた。彼はどうにか気持ちを抑え、跳ねた泡をカウンターにあった布巾で拭いた。

「なあ、おまえには同情してる。でも、何を期待してたんだ？　可哀そうに、彼女は今でもおまえは死んだものと思ってるんだぞ。実際、悲しみで気が変になりそうだった。それはおれたちも同じだが。ところが、あの日、おまえはあのドアからはいってきた」と彼は言って店の正面のほうを顎で示した。「まるでびっしり垂れ込めてた雲が切れたみたいに。そのときどれほどおれは救われた気分になったか、言ってもわからないだろう。だけど、おまえは彼女に会おうとしなかった。おまえにはおまえの理由があった。それはわかるよ。だけど、おれは今でもおまえは誤った選択をしたと思ってる。これはおれの問題じゃないよ。それもわかってる。それでも、二十六歳の女を未亡人のままにはしておけない。もう人生をあきらめろなんて言えるわけないだろ？」

「そんなことはしなかった」とヘンドリクスは言った。

「そんなことって何を？」

「未亡人にはしなかった」それはほんとうだった。ふたりはまだ結婚してはいなかった。ばかばかしい、と言わんばかりにレスターは鼻を鳴らした。「なぜなら、まだ結婚証明書を持ってなかったからか？　そんなことが彼女にとって重要だったとでも思ってるのか？　おまえは約束をして、彼女も約束をした。あとはもうどうでもいいことだろうが。あとはもうただの役人の仕事だろうが」

レスターが言っていることは正しかった。もちろん。しかし、正しいからと言って、ヘンドリクスも賛同しなければならないと決まったものでもなかった。


ヘンドリクスとイヴリンが出会ったのは、ヴァージニア州シャーロッツヴィルの郊外、ブルーリッジ山脈の丘陵地帯にあるアルベマール高校にふたりがかよっていたときのことだ。ともに二年生だった。イヴリンの家族はアメリカ南部の上流階級の典型だった。父親は大学で法律を教え、母親は専業主婦で、女の居場所は家庭という考えの持ち主だった。住んでいた家は赤いレンガ造りの大邸宅で、イヴリンの曾々祖父が、北部の侵略戦争と南部の人間が呼ぶ――彼女の家族はいまだにそう呼んでいる――南北戦争よりまえに建てられたもので、彼女の母親の考える主婦の役割というのは、使用人たちを顎で使って働かせることだった。

一方、ヘンドリクスのほうはそんな贅沢《ぜいたく》とはまったく無縁の子供だった。古着屋で買った、丈の合わない服を着た痩せた子供だった。イヴリンの両親は、そんな彼に対する蔑《さげす》みを南部の上っ面の魅力の奥に隠すぐらいは容易にできる、生まれも育ちもいい人間で、どうせふたりのつきあいは永続きするはずがないと高《たか》を括っていた。が、そんなふたりも、ヘンドリクスとイヴリンのつきあいが半年に及ぶと、ヘンドリクスとは口を利かなくなった。

　イヴリンとヘンドリクスは駆け落ちをした。古いピックアップ・トラックに乗り、北のニュー・ハンプシャー州に向かい、彼女の父方の一族のサマー・コテージに身を落ち着けた。そのコテージはイヴリンの母親がアウトドア嫌いなせいで、もう何十年も使われていなかった。その夏、イヴリンは週末にソフトクリーム売りのアルバイトをして働いた。ヘンドリクスのほうは、十八歳の誕生日が来たらすぐに軍隊に入隊しようと考えていたが、とりあえず建設現場で臨時雇いの仕事に就いた。所持金はふたり合わせて十ドルたらず。しかし、ふたりに心配事など何もなかった。粗末な森の家でくつろぎ、笑い、そして愛し合った。

　軍からもらえるヘンドリクスのわずかな給料は、イヴリンの大学進学資金に充てる。ふたりはそんなことも話し合っていた。法的に結ばれることも話し合い、ヘンドリクスの服務期間が終わったら、すぐ家族として生活を始めようとも決めていた。なんでも話し合った。肉欲と愛に溺れてまったく何も話し合わない日が続くこともあったが。

　どうしてすべてがうまくいかなくなったのか、振り返ってもヘンドリクスにはいまだにわからない。どうして自分にはあれほどの熱愛から身を引くことができたのか。神と祖国のために戦うことを義務と堅く信じていた少年が、殺しを請け負う冷酷な殺し屋になってしまったのか。

しかし、実際のところ、ことのなりゆきはいたって簡単なものだった。が、簡単と容易とは同じことばではない。

眼を閉じるたび、ヘンドリクスを悩ませる夢があった。結末を変えようとどんなにがんばってもいつも同じことになる夢だ。

その夢の中でヘンドリクスは基本訓練を終えたばかりの初々《ういうい》しい愛国者だった。ライフルの扱いがやっとわかる程度の新兵。それでも、戦闘地域での任務を初めて与えられ、そのことを誇りに思っている。任務は要人とその家族の警護で、その要人は思いやりのある年配の紳士だ。ヘンドリクスを妻と子供たちに紹介すると、任務とはいえ献身的な警護に対し、満面の笑みで応えてくれる。

ところが、夜になると男たちがやってくる。音もなく。死をもたらそうと。闇の中で、黒い服を着た臆病者たちがうごめく。彼は戦友たち、守らねばならない要人、要人の家族が殺されるのをどうすることもできず、ただ見ている。

どうすることもできないのは、彼自身咽喉を掻き切られてしまっているからだ。床の上にまだ温かい血だまりをつくり、野卑な笑みを浮かべ、ただじっと見ているのだ。

命が静かに尽きるとき――目覚めて、喘《あえ》ぎながら現実世界へ戻る直前――彼は死んだばかりの冷たい死人の幽霊があたりをうろついているのを感じ取る。

それが夜ごと見る夢の中のヘンドリクスだった——名誉ある死を遂げる兵士。しかし、現実にそんな兵士であったためしは一度もなかった。

現実の彼は夢の中の彼を殺す黒い服を着た男のひとりだった。

新兵訓練でまずある種の才能を見いだされた。それは密偵任務において利用価値ありと軍が認める才能だった。もっとも、彼自身は軍が彼に何を見いだしたのか、今でもはっきりとはわかっていなかったが。もしかしたら軍の戦略に関する本能的な理解、銃器や刀剣を扱う手ぎわのよさ、もしくは指向性爆薬に関わる才能といったものだったのかもしれない。もっと考えられるのは、心理テスト攻めによって、レントゲン写真に写った腫瘍の影のように判明した彼の心の暗い面だったかもしれない。キリング・カインド——生まれながらの人殺し族。心理テストは彼の性向をそのように分析していた。

それがどういうものであれ、軍はまちがっていなかった。ヘンドリクスは狩猟犬のような訓練を受けた。当然のことだ。特殊部隊は彼にとって世界をよくするための場だった。情勢を変化させるための。民主主義のために世界を安全な場所にするための。

しかし、彼の理想主義は長続きしなかった。

特殊部隊の任務はただの解毒剤のようなものだった。

彼の部隊は敵になりすまして自軍を攻撃し、敵の仕業に見せかける部隊だった。その活動は合衆国政府の命令によるものではあっても、軍による安全ネットも外交的な支援も得られないものだった。要するに、国防総省が公《おおやけ》にはしたくない任務だったということだ。

そして、そのほとんどが政治的な暗殺だった。

今でもヘンドリクスは自分も自分の部隊も世界平和に貢献したものと思っている。が、そうではない世界平和を脅かす存在を無力化した彼らの行為の大半は、合法的なものだった。が、そうではないものもあった。ただの殺人も。純粋で単純なただの殺人も。

夢に出てくる要人にしても殺される必要があったのかどうか、正直なところ、ヘンドリクスにはいまだに結論が出せない。ただひとつ言えるのは、妻と子供たちまで殺すことはなかったということだ。あるいは、要人の警護特殊部隊の隊員も。妻と子供たち同様、彼らもまた特殊部隊の精鋭チームにとっては、脅威でもなんでもなかったのだから。

それでも、ヘンドリクスの部隊は任務を遂行した。全員を殺した。

ヘンドリクスには今でもよくわからない。見たこと、やったことすべてを考えても、自分はどうしていまだにあの若い自軍の兵士に悩ませられるのか。あの若い兵士はヘンドリクスがナイフを持って要人を見下ろしているところに、ドアを蹴破ってはいってきたのだった。ヘンドリクスはその若い兵士がライフルを構えるまえに襲いかかり、兵士の耳から耳まで切り裂いて気管を断ち切り、兵士が死ぬとき発した中途半端な叫び声を聞いた。哀れな兵士は驚愕していた。どうしてこんなことになったのか。どうしても理解できないようだった。そういうことを言えば、それはヘンドリクスも同じだった。もちろん、すでに死にかけている兵士に対して、どうしてヘンドリクスが何をどう思っていようと、そんなことはいかなる慰めにもならないだろうが。

もしかしたら、ヘンドリクスはその若い兵士に親近感を感じたのかもしれない。自らの手は絶対に汚そうとしない者たちからの指令を受けるのに、すでにうんざりしていたのかもしれない。いや、もしかしたら、ろくでもない月の満ち欠けが影響していたのか。なんであれ、その若い兵士を殺したあと、ヘンドリクスは自分の殻《から》に閉じこもるようになった。イヴリンに手紙を書かなくなった。電話もかけなくなった。自分のやったことを考えると、自分が彼女の愛に値する人間なのかどうか、わからなくなったのだ。

死にたい。彼はそう思った。消えたい。そう思った。その願いはカンダハール近郊に仕掛けられた路肩爆弾が彼の部隊を吹き飛ばしたときに叶えられる。

部隊は任務を終えて基地へ戻ろうとしていた。偵察した丘陵地帯は市《まち》のすぐ北側で、休憩なしの七十二時間の行軍だった。全員意識がもうろうとし、文字どおり疲労困憊《ハン》していた。レスターが斥候だった。安全を確かめるため、標識のない未舗装路を進む二台の高機動多目的装輪車《ビー》のまえを歩いていた。ヘンドリクスは最後尾で周辺に眼を配っていた。

ハンビーが茶色い雑木林の近くを通ったところで、ヘンドリクスは何かを眼にした。それは繁みの中で音をたてていた。決められた手順では、無線連絡を取って、進行を止め、確認することになっていた。が、彼は何もしなかった。なんでもないと思ったのだ。結局、その判断はまちがっていなかった。それはどこででも見かける野ウサギで、彼らが近づくと逃げ去った。身を屈めて藪の中をのぞくと、

が、そのときだ。閃光と轟音と燃える金属と飛び散る岩で、高地の砂漠の静けさが引き裂

かれた。手製爆弾だった。もっとも、それはあとからわかることで、意識を失う寸前、これは地獄の怒りだ、とヘンドリクスは思った。

レスターは歩きながら居眠りをしていた。居眠りをしていなければ、何かしら気づいていたかもしれない。それはなんとも言えない。なにしろ真夜中のことで、アフガニスタンの反政府勢力は過去三十年以上にわたり、さまざまな占領者と闘ってきたのだ。仕掛け爆弾のつくり方などいくらでも知っており、それは誰にも見つけられなかっただろう。

もっとも、レスターが居眠りをしてしまったのは、どうせ誰にも見つけられないと思ったからではないだろうが。

しかし、いくつかの点においてレスターはまだ幸運だった。両脚を失っただけですんだのだから。二台のハンビーに乗っていた兵士は全員命を失った。最初の一台が爆弾――岩のかけらを包んだ二個のC‐4爆弾――を爆破させてしまったのだが、その一台は二台目の上に吹き飛ばされ、両方ともつぶれた。埋葬するために持ち帰れるものは何もなかった。ヘンドリクスは車道から三十ヤードも吹き飛ばされ、地面に叩きつけられて気絶し、何日も灰白色の土に埋もれたままになった。

レスターのほうは、戦友たちのために助けを呼ぼうと、麻痺した両脚の根元から血を流しながら二マイルも這った。そこで力尽き、死にかけていたところを定期パトロールをしていた兵士に発見されたのだった。ヘンドリクスの意識が戻ったときには――熱と脳震盪、それに飢えと低体温症のために死にかけていた――彼らの隊自体が登録から抹消され、彼らの任務も記録から消されていた。

そもそも彼らが今さら存在する理由がどこにある？　そもそも公には存在していないのだから。彼らの失敗同様、彼らの死も否定された。彼の部隊とその死について真実を知るわずかな者たちは、ヘンドリクスも犠牲になったのだろうと想像した。

ヘンドリクスが徒歩でアフガニスタンを脱出するのには一カ月かかった。最初は、野生児のようになって本能の赴《おもむ》くままに動いた。記憶も体もぼろぼろだった。ひたすら身を隠し、アフガニスタンという国に寄生して、健康を取り戻した。誰を信じていいのかわからなかった。だから反政府軍とアメリカ軍の両方のパトロールから隠れた。熱が下がり、脳の腫れが収まると、記憶とともに、自分が殺した罪のない人々に対する途方もない罪悪感が甦った。

彼は特殊部隊を辞めれば、普通の人間に戻れると思っていた。しかし、どうしてそんなことができる？　軍に関するかぎり、彼は死んだことになっていた――ということは、イヴリンも彼が死んだと思っているということだ。いや、これでよかったのかもしれない。彼は自分自身にそう言い聞かせた。自分がどういう人間――怪物でもあり、幽霊《ゴースト》でもある――になってしまったのか知りながら、彼女にまっすぐ向かい合って会うなど、とてもできることではなかった。だから、彼は南東部――険しい地形と部族支配のために越えやすい国境――をめざした。パキスタンをめざした。

パキスタンにはいると、新しい書類を集めて新しい身分をつくった――不自由で不完全な新たな人生をつくった。そして思った。こんな中途半端な存在でさえ自分のほんとうの価値よりはまだましなのではないか、と。

殺し屋を殺すという仕事はある種の報復だった。罪のない人間を殺すことに一度でも同意すれば、どんな目にあおうと、それは自業自得というものだ。殺人を生業《なりわい》とする者を抹殺するのは、ある種の公共サーヴィスみたいなものだ。そう思ったのだ。

自分が選んだ仕事の皮肉はもちろん彼にもわかっていたが。

いや、もしかしたら彼がこの仕事を選んだ動機はもっと単純なものだったのかもしれない。ただ単に殺人が得意だったからかもしれない。ほかに何もできないから殺しているのかもしれない。

あるいは、彼が今でもこの仕事を続けているのは、いつか形勢が逆転し、誰かが彼を葬る日が来るはずだと思っているからか。

そうなっても文句は言えない。彼はそう思っていた。

7

シャーロット・トンプソンは携帯電話を耳にあて、マイアミ警察本部の建物のまえの歩道を行きつ戻りつした。汗が脇腹を伝っていた。ガーフィールドのほうは建物の中にいて、空調の整ったロビーの比較的快適な環境を享受していた。ふたりがやってきたのはもう一時間以上まえで、それからずっと彼らの対応をしてくれる連絡担当者が現われるのを待っているのだった。その間、トンプソンの妹のジェスは二回彼女に電話をかけてきた。用件は躁病がもたらした、テキーラつきの男性問題のようだった。そういう問題を解決するのがいつのまにかトンプソンの役目になっていた。身内の恥をガーフィールドに聞かれたくなかったので、彼女は外に出て電話に出たのだ。

マイアミ警察の建物は、錆色と赤色の砂漠の砂の色をしたタイルがアクセントになっている、ずんぐりとした堂々たる建築物で、シティセンターの少し東、ビスケーン湾からはほんの数ブロックというところにあった。クルスが最期を遂げた場所からは二マイルちょっと。背の低いコンクリートの防壁がすべての側面にあり、擁壁、あるいは排気ガスで窒息しているヤシの木のためのプランターのように見せかけてあったが、およそ本気の偽装《ぎそう》とは思えなかった。〝装飾に欠ける建物の装飾〟にしか見えず、誰の眼も騙せていなかった。実のところ、それは銃眼付きの胸壁で、建物と中にいる人間を通りからの襲撃、もしくは車による突入から守るのが目的だった。麻薬や銃の密輸業者、テロリスト、ギャングの巣窟のようなマイアミでは、警察本部が襲われるというのも、あながち考えられないことではないのだ。

「いい？」とトンプソンは電話に向かって言った。「彼はその子と一緒に帰った。でも、彼はそのことをあなたに言うべきじゃなかったなんて、わたしはそんなことを言ってるんじゃないのよ、ジェス。彼の携帯を盗み見るのはものすごくいい考えとは言えないって言ってるだけよ」

トンプソンは昇る朝日の中で萎《しお》れていた。それでも、ジェスの話はいつまでも終わらなかった。トンプソンの額から汗が噴き出していた。歩きながら袖でその汗を拭って言った。

「彼が信頼できないなら、寝ないほうがいいと思う」

トンプソンが脇を通ると、白髪をブルーに染めた鉤鼻の老婦人が特大のサングラス越しに、蔑《さげす》むような視線を向けてきた。首を傾げているその様子は漫画のフクロウを思わせた。

「その子にメールで返事を出して、とっとと失せろなんて言うのはもってのほかよ」ジェスがいきり立って言い返してくるあいだ、トンプソンはしばらく黙った。「だってまちがいを犯したのは彼なんでしょ？　その子じゃないんだから。いい、ジェス。彼がどれほどハンサムかなんてわたしにはどうでもいいことよ。あなたは彼にはもったいない人よ。そう、嘘じゃないわ」

時間はかかったものの、トンプソンはどうにか妹を説き伏せることができた。それでも、警察本部のロビーにまたはいったときにはもう、彼女の忍耐力はすっかり摩耗《まもう》していた。見るかぎり、ガーフィールドは落ち着いたものだった。着ているスーツもぱりっとしていた。ネクタイはなんともけばけばしいものだったが、きちんと結ばれていた。シャツもきちんとアイロンがけされていて、ボタンもきちんととめていた。ペトレラを捕まえたあとの数時間で仮眠を取り、シャワーを浴びて、着替えまでしてきたのだろう。その間、トンプソンのほうはホテルのベッドに腰かけ、ノートパソコンを膝に置き、次の捜査に必要な書類仕事を片づけ、クルス殺害に関するファイルを熟読していたのだ。これでもう四十時間寝ていなかった。シャワーも浴びていなかった。にもかかわらず、夜がふけても彼女の脳は活動をやめなかった。無理やり眠ることもできなかった。これはほんとうにゴーストの仕業かもしれないのだ。

「言ってくれよ」とガーフィールドがファイルを膝の上でぱらぱらとめくりながら言った。トンプソンがレンタカーのフォード・フォーカスを運転して、空港からマイアミ警察本部まで向かっていたときのことだ。「その〝ゴースト〟っていうのはいったいなんなんだ？」

混み合う朝の一一二号線を走りながら、トンプソンはその質問ににやりとした。面白がってというより、そのことばに関する自信を表わす笑みだった。〝ゴースト〟というのは最初はジョークだった。彼女は同僚の捜査官が気づくはるか以前から、〝ゴースト〟が関わっていることが考えられる事件を捜査していたのだが、最初の頃は同僚から容赦なくからかわれた。彼女は自分の仕事をこよなく愛していたが、FBIは旧態依然としていた。本質的には古きよき少年クラブだった。だから、どうしても女性捜査官の勘には男性捜査官のそれより疑問を多く投げかけられることになる。彼女は気にしなかった。彼女には自分が正しいことが心のどこかでわかっていた。このゲームには新しいプレイヤーがいる。才能豊かな誰かが。きわめて危険な誰かが。FBIのレーダーにはまだまったく映っていない誰かだ。

それでも、彼女の同僚は彼女が自分のホワイトボードに新しい殺人を加え、自分のファイルに新しい報告書を加えるたびに、彼女をからかって言ったものだ。「トンプソンのゴーストがまたやった!」実際、彼女が自分のリストに載せた事件が程度の悪い殺し屋の犯行だったことがあとからわかるなどということも――初期の頃、彼女は犯行のパターンが特定できず、捜査の網を広げすぎていた――それこそ枚挙に遑《いとま》がないほどあった。

しかし、犯行パターンが見えてくると、FBI幹部ももはや無視できなくなった。事件が大きくなり、副部長がトンプソンをこの事件の特任捜査官および現場の指揮官に指名したときには、もう誰も笑ってはいなかった。

トンプソンはミニヴァンと配達用トラックのあいだを縫うように走った。ガーフィールドはダッシュボードをつかみ、食いしばった歯の隙間から鋭く息を吸った。後方のどこかからクラクションが聞こえた。

「〝何〟じゃなくて」とトンプソンは答えた。「〝誰〟よ。新たに登場した殺し屋のこと。

〝新たに〟っていうのは〝やっと〟っていう意味ね。わかっている過去二年だけで三十五件の殺害に関与している。わたしはもっとさかのぼれるんじゃないかって思ってる」

「ということは、きみはこのクルスの件は三十六件目だと思ってるのか？」

トンプソンはこの件が三十六件目と思っているのではなかった——知っているのだった。

「特徴がすべて合ってる」

「その特徴というのは？」とガーフィールドは尋ねた。「そいつは男を撃った。誰にだって引き金は引ける」

「冗談でしょ？　四ブロックも離れた場所から標的を撃ち抜くことを〝誰にだって引き金を引ける〟こととは言わない」とトンプソンは言った。「でも、言いたいのはそういうことじゃないわ——この男は二度と同じ手口を使わないのよ」

ガーフィールドの顔にじれったさの影が走った。「わかった。だったらなおさら何が特徴なんだ？」

「まずひとつ、とにかく派手なのよ。混雑したコンヴェンション・センターのど真ん中での絞殺とか空港での刺殺とか。往来の激しい通りでの精確な射撃とか。一度なんか手製爆弾で劇場の椅子をひとつだけ粉々に吹き飛ばした——もちろん坐っていた男も一緒にね。両側にいた客はかすり傷ひとつ負わなかった。ふたつ目は手口が派手なのに犯人を目撃した者がこれまでひとりもいないことよ」

「交通監視カメラは？　防犯カメラは？」

トンプソンは首を振った。「作動していなかったり、不鮮明だったり」

「ということは、指紋を残すタイプでもない」

「言うまでもなく。でも、一番重要なことをまだわたしはあなたに話してない」

「それは？」

「わたしのゴーストは殺し屋だけを殺すのよ」


午前十一時、二時間近く待たされてやっと連絡担当者が現われた。安っぽい灰色のスーツを着たずんぐりとした毛深い男が吹き抜けになっているロビーを横切ってやってきた。体重に似合わない身軽さで跳ねるようにして。ロビーの蛍光灯の照明にスーッと禿げ頭がてかっていた。

「トンプソン捜査官？　ガーフィールド捜査官？　デ・シルバ刑事です」

そう言って、デ・シルバはふたりに手を差し出した。

トンプソンはその手を握った。

ガーフィールドは握手をせずに「特別捜査官です」と訂正した。トンプソンは顔をしかめた。FBIは捜査官に階級づけをしておらず、すべての捜査官に〝特別〟の肩書きがある。いちいち〝特別〟をつけないのはよくあることで、そんなことをいちいち訂正するのはよほど傲慢な輩《やから》だけだ。これから協力を依頼する相手にそんな訂正をさせようというのは、協力を求めておきながら自分から協力を拒むようなものだ。

「デ・シルバ刑事」デ・シルバがガーフィールドに伸ばした手を引っ込めると、トンプソンは礼を言った。「お忙しいところ、ありがとうございます」

「協力は当然だよ」とデ・シルバは言ったものの、そのしかめっ面を見るかぎり、ことばとはまた別のことを考えているのが明らかだった。制服警官や一般市民でいっぱいのロビーを見まわして、彼は言った。「私のオフィスに行こうか」

デ・シルバはふたりをエレヴェーターのところまで連れていくと、狭苦しい廊下の迷宮のような階でエレヴェーターを降りた。彼の言った〝私のオフィス〟が皮肉だったことがそこでわかった。彼の机は刑事部屋の机のひとつで、ロビーと比べると雑音がいくらかはましといった場所だった。刑事部屋にはいると、デ・シルバは掃除用具室を改修したみたいな窓のない狭い会議室にふたりを案内した。

「設備が整ってなくてね」と彼は言った。「合衆国《アンクル・サム》政府はあんたら連邦政府の役人の面倒はよくみても、われわれのような卑しい市《まち》のお巡りは、エアコンが一日ちゃんとついてただけでその日はいい日だったなんてね。そんなもんさ。で、用件は？」

トンプソンはデ・シルバのあてつけに苛立ちながらも自分に言い聞かせた——地元警察との摩擦は今に始まったことじゃない。そう言い聞かせてからさらに思った。そもそも今の雰囲気はガーフィールドがつくったことではないか。彼女は笑みを取りつくろった。が、今のようなくたびれきった状態では、しかめっ面にしかならなかった。むしろ有害無益な笑みにしか。

「クルスの一件について話してほしいんです」と彼女は言った。

「おれの報告書はもう読んだんじゃないのかい？」

ガーフィールドが鼻で笑って横から言った。「あんたが報告書と呼びたがっているものはね」

トンプソンは彼を睨みつけた。デ・シルバは不快感もあらわに言った。「何が言いたい、捜査官？」

ガーフィールドは椅子の背にもたれ、デ・シルバに手のひらを向けて言った。「あまりに書かれてることが少なかったからだよ」

「それはおれが悪いんじゃない。言っとくけど。弾丸《たま》の弾道は銃を撃った車までたどれた。その車についちゃ、空港の長期駐車場までたどれた。車の所有者は会議かなんかでネヴァダのリノに行っていて、車がそこから持ち出されたことさえ知らなかった。鑑識が車内の指紋とDNAを採取したが、犯人は徹底的に痕跡を消してた。触ったと思われるものはすべて何かで拭いてあった。薬莢も銃も。そう、ライフルは車に残ってた。が、製造番号はやすりで削ってあった。そういうつきはこっちにはなかった。さらに、どういうわけか狙撃まえの数時間、その周囲数ブロックの防犯カメラはどれも作動してなかった。だから、狙撃の瞬間の映像もクルスが撃たれた瞬間の映像も何もない。目撃者も同じだ。エドガー・モラレスってやつがそのビルのオーナーなんだが、弁護士の背後に隠れちまってて、あのクソ野郎が撃たれたとき、国内にいたのかどうかさえまともな返事が返ってこない。あのあたりの訊き込みに何時間もかけて、やっと得られた捜査の一番の手がかりが、犯人が車を停めてたホテルの駐車係の証言で、そいつが言うには、容疑者は〝たぶん白人男性、野球帽をかぶってて、パイロット用サングラスをかけてて、もじゃもじゃの顎ひげを生やしてた〟だ。ついでに言っておくと、その顎ひげはつけひげだった──車のセンターコンソールの中から見つかったんだ。そのつけひげにもDNAを採取できるようなものは何も残ってなかった。犯人はどこでそのつけひげを買ったのか、貸し衣裳屋の訊き込みをやったが、結局、振り出しに戻っただけだった。跡をたどってもなんにもならず、跡そのものがもう冷えてしまってる。単純きわまりないよ。クルスを殺したやつは自分が何をしてるのか、ちゃんとわかってる──思うに、今頃はもうとっくにどこか遠くへ逃げちまってるよ」

「デ・シルバ刑事、あなた方がきちんと捜査なさったのはよくわかっています」とトンプソンは言って、ガーフィールドをちらっと見やった。「わたしのパートナーもあなた方の捜査が完全じゃなかったとか専門的じゃなかったとか、そんなことを言ってるんじゃありません。このあときっとあなた方からは貴重なご意見を伺うことになると思いますが、今はわれわれを犯行現場まで案内していただけないでしょうか？　犠牲者の仲間であることがわかっている人間を追う手助けをしていただければ──」

デ・シルバは彼女のことばをさえぎって言った。「いいかい、お嬢さん、すべてを捨てて、手助けしてやりたいのは山々だが、こっちとしちゃ、クルスの事件は最優先事項でもなんでもないんだよ。この腐れ州全域で戦争が起こってるんだ。マイアミ・デイド郡だけでも今年にはいって、これまでに五十四件の殺人があった。それに三百件の性犯罪がらみの暴行事件。二千件を超す加重暴行。そういう事件の三分の一がまだ未解決なんだよ。まあ、その大半が解決しないだろう。ただのあてずっぽうだが、あんたらの被害者のクルスはそれらの中のいくつかの事件に関わってたかもしれない。だから、おれの考えを言えば、クルスを始末したやつはおれやこの市《まち》のまともな市民の役にいくらかは立ったってことだ。あんたらがこの事件をつつきまわしたいのなら、それはあんたらの勝手だ。だから、うちに来て、報告書が薄いだのなんだの文句を言いたいなら、遠慮は要らない、自分で空欄を埋めてくれ。おれのほうはもっとまともなことに時間を使うから」

デ・シルバは立ち上がると、会議室のドアノブを勢いよく引っぱった。ドアは壁にぶつかって、ガラスがガタガタと音をたてた。顔を真っ赤にし、怒りまくって、彼は出ていった。

トンプソンも同じように怒りまくっていた。ガーフィールドがもっと行儀よくしていたら、デ・シルバももう少しは協力的だったかもしれないのに。トンプソンは新しいパートナーをうんざりしたように見やった。それに気づいたとしても、ガーフィールドはそのことを表には出さなかった。逆に笑みを浮かべ、首を振りながらトンプソンに言った。「なんとまあ、大したクソ刑事だったね。両手と懐中電灯を使っても自分のチンポすら見つけられない。そういう手合いだよ、ありゃ」

「ケツ」トンプソンはガーフィールドに向かってそう言った。

「はい？」とガーフィールドはきょとんとして訊き返した。

トンプソンは彼を見返した。深夜のポーカーで顔に貼りつけて磨いてきた、無表情で無邪気な顔で。「そう、今あなたが言ったことよ。正しくは〝両手と懐中電灯を使っても自分のケツすら見つけられない〟よ」

「ああ、まあ」とガーフィールドは戸惑いながら言った。それでも、いくらはなだめられたようだった。「いずれにしろ、現場を見にいこう」

8

エンゲルマンにはマイアミの暑さが一向に苦にならないようだった。麻のスーツに牛革の編み込みローファーという恰好で椅子に坐り、エスプレッソを飲みながら、〈モラレス・インコーポレーテッド・ビル〉のまえで言い合いをしているふたりの連邦捜査官を眺めていた。通りをはさんだ反対側のカフェの歩道に出されたテーブルについて、ブリッケル通りを行ったり来たりするふたりを見張って、午後の大半を過ごしていた。ふたりは険悪な仲の夫婦みたいに互いに嚙みつきながら、クルス殺害に関する乏《とぼ》しい物的証拠を手分けして探していた。

エンゲルマンは物事を傍観して人生の大半を過ごしてきた。子供の頃から、自分は家族やほかの子供たち、それに両親が彼にあてがった一連の女家庭教師とは異なる人種だと思っていた。彼についた女家庭教師は最後にはみなゆっくりと心を病んだ。彼の嗜虐《しぎやく》的な心理操作のせいだ。女家庭教師を悩ませた心理操作は、策略というよりむしろ衝動だった。決して搔《か》くことのできない消えない痒《かゆ》みだった。和らげられることはあっても決して消えることはない、破滅と破壊へのざわざわとした欲求だった。

しかし、それも殺しに出会うまでのことだ。生きものを殺すことで、彼は初めて自分がこの世界に存在していることを実感できるようになったのだ。

彼が生まれて初めて殺したのは、スイス南西のイン川流域に彼の一族が所有する夏用別荘の敷地にいたキジだった。十歳のときのことだ。一族のお抱えシェフは、エンゲルマンがただ自然の食材の調理過程に興味を持っているものと誤解し、ほかの解体処理を見ても彼が泣いたりしなかったことから、キジの血抜きをすることを許可した。首のないキジは包丁で肉を切り分けられると、彼の手の中で暴れた。彼にとってまさに至福のときだった。空があんなに青く見えたこともない。そのときあの老いぼれシェフが彼の興奮に気づいたのかどうか――おそらく気づいていたのだろう、それ以降、二度とエンゲルマンに解体処理をさせなかったところを見ると――はっきりとしたことはわからないが、いずれにしろ、シェフはそのときのことを誰にも話さなかった。

エンゲルマンの生き方はそのとき決まった。それは文字どおり彼の人生を一変させた体験だった。幼いエンゲルマンは両手を真っ赤に染めたままその日の午後の大半を過ごし、血が乾き、血の色が錆色に褪せてから、しぶしぶ洗い流した。同時にまわりの世界も色褪せた。イン川の冷たい水に溶ける鉄錆色のしみが彼の心の行き先を示すコンパスになった。その行き先は数週間後にさらにはっきりとしたものになる。最初の人間の犠牲者、地元の農家の少年を殺したときに。そのとき彼はことばではとても表現できない、感情的で物理的な途方もない解放感を覚えた。

今も彼は観察していた。何十年もまえに村の子供たちを観察したように。おだやかな気持ちで、値踏みをしていた。もちろん、あの捜査官を傷つけるつもりはなかったが、それは殺しが愉しめないからではなかった。女のほうはなかなか魅力的な女だった。少なくとも、身なりを少しでも気にしてくれれば。男のほうは明らかに自信家で、その鼻柱を折ってやったら、少しは愉しめるかもしれない。しかし、殺す意味がなかった。エンゲルマン自身何も見つけられなかった犯行現場から、あのふたりが何かを見つけるとも思えない。エンゲルマンはふたりより数時間早くマイアミに来ており、犯行現場の歩道と駐車場はすでに隈《くま》なく調べていた。だから、クルス殺しがいかに精確におこなわれたか、よくわかっていた。とどまって捜査官を観察することにしたのは、新たな証拠が見つかるかもしれないと思ったからではなく、彼と同じように犯人探しをしている者を知ることは、共通の獲物をよく知ることに役立つと思ったからだ。

エスプレッソの最後の一滴を飲み干し、テーブルに二十ドル札を置いた。常日頃、彼はチップというのは垢《あか》抜けない習慣だと思っていた。だからその不快なアメリカの習慣をできるだけ避けていた。が、今日は上機嫌で、その上機嫌は分かち合う価値のあるものだと思ったのだ。カフェを出ると、得るものは何もない犯行現場にふたりの捜査官を残して立ち去った。興奮とカフェインのせいで音叉《おんさ》のように神経が振動していた。期待が明快なラッパの調べを奏でていた

悪くない。観察は役に立った。

忙しい夜がアレグザンダー・エンゲルマンを待っていた。

「すみません」とエンゲルマンは言った。

「ちょっとお話を伺わせていただいてもよろしいでしょうか？」

エドガー・モラレスが体の芯《しん》まで冷たくなったのは、相手のそのことばのせいではなかった。馬鹿丁寧さでもリズミカルな話し方でもなかった。相手のことばに裕福な名家出身者特有の堅苦しさがあったからだ。また、いたって流暢な英語ながら、そのことばづかいは男が英語を母語とする者ではないことを示唆していた。

エドガー・モラレスが体の芯まで冷たくなったわけはその時間帯にもあった。朝の四時。しかし、そのことばに眠気はいっぺんで失せた。彼は暗く静かな自分の寝室で、眼を開けた。壁に取り付けられた防犯装置のパネルでは緑のライトが点滅しており、何も問題のないことを示していた。だから、予防策などなんにもならず、彼の命が今日かぎりかもしれないことをその声が伝えているなど、彼にはまるで思いもよらないことだった。

モラレスは、クルスに命を狙われて以降、夜はフィッシャー・アイランドにあるベイサイド・ヴィレッジのコンドミニアムで過ごしていた。彼の会社の評価額が十億ドルに達する何年もまえに、住所が示す名声に誘惑されて買ったコンドミニアムだ。国内有数の高額所得者であることを誇るのに、人工のリゾート・アイランドに住む以上の方法がほかにあるだろうか。フロリダ州グールズの危険な街角で、極貧の子供時代を過ごした者にとって、マイアミの中でも最も富裕な社会に加わるというのは、とても逃がすことなどできない魅惑的な機会だった。お気に入りのコンドミニアムを探すのに少々手間取ったのは、市《まち》に面したベイサイドを探していたからで、フィッシャー・アイランドの海側の物件は最初から考えていなかった。大西洋から昇る朝日を拝むなど、どれほどのことか。自分の名が冠された摩天楼の向こうに沈む夕日を眺めることに比べたら。

謎の男に救われてからの日々、六千平方フィートの広さのあるそのコンドミニアムは、実業家として成功したことを示すだけのものではなくなった。それ以上の意味を持つものになった。部屋は最上階にあり、全方向が見渡せ、すべての出入口が国防総省にも手が届かないような最新式のセキュリティ・システムで監視されていた。そもそもコンドミニアム自体が車ではやってこられない島にあるということは言うまでもない。さらに、フェリーによるアクセスは住人と招待客に制限されている。まさに要塞だった。島の砦《とりで》だった。命を救ってくれた男からは、〈コーポレーション〉はまた刺客を送ってくるかもしれないと警告を受けていた。クルスのおぞましい死を目のあたりにしたモラレスは、その忠告を肝に銘じて、訓練された警護チームを強化していた。彼の隣人は明らかに彼がおかしくなったと思ったことだろう。彼のことを富の重圧に耐えられなくなったハワード・ヒューズの現代版とでも思ったことだろう。が、隣人にどう思われようと、そんなことはモラレスには屁でもなかった。いい人を亡くしたなどと言われるより、生きて変人と思われているほうがよほどいい。

「だ……だ、だれだ？」と彼はどもりながら言った。恐怖で声がかすれていた。

「私が誰かなどということはあなたにとって大した問題ではありません」とエンゲルマンは

答えた。

「警備員たちは――」

「今は調子がよくないようです」

「調子がよくないというのは……?」と言うのが精一杯で、それ以上ことばは出てこなかった。

「私が彼らを殺したのか。そう訊いておられるのであれば、答はノーです。報酬には彼らを殺すことは含まれてないんで。ただ気絶させただけです、あなたと私とのことを邪魔されないように」

「おまえは私を殺しにきたのか……?」

エンゲルマンは笑みを浮かべて言った。「それはあなたの協力次第です。あなたを殺すための報酬ももらっていませんから」

モラレスは男のことばを咀嚼《そしやく》しながら言った。「私を殺しにきたのでなければ、どうして寝室までやってくる必要がある?」

「いくつか質問をしたいからです。ミスター・ハビエル・クルスの身に起きた件で」

「私のビルのまえで死んだ男のことか?」とモラレスは尋ねた。「何も知らない。あそこにはあのときいなかったんだから」状況を考えると、あまりに馬鹿げた言い逃れだった。ただの条件反射だった。この三日間、彼は何人もの刑事とレポーターに繰り返し同じ嘘をついていた。会社の弁護士たちからは、この件についてはもうこれ以上質問を受けつけないようにと言われていた。

エンゲルマンは闇の中で舌打ちをした。「ミスター・モラレス、今までのところ、私は礼儀正しくあなたに接しています。敬意さえ払っています――だから、私にも同じように礼儀正しくしていただけると大変ありがたい。あなたを殺すための報酬はもらっていないかもしれませんが、痛めつけることは無料でもできますから」

モラレスは体を強ばらせた。固い唾を呑み込んで、気持ちを落ち着かせた。口の中が砂のように乾いていた。「それはそうだ」と彼はかすれた声で言い、ベッドサイドテーブルを手探りした。「すまん。明かりをつけさせてほしい。水が飲みたい」

「私は素人ではありませんよ、ミスター・モラレス。あなたが眼を覚ますまえに引き出しから銃は取り出しておきました。ちゃんと考えれば、私の顔など見ないほうが得策なのはあなたにもわかりそうなものです。ちがいますか？」

モラレスはベッドの上でぐったりとなった。どう見ても勝ち目はなかった。

「よろしい」とエンゲルマンは言った。何か重要なことが決定されたかのように。「さあ、クルスのことを話してください」

「何が知りたい？」

「彼を殺した男とどうやって連絡を取ったのか話してください」

「私は――私は連絡などしてない！」

モラレスは刃物が鞘《さや》から抜かれるときの乾いた金属音を聞いた。心臓が痛いほど胸壁を叩いていた。

「ミスター・モラレス、私は嘘をつかないようにあなたに警告しました」

モラレスの顔に手が置かれた。髪にも。頭をぐいとうしろに引っぱられた。モラレスは思わず叫んだ。が、ことばにはならなかった。動物の吠え声のような叫び声だった。いっとき、彼は相手の手から逃れようともがいた。が、左の眼の下の柔らかな皮膚にナイフの切っ先があてられていることに気づいて凍りついた。

こんな闇の中で男にはどうして正確な動きが可能なのか、モラレスには理解できなかった。切っ先は皮膚を突き刺してはいなかった。ただそこにじっととどまっていた。まるですぐるみたいにそっと。しかし、後頭部をつかんでいる手のちょっとした動きで、眼をえぐられかねないことは明らかだった。

「さあ」と男は言った。「もう一度訊きます。クルスを殺した男とはどうやって連絡を取ったのです？」

モラレスはナイフから身を引こうとした――意志の作用というより本能だった――が、なんにもならなかった。「だから、言っただろうが」とモラレスは言った。相手のことばを正していたのではなく懇願だった。「私は連絡をしてない。向こうから連絡してきたんだ！」

モラレスは痛みを覚悟して身構えた。が、痛みには襲われなかった。逆に男は身を引いた。モラレスはベッドの上でまた自由になり、ドラムロールのような鼓動を落ち着かせようと息を深く吸った。

「向こうから連絡してきた――」とエンゲルマンはつぶやいた。それは質問ではなかった。この期に及んでモラレスが嘘をつくとは思えなかった。もはや嘘で身を守ることはできない。それぐらいはモラレスにもわかったはずだ。

「そうだ。ある日、男が約束もなしにオフィスにやってきて言ったんだ、私の首には賞金が懸けられてると」

「それが嘘ではないことをその男は知っていた。どうして知っているのか。男はその理由を言いましたか？」

「情報源があると」

「それであなたは信じたんですか？」

「いいや、もちろん信じなかった。しかし、その男はもっと詳しい情報を持っていた。私がまだ公《おおやけ》にしていない土地取引きに関するものだ。私が巻き込まれたトラブルに関してキューバ・マフィアが私に接触してきたことも知っていた」彼はそこでことばを切った。手ぎわの悪い自分の説明に男が苛立つのではないかと思ったのだ。が、男は何も言わなかった。

「そいつはいつ、どこで、誰が、どんなふうにやるかということまで知っていた。そのクルスという男がどれだけ厄介な男かも。そのあと私に懸けられてる賞金の十倍の報酬で、クルスを葬り去れると言ったんだ」

　標的の首の値段の十倍。相当な利益だ。エンゲルマンはそう思って、笑みを洩らした。相手のことがわかればわかるほど、相手が好きになった。「その男があなたを騙そうとしているわけではないことがどうしてわかったんです？　金を巻き上げ《シェイキング・ダウン》ようとしているわけではないことが。アメリカのギャングの好きな言い方に倣《なら》って言えば」

「そりゃわからなかったよ。だけど、そいつはすぐに決める必要はないって言った。一晩考えるといいと――首に懸賞金が懸かっていても人は寝られるものだとでも言わんばかりに。それで彼の情報が信用できるように思えたんだ」

「男がやってきてから殺害までの期間は？」

「三日だ」

「その男の名前を聞きました？」

モラレスは首を振った。暗闇の中でもその意味はエンゲルマンにもわかった。「名前を聞いたところで意味はなかったでしょうね。あなたのビルには防犯カメラが設置してあると思いますが」

「ああ」とモラレスは言った。「あるよ。だけど、あの男が現われた日にはソフトウェアに問題が起きて、その日一日分の録画映像が消えてしまってたんだ」

「それはことさら驚くことでもないですね。その男の人相風体《ふうてい》を教えてください」

モラレスは考えてから答えた。「特にめだったところはなかった。背は低くも高くもなかった。六フィートか、それより少し低いくらいだ。髪は茶色で短かった。筋肉質で、贅肉はなかった」

「人種は？」

「白人だ」

「社会的な地位は？」

「どういう意味だ？」とモラレスは言った。

「その男がかもしている雰囲気です。金持ちか貧乏人か、上流階級か下層階級か、教育を受けているか、受けていないか、話し方でわかりませんでしたか？」

「ううん。わからない。頭はよさそうだった。それでも、強いて言えば、労働者階級だと思う。そいつを近くで見たら、自分の手を使って働いているタイプだと誰でも思うんじゃないかな」

エンゲルマンはモラレスに言われた男の特徴を少し考えてから言った。「軍隊経験がありそうな男でしたか？」

今度はモラレスが考える番だった。ややあって彼は言った。「そう、そうかもしれない」

「大いに結構。ミスター・モラレス、私たちの関係の始まりはごつごつしたものでしたが、結局のところ、あなたは私にとって大変有益な方でした。約束したとおり、このあとはゆっくりとお休みください」

「わかった」モラレスはもう嗚咽《おえつ》をこらえられなくなった。少なくとも生きて、あと一度は自分のビルの上に昇る太陽を見られることがわかって急にほっとしたのだろう。「わかった、ありがとう」

「いえいえ」とエンゲルマンは言った。「前回の騒ぎのほとぼりが冷めたら、〈コーポレーション〉はあなたを殺すために、また誰かを送り込んでくるはずです。眠れるときにゆっくり眠っておくことです、ミスター・モラレス。しかし、私ならもっとましな警備会社と契約することを考えますね」

エンゲルマンは来たときと同じように静かに立ち去った。ほんとうにいなくなったことが確信できるまで、モラレスは長いこと気配をうかがってからベッドを出ると、寝室の外で気を失っている警備員をまたぎ、広い部屋を横切って、ホーム・バーのところまで行った。そして、震える手で、きわめて高価なスコッチを注いだ。マッカラン・ファインオークの三十年物。二千ドルもした代物だ。特別なときのために取っておいたものだった。

9

「で」とヘンドリクスは言った。

「新しいさえずりはまた聞こえてきたかな？」

彼はレスターと〈ベイト・ショップ〉の奥のテーブルについていた。ライ麦パンにパストラミをはさんだものを食べながら、アラガッシュ・ビールを飲んでいた。レスターはライム入りのクラブ・ソーダをちびちび飲んでいた。正午をまわった頃だったが、〈ベイト・ショップ〉は閉店していた。陽の光をさえぎるためにブラインドをおろし、店内の明かりはふたりの頭上の照明以外すべて消してあった。

「あちこちからね」とレスターは答え、印刷した紙がはさまれたぶ厚いファイルフォルダーを放り、テーブルの上をすべらせた。「だけど、どれも期待薄だな。ファミリーに関するものが大半だが、だいたいが内輪揉めだ」

ヘンドリクスはフォルダーを開き、黙ってページをぱらぱらとめくった。彼の仕事はグーグルや地元の職業別電話帳に広告を載せられる類《たぐ》いのものではない。物理的なものであれ、電子的なものであれ、どんな連絡方法にも潜在的なマイナス面——利害関係者に動きを追跡され、正確に位置を特定される可能性——がある。だから、ヘンドリクスは顧客との交渉に関するかぎり、その逆の方法を採ることにしたのだった。こっちから売り込むのだ。ほとんどの場合、ヘンドリクスから交渉を持ちかけられた相手は、死を定められた話を聞くまで、そのことを知らず、当然、信じようとしない者もいた。信じても自分で対処しようとする者もいた。すぐに飛びついてくる者も。彼の申し出を辞退した者全員が殺されたわけではないが、生存率はかんばしくない。一方、支払いに応じた者の生存率は完璧だった。この仕事を三年半続けてきて、まだひとりの客も命を落としていなかった。

この仕事で肝心なのは、標的と殺し屋の双方を早く特定し、双方に的確にアプローチすることだ。この仕事を始めてまもない頃は、ただ殺し屋を尾行し、背後に貼りつき、標的を突き止めていたのだが、それだとリスクが大きすぎた。そのためすんでのところで、彼のほうが殺されかけたこともあった。ある仕事では、殺し屋という標的を始末することはできたものの、それはヘンドリクスが胸にアイスピックを三インチほど深々と突き立てられて得られた成果だった。そのあと四日間、彼は使われていない倉庫に身をひそめ、なんとか止血し、動物病院から盗んだ抗生物質が効くのを待ったのだが、そのとき決めたのだ、新しいやり方を始めるときだ、と。そして、それがレスターを仲間に引き入れたきっかけだった。

アフガニスタン駐留時代、レスターは部隊の技術担当だった。不正侵入できないシステムなど彼にはひとつもなかった。盗聴できない通信回線もなく、解読できない暗号もなかった。灼熱の昼間と身を切るような寒さの夜の繰り返しの中、狂ったように上下する気温のせいで、装備がダメージを負うことはしょっちゅうだった。が、それがどんな装備でもレスターには間に合わせの修理ができた。新たな補給が受けられる最も近い基地まで四日といった場所にいる部隊にとって、それは大いに役立つ才能だ。殺し屋を殺すのが生業《なりわい》の人間にとってもそれは変わらない。

地球上のどんな犯罪組織もある種の秘密の通信ネットワークを持っている。たとえば、ロシア系は昔ながらの案内広告をよく使う。個人広告サイトの〈クレイグスリスト〉に暗号化したメッセージを投稿したり、地域に特化した新聞の裏ページに載る下品な交際相手募集欄を利用する。アルメニア系は、自分たちが保有するさまざまなインターネットのフォーラムのソースコードに一見、意味不明なことばを埋め込む――しかし、基本的には、どこを見ればいいかわかっていて、パズルに向く才能がいくらかでもあれば、十二歳の子供でも解ける置換暗号鍵だ。しかし、手あたり次第に車のチャットルームのHTMLをしらみつぶしにクリックして時間を無駄にする十二歳児などまずいない。

レスターはそういうことをしているのだった。正確には彼のシステムが。

韓国系のネットワークは数週間で突き止められた。ロスアンジェルスのストリート・ギャングも同じように突き止めた。彼らのメッセージには繊細さのかけらもなかった。ポーランド系とリトアニア系のファミリーは、時間はかかっても匿名リメーラーを使って、世界じゅうの半ダースものプロキシーサーバーを経由させていた。一方、〈評議会〉はマフィアの伝達手段の聖杯《ホーリー・グレイル》を持っており、このセキュリティは難攻不落で、〈評議会〉に属す組織随一の頑固者か被害妄想症患者以外は全員が使っていた。当然だろう。安全で信頼でき、ハッキングするのがほぼ不可能なのだから。要するに、〈評議会〉は自分たち専用の情報スーパーハイウェーを持っているということだ。

たとえば、今ヘンドリクスが眼を通しているプリントアウト。ノースヴィル・ダウンズ繋《けい》駕《が》レース場のレース結果だ。デトロイトから西へ車で三十分ほどのところにある、ちゃちな競馬場だが、その日最も配当の高かった勝ち馬はマクガーンズ・ラメント号という牝馬だった。しかし、そんな名の馬は存在しない。その日のレース結果からなんらかの意味を見いだそうとしても、それは無理な相談というものだ。そもそもそれはレース結果でもなんでもないのだから。

そう、それは本を使った暗号なのだ。

何年にもわたり、〈評議会〉に属す組織はこの方法で情報のやりとりをしている。誰の怒りを買うこともなく、半ダースほどの競馬サイトを利用して、偽の結果を広めるのだ。実際には存在しない馬の名前を暗号にして、それぞれメッセージを伝える――たとえば、ヘロインの移送ならブラウン・ビューティ号、売春婦に関することならデリシャス・レディといった具合に。そのあとに続くレース結果が、暗号化されたそれぞれの内容というわけだ。

マクガーンズ・ラメント（マクガーンの嘆き）号は殺人を意味した。ジョークのつもりなのだろう。マクガーンというのは、アル・カポネが抱えた中でも名うての殺し屋で、セント・ヴァレンタインデーの虐殺の実行犯だ。その数年後には本人もボウリング場の真ん中で撃ち殺されたのだが、いずれにしろ、マクガーンズ・ラメントが出てきたら、暗号化されたそのあとのレース結果――数字の羅列――から標的の名前がわかるという仕組みだ。運がよければ住所も。そいつが誰であれ、配当金がその名の者の命の短いことをおのずと語ることもある。

実際にはこんなふうに伝えられる――ナンバー38の馬が六着だったとすると、それは指定された本の三十八ページの六番目の文字を意味する。桁数が充分あれば、たいていのメッセージが暗号化できる。名前も住所も。「時間をかけてやれ」や「事故に見せかけろ」といったメッセージも。どんな本であれ、文字――アルファベット――はほとんどすべてが数十個所に登場するから、暗号解読プログラムの〝魔法〟が頼みとする反復が起こりにくい。だから暗号がどの本――どの版なのかということも含めて――を指しているのかわからないかぎり、解読することは絶対にできない。少なくとも、それが暗号を解読したあと、レスターがヘンドリクスに繰り返し言ってることだった。

その本がなきゃ、マイク、解読するなんて絶対に無理だ、と。

だから、ヘンドリクスはその本を手に入れ、レスターに渡したのだ。

手に入れるのにはほぼ二年かかった。彼の標的が口を割らなかったら、どの本なのか今でもわからなかっただろう。標的はマフィアの構成員で、〝サイドビジネス〟として殺しも請け負っている男だった。ヘンドリクスはこの男を生きたまま捕らえ、数時間甘言を弄し、細胞の半分を思いどおりにさせる自白薬のアモバルビタールを使った結果、男はひと思いに殺してくれるなら、なんでも話すと言ったのだった。

結局のところ、その本とは一九六九年発行の『ゴッドファーザー』の初版だった。

マフィアにはユーモアのセンスがないなどとは誰にも言えない。

ヘンドリクスはレスターがくれたプリントアウトをしばらく眺めたあと、あきらめて言った。「こういうものはどうも苦手だな。おれはいったい何を見てるんだ？」

「最初のは〈シカゴ・アウトフィット（シカゴを拠点とする一大犯罪組織）〉からの一連の仕事に関するものだ。どうやらどれも急ぎのようだな。仲間内の誰かをこっそり消したいらしい——〈アウトフィット〉の支部長《カポ》の甥《おい》っ子で、組織がＭＤＭＡ《モリー》密売のための隠れ蓑に使ってるナイトクラブを経営してる。でも、まともなやつじゃなさそうだ。女の体を切り刻むのが趣味らしい。で、組織としちゃ、そいつの限度を超えた振る舞いが組織全体を危うくしかねないと思った。尻拭いにもううんざりしたんだろう」

「これはパスだな」とヘンドリクスは言った。どの犯罪組織にも肩入れするつもりはなかった。しかし、昔ながらの組織についてひとつ言えるのは、自分たちの縄張りで組織とは無関係に起きた犯罪に対してはとことん蔑むということだ。たとえそれが身内の犯罪であっても。女の体を切り刻むのが好きだなどという輩《やから》は悪臭芬々《ふんぷん》たる人間のゴミだ。ヘンドリクスとしても助ける値打ちのないやつを助けようとは思わない。シカゴの連中が自分たちのゴミの始末をしたいのなら、静かに始末させてやればいい。

「だな。いい厄介払いだ」とレスターも言った。

ヘンドリクスはサンドウィッチ——かりかりに焼いたトーストにジューシーなパストラミ

をはさんだもの——を一口食べて、ビールで胃に流し込んだ。

「ほかには？」

「ロスアンジェルス・マフィアがロングビーチのギャングを殺《や》りたがっている。これはまだ誰も請け負ってない。詳細は不明だ」

ヘンドリクスはしばらく無言でサンドウィッチを食べてから言った。「標的はわかってるのか？」

「ああ、名前だけなら。アーヴィング・フランクリン。手紙の受け取り住所はこいつの祖母の家になってる。住所不定ということだな」

「逮捕歴は？」

「器物損壊。軽窃盗。販売目的の麻薬所持。最後の件で逮捕した警官によれば、〈サヴェッジ・プロフェッツ〉と名乗る不良少年グループの一員だそうだ」

「なんでそんなチンピラ・グループがロスアンジェルス・マフィアの恨みを買うんだ？」

「そこまでは調べられなかったが、マフィアが消したがってるのはフランクリンだけだ。〈プロフェッツ〉は〈クリップス（黒人系の全米規模の犯罪組織）〉の傘下にない数少ない黒人ギャングだが、ロスアンジェルス・マフィアからブツを仕入れている。何かトラブったのかもしれない」

「そいつの歳は？」

レスターはため息をついた。「なあ、マイク、おまえの言いたいことはわかる。考えていることも。だけど、いいか、このフランクリンは脅されて悪い連中とつきあってるわけじゃない。クソ麻薬のクソ売人だ」

「だからいくつなんだ、レス？」

レスは渋々答えた。「十六」

十六歳。なんてことだ。「この殺しはもう日にちまで決まってるのか？」

「まだ固まってはいない。少なくともまだ何日かはあるだろう」

ヘンドリクスはビールを飲み干すと、何かを決めたようにうなずいた。「ロングビーチまでの便《びん》を予約してくれ。一応その十六歳のクソ売人を見てみたい」

「本気で言ってるのか、マイク？　このところ働きすぎじゃないのか。マイアミで仕事をしたあと、家にも帰ってないんじゃないのか」

「大丈夫だ、レス」とヘンドリクスは言った。「飛行機を予約してくれ」

「嘘でもいいから言ってくれ。このフランクリンというやつについちゃ、おれのほうがまちがってるって。こいつはほんとはいいやつなんだって。なあ、こいつには報酬なんて払えないぜ。金を持ってたとしたら、逆にそれはこいつが本物のワルだからだ。いいやつだったら金なんて持ってるわけがない。ただでは仕事は請け負わない。これは誰の台詞《せりふ》だっけ？」

「おれの台詞《せりふ》だ。それでも、少なくともこの小僧に警告だけは与えてやれる」

「おれが正しかったら？　このお坊ちゃまがクソみたいなただのヤクの売人だったら？」

「おまえが正しかったら、この小僧が殺されるがままに任せるよ」

レスターは友達をしげしげと見た。ヘンドリクスの顔の皺が光の加減で深くなって見えた。

こいつも歳を取った、とレスターは思った。どう見ても疲れてる。

これほど長くこの仕事をよく続けられるものだ。改めてそう思った。この仕事のつけはヘンドリクスにどんな形で現われるのだろう？　部隊が初めて召集されたときのピカピカの理想主義者の面影はもうかけらも残っていなかった。そういうことを言えば、レスターとヘンドリクス以外、そのときの隊員はもうひとりも残っていないわけだが。こうして生き残るには――とレスターは思った――お互い冷酷で頑固な何者かになるしかなかったのだろう、たぶん。

レスターのほうは別の方法を試したこともあった。過去と決別しようとしたのだ。重傷を負ったのち、レスターは軍にとって無用のものとなった。彼の存在は過去の罪を現在の上層部に思い起こさせるだけだった。除隊自体も彼の予想どおりなんの変哲もないものだった。彼の部隊がどれほど勇敢に戦おうと一顧《いっこ》だにされなかった。すべては隠密行動だったのだから、その活動が認知されることさえなかった。名誉除隊など夢のまた夢だった。しかし、すべてを捧げてすべてを失ったのだ。軍に何も求めていなかったと言ったら、やはりそれは嘘になる。それもアメリカに帰国してわずか半年後に実家が火事になり――母親がくわえ煙草で寝入ってしまったのだ――両親が亡くなったときにあきらめた。その両親の生命保険とわずかばかりの障害者手当でこの酒場を買ったのだが――買った当時は文字どおりゴミ溜めみたいな場所だった――その後、一年かそこらカウンターの中にはいったものの、ボトルの中にもぐり込んで死のうと思うことがさらに多くなった。店も開けているときより閉めているときのほうが多くなった。彼には何もなかった。誰もいなかった。友人も家族も。望みも目的も。

そんなある日、マイクルが——死んだものと思っていた彼が——店のドアからはいってきて、すべてが変わったのだ。マイクルは彼に希望を与えてくれた。目的を与えてくれた。小さな赦しを与えてくれた。まるで神に遣わされたかのように。レスターがずっと背負ってきた罪悪感——部隊を死に追いやったという罪の意識——はひとりの男が背負うには重すぎた。ヘンドリクスはそのことを彼に教え、レスターの重荷を軽くし、残りの荷を担ぐ手伝いを申し出てくれたのだった。

それに、金というのはあっても困らないものだ。金で幸せを買うことはできないなどと言いたがる者は、しばらく金なしで暮らしてみるといい。マイクルとふたりで稼いだ金はレスターの酒場を一変させた。〈ベイト・ショップ〉はレスターがただ死んでいくための場所ではなく、さらに生きるための居心地のいい場所になった。さらに大きかったのは、レスターを店の倉庫から見苦しくないアパートメントに連れ出したことだ。レスターが酒場を買ったあと例の大不況が訪れ、ふたりが再会したとき、レスターは住む場所もないほど経済的に逼《ひっ》迫《ぱく》していた。そのため、店の奥の倉庫がわりの部屋に置いた折りたたみ式ベッドで寝起きしていた。今の彼の酒場は清潔で、それはアパートメント——息を呑むようなポートランドの美しい眺めを西に望め、東にはアイスブルーの大西洋だけが見える彼のアパートメント——も同様だった。

レスターは自分たちのしていることを殺人とは考えていなかった。彼の見方に倣《なら》えば、殺人の貸借対照表はちゃんとバランスが取れていた。哀れなぼんくらが殺されるか、冷酷な殺し屋が殺されるか。そう、冷酷な殺し屋を排除するということは、それは取りも直さず、何人かの命を救うことではないか。

少なくとも、彼自身は大いに救われた。そのことは彼自身はっきりとわかっていた。このささやかな十字軍を始めて以来、彼はクラブソーダより強い飲みものを一滴たりと飲んでいなかった。

一方、ヘンドリクスにはまた別の物語があった。空威張《からいば》りとは裏腹に、この仕事は彼の心を少しずつ蝕《むしば》んでいた。それは彼の顔にすでに現われていた。椅子に坐り込んだときの背中の曲がり具合にも。レスターには自分たちのしていることを殺人と思わない贅沢が許されても、ヘンドリクスにはそれは許されなかった。現場に出て、泥と血にまみれる身としては。現場で真実を避けるというのは誰にもよくできることではない。

イヴリンがいなかったら？　とレスターは時々思う。ヘンドリクスもこんなに長くやっていないのではないか。イヴリンはヘンドリクスにとってすべてだった。彼女との離別に——いかなる理由にしろ、ヘンドリクスのいかなる決意の結果にしろ——ヘンドリクスはいまだに打ちのめされていた。それでも彼は一度たりとやめなかった。やめられなかった。彼女の面倒をみることを。それが、彼がレスターの技術を必要とするもうひとつの理由だった。彼女のおそらく一番大きな理由だった。

ヘンドリクスが死んだと思われたあとでさえ、イヴリンの両親はふたりが駆け落ちしたことを赦さなかった。彼女は現在、上級看護師として三つの無料診療所で働いていたが、学資ローン返済の援助を両親に求めるには、プライドが高すぎた。そのことが常に彼女の心にのしかかっているにもかかわらず。ヘンドリクスはそんな彼女を援助していた、レスターの助けを借りて。

彼女にはその支援金の出所はわかっていなかった。それが血にまみれた金であることなど言うに及ばず。彼女が知るかぎり、その金は和解補償金だった。レスターがでっち上げた偽の集団訴訟——不完全な防御服の犠牲となった戦死者の遺族が起こした訴訟——の成果だった。レスターのコンピューターの才能のおかげで、それは誰が見てもそうとしか見えない金だった。

その支払いのおかげでヘンドリクスは夜いくらかでもよく眠れているのかどうか。それはレスターにもなんとも言えなかったが、少なくとも、毎朝起きだす理由になっているはずだった。これだけの年月が経った今でさえ——イヴリンがほかの誰かと恋に落ち、結婚したあとでさえ——彼女の世話をしようとすることがヘンドリクスにはやめられないのだ。ひとつの仕事でひとりを殺すことで、物事をひとつ正そうと思うことも。

10

午後の陽射しが死んだ男のフラットの窓から射し込んでいる――いや、アパートメントだ、とエンゲルマンは自分自身に言い聞かせた。そう言い聞かせるのはおそらくこれで千回目くらいだろう。アメリカ英語というのはなんとも不正確で、お粗末なことばだ。クルスのアパートメントはなんの変哲もないところだった。ずんぐりしたスタッコ仕上げの三階建ての建物にある三十戸の中のひとつ。突き出したおざなりのバルコニーは、バーベキュー用コンロと椅子を一脚置くのが精一杯という狭さで、エアコンの室外機がうなりをあげて、市《まち》の暑さをどうにか耐えられるものにしていた。

クルスのアパートメントのエアコンは動いておらず、窓はすべて閉まっており、室内はオーヴンの中のように暑くてむっとし、セックスと安っぽい男もののコロンのにおいが充満していた。エンゲルマンの顔と首から一気に汗が噴き出した。黒いニトリル製手袋をしている手も汗ばみ、指の動きがぎこちなくなる。外の廊下もこの暑さだったら、クルスのアパートメントのドアのいくつもの鍵を開けるのに、二倍の時間がかかっていただろう。当然のことながら、クルスは用心深い男だった。もっとも、このアパートメントの鍵は、商売柄、報復から身を守るためというより妻の侵入を防ぐためのものだっただろうが。

そこはクルス夫婦が住んでいたアパートメントではなかった。ベッドは使われたままで、汚れていた。ナイトテーブルの上にはオイルにろうそく、それにあらゆる種類の張形が置かれていた。クルスの妻はこの寝室の中を一度も見たことがないはずだ。クルスの妻にしても、リトル・ハヴァナのふたりのこぎれいな一軒家から数ブロックと離れていない、夫のこの小さな愛の巣の存在は疑っていたのかもしれない。なんとも言えないが、たぶん疑っていたことだろう。それはひとつには妻というのは、自ら認めるよりはるかに多くのことを知っているものだからだ。エンゲルマンはそのことをこれまで何度も経験した拷問から学んでいた。もうひとつの理由は、FBIが家宅捜索をするのを芝生に立って眺めていた彼女の表情を見たからだ。幅の広い彼女の尻の両側に孫がひとりずつ寄りかかり、もうひとりが脚にしがみついていた。隣人が家宅捜索を見物していても、隣人のほかにマスコミの人間までいても、一番幼い孫娘が彼女の豊かな胸に顔を埋めて泣いていても、クルスの妻の顔には恥ずかしさと苦悩のどちらも浮かんでいなかった。

かわりに浮かんでいたのは怒りだ。

エンゲルマンは最初、その怒りは家を荒らしまわっている捜査官たちに向けられたものだと思った。家宅捜索を指揮している美人の捜査官や偉そうなそのパートナーに向けられているのだと。昨日、クルスの犯行現場にいたのと同じ捜査官だ。しかし、そのふたりに対して妻はどこまでも礼儀正しく接していた――家宅捜査が終わるのを待つあいだ、何か食べるものを提供しようかとさえ申し出ていた。見るかぎり、彼らがその申し出を受け入れてくれることを心から願っているようだった。

しかし、野次馬にまぎれて観察を続けるうち、妻を怒らせているのは家宅捜索ではないことがエンゲルマンにもわかった。妻は夫がこのような〝侵入〟をもたらしたことそれ自体に対して怒っているのだった。それが証拠に、捜査官が夫の名前を口にするたびに憎悪もあらわに唾を吐いた。夫の仕事の詳しい説明を求められると、いかにも不快そうに首を振った。生活のために夫が何をしていたのか、夫に死なれるまで少しも知らなかったとでもいうかのように。夫の真の姿など一切知らなかったかのように。

商売柄、エンゲルマンはこのような場面を何百回と見ていた。明るい黄色に塗られたクラフツマン・スタイルの家。素焼き瓦を葺《ふ》いたポーチの屋根が石柱に支えられている、ブロックで一番瀟洒な家。手入れの行き届いた芝生が広がる前庭に子供たちが遊ぶ裏庭、「私有地」と通行人に告げているかのようなフェンス。夫の仕事がそれらをもたらしてくれたことについて、彼女はよそ見をすることで対処してきた。が、夫の労働の成果は禁じられた木からもぎ取られた果実だった。その現実と向き合わなければならなくなり、彼女としてもとりあえずは怒ってみせなければならなかったのだろう。

偽善者にならないわけにはいかなかったのだろう。自分に対しても世界に対しても嘘をつく偽善者に。クルスの質素な愛の巣を見まわして、エンゲルマンには想像できた——クルスの家のポーチにはチーク材でできたブランコ椅子があったが、それはクルスが買ったものではない。造園に金と手をかけたのも、ちらりと見かけた洒落《しゃれ》た野外テーブルと椅子を買ったのもクルスではない。

そう、あれはどれも妻の意志によるものだ。妻はクルスの金を気持ちよくつかっていたわけではなかった。それで、彼の金の出所に対して侮蔑の意を示すのに、そういうやり方をしたのだろう。

そう思うと、あの男に愛人がいてもなんら不思議ではない。妻を極力この場所に近づけないようにしたとしても。夫に金をつかわせていたのが自分ひとりではなかったことを知ったら、彼女はどんな反応を示すか。夫の稼ぎが血にまみれたものであったことを知ったときの彼女の反応を見たエンゲルマンとしては、彼女の顔が青ざめるところがありありと想像できた。

アパートメントの中をざっと見てまわったあと、今度はゆっくりと時間をかけて見た。見つかる心配はなかった。あの捜査官たちはこの場所については何も知らない。このアパートメントはクルスの名でも、すでに知られている彼の別名でも借りられていなかった。実際のところ、このアパートメントは貸し出しさえされていなかった。賃貸業者の書類の上では空き室になっていた。この十年、誰かに貸し出されたことも、誰かに室内を見せられたこともないアパートメントだった。

賃貸会社そのものがキューバ系マフィアの経営なのだ。今は亡きミスター・クルスの雇い主の不動産会社なのだ。

だから、この部屋を見つけるためにエンゲルマンがしたのは、〈評議会〉の連絡担当係に電話をかけることだけで、その数分後には、ここの住所が彼のプリペイド式携帯電話にメールで送られてきたのだった。

エンゲルマンはキッチンから始めた。狭いキチネットで、何も置かれていない居間につながっていた。調理台の上にはテイクアウト・メニューがいくつも積んであった。壁の電話用コンセントは使われないまま剝き出しになっていた。引き出しを順番に開けた。空《から》だった。次に、引き出しをすべて引き抜いて、二重底になっていないか、裏に封筒がテープでとめられているようなことはないかどうか調べた。何もなかった。食器戸棚も調べた。ひとつの戸棚以外、何も収められていなかった。小型の冷蔵庫の一番近くに置いてある食器棚にだけ、ジュース用のグラスがふたつ、コルク抜き、プラスティック製の食器を入れた箱があった。黄色く変色したリノリウムの床にその食器を放り出し、箱の中には食器以外何もないのを確かめると、その箱も床に放った。

オーヴンの中も空っぽだった。そもそも使われた形跡がなかった。冷蔵庫の中にはセルベッサ・クリスタル・ビールの六本パックが半分残っていたが、それだけだった。ゴミの中には、饐《す》えたにおいのする食べものの包み紙と二本のワインの空き壜。ゴミ箱をひっくり返してみたが、底に何かが隠されているといったこともなかった。袋と箱の隙間にも何もなかった。

居間には家具ひとつなかった。美術品もない。ベージュのカーペットには染みがついており、窓にはカーテンすら掛かっていなかった。窓の横にガラスの引き戸があり、そこには安っぽいブラインドが掛けられていた。ルーバーを開閉して外光を調節するやつだ。エンゲルマンはそのチェーンを手に取り、ブラインドを開けたり閉めたり左右に動かしたりした。ブラインドはレールの上を簡単に動いた。レールに沿って手をすべらせてみた。何にも触れなかった。頭を窓から出して外を見ても、バルコニーにも何もなかった。

実際に何を探しているのか。それはエンゲルマン自身にもわかっていなかった。クルスの仕事のやり方を示すヒント。言ってみれば、そういうものだ。自分が追っている相手はどのようにしてクルスの計画を知ったのか。そのことを示唆するものがそもそもここにあるのかどうか。それもわかっていなかった。しかし、何時間も家宅捜索をした挙句《あげく》、あの女性捜査官は見るからに落胆した様子で捜索の切り上げを命じていた。クルスの自宅からは何も見つからなかったのだ。

アパートメントのバスルームはくすんだオフホワイトの寄せ集めで、安っぽいまがいものの大理石の化粧台に灰色がかった黄色の便器——便座は上げられたままで、便器の中にはさびのすじが何本も這っていた。黄ばんだファイバーグラスのバスタブ、かびで赤みがかったその四隅、やはりかびで黒ずんだ取り付け備品のへり。漆喰《しっくい》の天井も黒い染みだらけで、バスルーム全体に湿気たにおいがこもっていた。

化粧台を調べてみた。トイレのタンクも。タオル掛けの中の空洞も。何もなかった。スウィッチを入れたり切ったりすると、換気扇がガタガタと音をたてたので、携帯用のキットからドライヴァーを取り出し、換気扇のカヴァーをはずした。汚れた羽根以外何もなかった。

寝室も見た。寝室とは呼びにくかったが。居間と寝室を仕切るドアがないのだ――部屋がわずかに狭くなって、また広くなることで、そこが戸口であることがわかるといった造りとでも言おうか。そんな寝室で、そこにあったのはナイトテーブル、シーリングファンと一体になった照明、金属製のフレームの上にのせたマットレス、そのへりからだらしなく垂れ下がっているチャコール・グレーのシーツ。それ以外、枕すらなかった。

言うまでもなく、ナイトテーブルから調べた。その上に電気スタンドはなかった。ストロベリーとチョコレートの香りのボディオイルが置いてあり、処方薬用の琥珀色の瓶に半分ほどバイアグラがはいっていた。それにショッキングピンクのバイブレーター、さまざまな形と大きさの張形。どれを取っても自然界に存在しそうなものはなかった。使い方の見当さえつかないような、あまりに奇妙な形をしたものもあった。引き出しの中にポラロイド写真があったが、エンゲルマンはもう少しも驚かなかった。

クルスには愛人がいると思ったところは想像どおりだったが、どうやらクルスの〝食欲〟を見くびっていたようだ、とエンゲルマンとしても思わないわけにはいかなかった。引き出しの中には、三ダースほどの写真がはいっていて、彼のお相手は少なくともその三倍はいたのだ。どの写真にも三人以上の人間が写っているところを見ると。その写真のコレクションに本人は写っていないということは、どれもクルス自身が撮ったものだろう。写っている人間の歳は十五歳から二十五歳といったところか、性別も男女ともにあり、組み合わせもさまざまだった。大半がヒスパニック系だが、黒人も多く、アジア人もコレクションの多様さに寄与していた。白人はいなかった。クルスは明らかに好みに線引きをしていた。

エンゲルマンはこれら四肢のからみ合った画像、大人のおもちゃ、男女の性器そのものをしばらく吟味した。興奮は覚えなかった。ただ、何か役に立ちそうな手がかりはないかと注意深く見た。しかし、そういうものがたとえあったとしても、彼らの秘密は彼らが表現している肉欲の喜びと同じくらい彼から遠かった。これらの空疎な画像がほのめかす満足をエンゲルマンに提供できるのは殺しだけだった。

写真を調べおえると、床に放り、ナイトテーブルの引き出しに注意を戻した。引き出しの中には、これらの写真を撮った古くてごついポラロイドカメラ、使用済みのフィルムの空箱、それにハードカヴァーの下劣なクライム・ノヴェルがはいっていた。ハードカヴァーのページのあいだに何かはさまっていないかと振ってみたが、何も出てこなかった。キッチンでやったように引き出し自体も調べたが、やはり何もなかった。マットレス――汗のにおいが染みつき、数えきれないほどの人間の重みで弾力を失った、染みだらけのマットレス――もシーツを剝ぎ取って、丸裸にして調べた。クルスが何かを中に隠したことを示す裂け目も手で縫った跡もなかった。それでもやみくもに切り開いた。悪趣味な写真と一緒に、スプリングと詰めものが部屋の床に散らばっただけで、手がかりと思えるようなものは何ひとつ見つからなかった。

金属製のベッドのフレームまで分解したが、それも空振りだった。シーリングファンの羽根の裏側に何かがテープでとめられているというようなこともなかった。電球を覆う半球形のガラスのシェードの中にも何も隠されていなかった。暖房の吹き出し口の中から見つかったのはネズミの糞、電気製品を動かすことで得られたのは綿ぼこりとゴキブリの死骸だけだった。

しばらくクルスのアパートメントの真ん中に佇《たたず》んだ。欲求不満に体が震えた。汚れ、汗まみれになって冷蔵庫のところまで引き返し、冷蔵庫のドアを開けると、クルスのビールを一本取り出して栓《せん》を抜いた。それから、リノリウムの床の上にぎこちなく腰をおろし、開けた冷蔵庫から漂ってくる冷気を体に受けながらビールを飲んだ。

視線をアパートメントのあちこちにさまよわせた。自分の〝作品〟を見ても心躍ることはなかった。自分が創造したカオスに喜びを見いだすことはできなかった――ただ、がっかりした。きっとここで何かが見つかるものと思っていたのだが。まだ何も――

まだ何も――

開いて伏せた恰好で床に落ちているハードカヴァーが眼にはいった。何か見つけたような、天啓に恵まれたような、奇妙な感覚を覚えた。表紙に英語が書かれていた。人物調査によると、クルスは英語を蔑視しており、家では家族に話すことを許さなかった。白人の愛人がいないのもそれで説明がつく。英語以外のことばを話す人間のほうがよかったのだろう。いずれにしろ、家具がほとんどないということは、ベッドを使うとき以外、クルスがこの部屋であまり時間を過ごしていなかったことを意味する。

だったら、そもそもどうして本があるのか？

エンゲルマンは勢いよく立ち上がった。ビールの酔いも疲労もいっとき忘れた。本を拾い上げ、上下を正して見た。

マリオ・プーヅォの『ゴッドファーザー』。

ぱらぱらとページをめくると、でたらめに文字に下線が引かれていた。

エンゲルマンの顔に笑みが広がった。プリペイド式携帯電話をポケットから取り出した。手袋をした手が汗ばみ、指の動きがどうしてもぎこちなくなった。

それでも問題はない。〈評議会〉の番号は短縮ダイヤルに登録してあった。呼び出し音が一度鳴っただけで、相手が出た。「なんだ？」怒っているわけではない。ただ簡潔なのだ。

「もしもし。どうやら興味深いものが見つかりました」

「ほう？　なんだ？」

「あなた方が心配しなければならないようなものではありません。私が処理します」

「だったらなんで電話してきた？」

「あなたとあなたの組織はほんとうにいけない男の子と女の子の集団なんですね」

「なんのことだ？」

「授業中にメモをまわしましたね」とエンゲルマンは言って、そのことをたしなめるように舌打ちをした。「申しわけないが、私としてはそのメモを見せてもらわなければなりません」

長い沈黙ができた。かなり長い沈黙になった。エンゲルマンは一瞬、プッシュしすぎたかと思った。この連絡係は何も答えないかもしれないと。

ようやく相手が言った。「われわれの通信手段は暗号化されてる。きわめて厳重にな」

「あなたが思っているほど厳重でもないみたいですが」とエンゲルマンは言った。自己満足が声に現われていた。

「おまえ、口の利き方というものを少しは覚えたほうがいいんじゃないか？」と連絡係は吐き捨てるように言った。「おれたちを能無し集団とでも思ってるのか。おれたちのことをそんなふうに言うやつがいるとしたら、そいつはまずおれたちには好かれないだろうよ」

エンゲルマンとしても〈評議会〉に逆らうつもりはなかった。笑みを消して彼は言った。

「そんなことを言うつもりは毛頭――」

連絡係は彼のことばをさえぎって言った。「ならいい。だったらこれからも言わないことだ」そこで連絡係はため息をついてから続けた。声音《こわね》に落ち着きが戻っていた。「このクソ野郎がおれたちの暗号を解読したのなら、こいつはおれたちが思ってたよりずっと優秀な野郎だってことだ。よかろう、知りたいなら、どうすれば解読できるか教えてやるよ。しかし、ひとつ訊いておく。おまえもそいつと同じくらい優秀なんだろうな？」

「もちろん。私以上に優秀な者などいません」

「ああ、そういう噂は聞いたことがある、噂はな。だけど、おれが今から教えることを利用して、おまえがおれたちをコケにするようなことがあったら、おまえの業界のナンバー2からナンバー5まで雇って、おまえのケツを追っかけさせてやる。それでもっておまえを生き永らえさせてやる。おまえがおれたちをコケにしたことをちゃんと後悔できるあいだだけな。わかったか？」

エンゲルマンがいっときおいて答えた。「わかりました」

「よし。だったら携帯を確認しろ。リンク先をいくつか転送してやる。そのあと、組織にはおまえが獲物を見つけるまでこの通信網は使わないよう伝えておこう」

「いや。そういうことをすると、相手が不審に思うかもしれません。通信網はそのままにしておいてください」

しばらく連絡係は何も言わなかった。「おまえは身のほど知らずな要求をしてる。そのこと、わかってるのか？」

「ええ、よくわかっています」

「だったら、よくわかっておくことだ。おれがこの情報洩れになんの対処もせず、おれたちの組織の人間がさらにひとりでもこの男に殺されるようなことになったら、おまえがすべての責任を負うことになる。いいな？」

「今日の今日まであなたたちは情報洩れのあることに気づいていなかった。しかし、気づいたことによって戦術的な利点がもたらされた。それを無駄にするのは愚かなことです」

「たぶんな。一週間やる。そのあとはおまえがこの男を捕まえていようがいまいが、おれたちは暗号鍵を変える」

「わかりました」

「じゃあな。せいぜい幸運《グッド・ラック》を祈ってるぜ」と連絡係は言って電話を切った。

いや、〝幸運《グッド・ラック》を祈る〟じゃない、とエンゲルマンは思った。〝よい狩り《グッド・ハンティング》を〟だ。

11

昼間のマッカーサー公園は充分安全そうに見える。もちろん、いたるところに凝った落書きが書かれ、ユーカリの木陰ではホームレスが昼寝をしているが。それでも、陽に焼かれてところどころ剝げている芝の上を歩いて、犬の散歩をさせたりすることはできる。子供を連れてきて、サッカーボールを蹴らせることも。蛍光色が塗られた遊具で遊ばせることも。

しかし、太陽が西の太平洋に沈むと、公園も、公園のあるロングビーチのイーストサイド地区も様相が一変する。家族連れは荷物をまとめて立ち去る。ホームレスも公園の外の歩道や安アパートの玄関階段に退避するか、その一帯からすっかり姿を消す。そこからはギャングの出番となる。

彼らはわざとらしく肩をいからせ、まわりを威嚇しながらぞろぞろとやってくる。しかし、実際のところ、彼らが群れて歩きまわるのは、数を頼りにしたほうが安全だからだ。大半は黒人だが、ほかにヒスパニック系のグループがいくつか、カンボジア系のグループも一組いる。グループ間で人種が交ざり合うことはない。ロングビーチは人種の多様性が自慢のひとつだ。が、ストリート・ギャングはそこまで啓蒙されていない。

マイクル・ヘンドリクスは無関心を装い、通りの反対側からそんなギャングを観察した。彼に気をとめる者など誰もいなかった。すっかり景色の一部と化していた。

ロングビーチに着いたのは前夜遅くで、海岸から数ブロック離れた中級クラスのホテルにチェックインした。ロバート・マッコールという名前で。必要な身分証明書やクレジットカードはレスターが手配してくれていた。チェックインするとすぐ軍用のダッフルバッグを肩に掛け、浜辺まで歩いた。そして、バッグからジーンズとシャツ三枚——白いTシャツ、ヘザーグレーのタンクトップ、赤と黒のチェックのフランネルのシャツ——を取り出した。潮は干いていて、ナトリウム灯のもと、浜辺にはコーラのような茶色をした汚れた海水が打ち寄せていた。水ぎわまで降り、打ち寄せる波にジーンズとシャツを浸けて絞ると、ダッフルバッグにまた戻し、海水が服からにじむに任せ、また歩いて部屋に戻った。

朝になると、シャワーカーテンの棒に掛けておいた服はすっかり乾いていたが、海水で色が変色し、表面についた塩分で生地はごわごわになっていた。部屋にも奇妙なにおいが充満していた。何か生きものが死んだあとのようなにおいだ。

ヘンドリクスは乾いたジーンズを穿き、乾いたシャツを重ね着した。まずタンクトップ、その上にTシャツ、その上にフランネルのシャツ。ホテルの通用口からそっと抜け出し、海とは反対側に向かって歩いた。自転車置き場で立ち止まり、置いてある自転車のチェーンを握り、手についた油を髪と顔に塗った。そうして数ブロック歩くと、すれちがったビジネスウーマンがあからさまに嫌悪の表情を顔に浮かべた。目的が達成されたことはそれで容易にわかった。その女性の眼にヘンドリクスは市《まち》にあふれる薄汚れたホームレスのひとりだった。

唯一わかっているアーヴィング・フランクリンの住所に建っていたのは、彼の祖母が所有するスタッコ造りの平屋の質素な家で、ヘンドリクスは、その家の向かいから数軒離れたところに――シャッターの降りた質屋のまえの玄関階段に――腰をおろして待った。

彼がそこに着いたとき、フランクリンの祖母はすでに起き出していた。そのあと何時間もよたよたと行ったり来たりするのが窓越しに見えた。料理に掃除にふたりの幼い子供――フランクリンの弟か、従弟か――の世話に。正午になって、ようやくフランクリンの姿が見えた。起き抜けでよろよろしながらキッチンにはいってきた。顔に枕の跡があり、見るからにまだ眠そうだった。そのあまりに幼い見てくれにヘンドリクスは驚いた。痩せていて、華奢《きゃしゃ》で、繊細な感じだった。女っぽいと言ってもいいくらいの顔だちで、見るかぎりタトゥーはなかった。背は五フィート五インチもないだろう。いったいどういうわけで大犯罪組織がこんな情けない子供の命を奪おうとするのか。ヘンドリクスにはまるでわけがわからなかった。

その日は丸一日、その家の外にいて、めだたないよう外見も居場所も変えた。質屋の玄関階段に坐っていたときには、フランネル・シャツのボタンを全部とめていた。近所のフェンスに寄りかかっていたときにはTシャツ姿になった。アカシアの木の下で横になっていたときにはタンクトップだけになった。そうやってフランクリンとふたりだけで話ができるようになる機会をうかがった。しかし、フランクリンは夕方になるまで外に出てこなかった。夕暮れが迫った頃、彼と同じグループのメンバー三人――三人ともフランクリンより年上で、強面《こわもて》で、首にはタトゥーを入れ、四本の指の付け根をけばけばしくどっしりとした金《きん》の装飾品で盛大に飾りたてていた——がこれまたけばけばしく飾りたてたホンダ・シビックで迎えにやってきた。

フランクリン少年は玄関のドアを出るときに祖母の頰に軽くキスをした。

ヘンドリクスは数ブロック東にある公園まで彼らのあとを尾《つ》け、訓練して得たテクニックを駆使して監視した。公園の生態系では〈サヴェッジ・プロフェッツ〉が最高位にあるらしい。蛍光塗料の塗られた遊具は公園の南西の角——ノース・ウォーレン通りとイースト・アナハイム通りの両方に出られる角——にあり、彼らはその遊具場を〝支配〟していた。彼らの麻薬取引きはきわめて規則正しく進められる。まず黒いフードつきのパーカを着た四人がフェンスに囲まれた遊具場の四隅に立つ。そこにいる中で一番体格がよく、一番強面の四人で、スウェットシャツのポケットと腰のあたりがあやしくふくらんでいる。ほかのふたり——そのうちのひとりがフランクリン——は遊具場のゲート係で、ふたりとも武器は持っていないようだった。七人目は遊具の足元に坐っていたが、そこにいるのは煙草の火が時々赤く光ることからしかわからなかった。

買い手がひとり遊具場の南側のゲートからはいってきて、フランクリンと握手を交わした。そのとき丸めた札束がフランクリンに手渡されたのは明らかだった。買い手はそのあと麻薬の包みを受け取るために遊具の陰に消えた。取引きが終わると、遊具場の北のゲートを出た。そこでは見張り係が安全であることを示す口笛を吹いた。こうして金の支払いとクスリの手渡しは別々におこなわれ、〝ブツ〟が公衆の面前にさらされることは決してない。また、客の流れも厳格に制限されているので、五分以上は動きを見張っていないと、彼らが取引きをしていることはわからないだろう。一方、警察は確たる証拠をカメラに収めることを求められる。また、正当な理由がなければ強制捜査はできない。数を頼りに現場を取り囲んでもさして効果はないだろう。〈サヴェッジ・プロフェッツ〉にしてみればただ散り散りに逃げればいいだけのことだ。銃を持っている者はヤクにも金にも触れない。その逆もしかり。このやり方だと、全員の罪状リストがきわめて短いものになる。ここまで不利な状況下では、優秀な囮《おとり》捜査官でも自殺願望でも持たないかぎりクスリは買えない。

ヘンドリクスがフランクリンに近づくのはなおさらむずかしかった。少なくとも、囮捜査官には応援がいる。麻薬を手に入れようとするヤク中にとって、フランクリンはつけたしのようなものだ。目的を達成するための手段でしかない。立ち止まることもない握手はただ現金を渡すだけのためで、立ち話もしない。ヘンドリクスがクスリを買うふりをして近づいて話しかけたらどうなるか。ことばを五語も発しないうちに〈サヴェッジ・プロフェッツ〉の強面たちが飛んでくるだろう。そのときのフランクリンの反応次第では、気づいたときにはもう公園から放り出されていることだろう。

それは双方にとっていいことではない。というのも、フランクリンの様子を見るかぎり、彼のほうもヘンドリクスのような人間を必要としているように見えたからだ。仲間が夜どおしジョークを言って笑い合っている中、フランクリンは見るからにこそこそとして怯え、落ち着かなげだった。一族のできそこない、あるいは、ギャングのメンバーというよりギャングのマスコットのようだった。胸を張ったり、自信ありげな態度を取ったりはしていたが——むしろことさらそういうことをしようとするため——みんなから情け容赦なくからかわれていた。

ヘンドリクスはフランクリンに同情した。フランクリンのその様子にはヘンドリクス自身の子供時代の黒い影が宿っていた。その黒い影が彼にどれほどの犠牲を強いたか。それは忘れられない辛い思い出だった。いずれにしろ、フランクリンがゲートを守っているかぎりは近づけない。

しっかりと見張ってひたすら待つ。どうやら選択肢はそれしかなさそうだった。

エンゲルマンもしっかりと見張って、ひたすら待っていた。ヘンドリクスが身を横たえているところからさほど離れていない場所で。

〈評議会〉の連絡係から競馬サイトのリンクを転送してもらい、まだおこなわれていない殺しを意味するレース結果を教わると、さっそく解読作業に取りかかった。一文字、一文字、革表紙のモレスキンの手帳に書き出した。プリペイド式携帯電話のウェブ・ブラウザーのピクセルで構成されたサンセリフ体の文字と、クルスの『ゴッドファーザー』の黄色くなったページを交互に見ながら。眼を酷使して最後にはドライアイになり、眼がむずむずしてきたが、照合の成果は二件の殺しのおおまかなスケッチになった。不完全でスペルミスも多かったが、それでも主な情報を把握するぐらいは解読できた。さらにできるかぎりの情報を〈評議会〉の連絡係から受け取り、残りはグーグルで検索し、ちょっとした工夫を凝らして補った。人間を獲物とするビジネスにおいてもインターネットは画期的な武器になっている。

最初の標的はリチャード・ダブルッツォという男だった。〈シカゴ・アウトフィット〉のボスのモンテ・ダブルッツォの甥《おい》で、コカインやMDMAをおもに売りさばくための隠れ蓑になっているナイトクラブを経営していたが、彼自身、それらの商品の愛好者で、ハイになると女を切り刻むという不幸な性癖の持ち主だった。

そういうことを初めてやらかしたときには、本人は事故だったと主張した。ガールフレンドと一緒にシャワーを浴びているときに、カミソリの刃が女の顔をすべったのだ、と。女のほうはそれとはまるで異なる主張をしたが、そのときは傷が浅く、縫うほどのものでもなかったので、女の沈黙を買うのに低い五桁の数字で折り合いがついた。

二度目は犠牲者——テレビのリアリティ番組に出ていて、才能《タレント》はなくても名前だけは知られているタレント——が眠っているときに起こり、最初のときとは異なり、リチャードは告訴される。そのため、今度は六桁の金と法的拘束力を持つ示談のための和解文書が必要となった。それでどうにかリチャードが夜食をつくっていてしくじったという話に女も同意してくれたのだった。

しかし、ナイトクラブの常連客が咽喉《のど》を切り裂かれ、リチャードのアパートメントから半マイルほど離れた裏通りで発見されたときには、組織としても彼の嗜好《しこう》の後始末はそれまでのやり方とは異なるやり方でつけたほうがいいと判断した。金は犠牲者よりプロの殺し屋に払ったほうがいいと。

で、エンゲルマンはまずマイアミからシカゴに飛んだ。ダブルッツォを監視して、彼の獲物がダブルッツォに接近するのを待つつもりだった。が、彼の飛行機がシカゴの空港に着陸したときにはもうダブルッツォは死んでいた。新聞によれば、死因は麻薬の過剰摂取で、誰も不審に思わないものだった。ボスの甥が殺されたとなると、それが引き金となってギャング同士の抗争も起こりかねない。一方、自殺となると家名が汚れる。ダブルッツォ家は昔からカソリックの家系だった。

エンゲルマンにしてみれば、時間の無駄だった。がっかりしないわけにはいかなかったが、もちろんあきらめはしなかった。むしろ彼の本能は彼にこう言っていた――おまえは獲物に近づいている。ダブルッツォについては獲物も遅れを取ったのだろう。が、リストに載っているふたり目は少なからぬ成果をもたらすのではないか。エンゲルマンはそう思った。

その日の午後早くにはもう、シカゴからロスアンジェルスに飛び、ふたり目の標的が住むロングビーチまで車を走らせていた。レンタカーのカウンターの列も短く、四〇五号線を南下する車の列も軽快に流れてくれたので、午後四時にはもう現地に着いていた――ふたり目の標的が属すギャングがよく出入りしている公園の向かい側の小さなショッピング・センターの中にいた。そこの駐車場にレンタカーのクライスラーを停めて張り込んでいた。

標的が現われるのを待ちながら、陽射しに焼かれた眼のまえのスラムを見渡した。つい数日前にはレマン湖のひんやりとしたそよ風を顔に受けていたのが信じられなかった。がたがたと音をたてて走るオンボロ車に乗ったみすぼらしいなりの男と女。そんな男女がヴィアンや彼のパーティに来ていた客と同じ惑星に生息していること自体、信じがたかった。同時に、そう考えると自然と口元がゆるんだ。この仕事から得られる最大の喜びのひとつは、人生の贅沢な見世物を特等席で見られることだ。人生の旅それ自体には途方もない差があっても、最終的にはみんな同じ場所で合流する。それをわからせてくれることだ。

陽が落ちるとすぐに〈サヴェッジ・プロフェッツ〉が現われた。一見するかぎり、アーヴィング・フランクリン――一団の中でもひときわ小さかった――は運の悪い無邪気な子供という印象だった。しばらく見ていると、その印象はさらに強まった。ほかの者たちは紙袋に包んだモルト・リカー(アルコール度数の高いビール)をだらだらと飲んでいるのに、フランクリンのほうはレッドブルを浴びるように飲んで、神経質そうに体を震わせていた。

しかし、エンゲルマンは〈評議会〉の連絡係を通じて、さらなる情報を得ていた。フランクリンのおずおずとした態度は幼さの印《しるし》でもなければ、無邪気さの印でもなかった。ただ抑えきれない野心が表に出ているだけのことだった。仲間と世界に向けて自分の能力を証明したいという願望が彼にそういう態度を取らせているにすぎなかった。

実際、二週間前、フランクリンと彼のいとこ――ロスアンジェルスのギャング〈ハングマン・スクワッド〉の三下《さんした》――はロスアンジェルスのファミリーの運び屋と〈サヴェッジ・プロフェッツ〉のナンバー2との取引きに割り込んでふたりを殺し、二万ドル分のヘロインと同額の現金を奪い、フランクリンは現金、いとこはクスリを取ることで山分けしていた。

そういったことに関して、フランクリンの弱々しい外見は逆に彼の強みとなる。〈サヴェッジ・プロフェッツ〉は彼がその強奪に関与しているなど、疑いもしなかった。当然のことながら、ライヴァル・ギャングの仕業だと思った。ところが、ロスアンジェルスのファミリーが、彼らのブツであることを示す〈ブラック・トップ〉の印のついたヘロインを彼らの縄張りで許可なく売っていた売人を捕まえたことで、事実があかるみに出る。そのヘロインからフランクリンのいとこの名が浮上したのだ。いとこは拷問され、フランクリンが盗みの首謀者であったことを白状したあと、殺され、現在は使われていないゴミの埋め立て地に埋められた。フランクリンの死はそれよりもっと明白なものでなければならなかった。メンバーがファミリーに楯突くなど絶対にあってはならないことだ。フランクリンの死は、そのことを〈サヴェッジ・プロフェッツ〉のほかのメンバーに明確に伝えるメッセージにならなければならない。ギャングの制裁であろうとなかろうと、そんなこととは関係なく。

フランクリンの眼が子供のような体型にそぐわないことには、エンゲルマンも容易に気づいた。狡猾《こうかつ》で疑い深い眼。そうとしか言いようのない眼をしていた。その眼は人が通りかかるたびに細められ、市《まち》の夜に何かの音がこだまするたび、音がしたほうにすばやく向けられた。要するに、フランクリンは暴力を常に予期している人間ということだ。あらゆる場所にあらゆる暴力の予兆を感じ取る眼。それはつまるところ、暴力がその者の心にひそんでいる証しだ。

心配は要らない、とエンゲルマンは心の中でフランクリンに呼びかけた。心配しなくても、暴力のほうがすぐにきみを見つけ出すだろうから、と。しかし、きみに運があれば、私の獲物のほうがさきにきみを見つけてくれるかもしれない。

そんなことを考えていると、フランクリンが持ち場を離れた。それに合わせて公園の隅にいたホームレスの男も動いた。

12

アーヴィング・フランクリンは四本目のレッドブルの残りを飲み干し、空き缶を通りへ放り投げた。顔が火照《ほて》っているように感じられた。奥歯が浮いているようにも感じられた。カフェインが体じゅうの血管をめぐっていた。見張りに立っていた遊具場の入口から離れると、一番近くにいた筋肉野郎が声をかけてきた。

「どこへ行く、イッフィ？」

フランクリンは相手の頭のてっぺんから爪先まで見た。体重二百ポンドのぼんくら野郎。フランクリンが仕切るようになったら——それはこいつやほかの〈プロフェッツ〉のメンバーが考えるよりずっと早い時期になるだろうが——こいつはもう長くはない。「落ち着けよ、タイ。しょんべんだ。誰も来そうにないから」

タイは人気《ひとけ》のない通りを見渡すと、黒いスウェットシャツをまとったがっしりとした肩をすくめて言った。「さっさとしてこい」

フランクリンはニューポートの箱を軽く叩いて一本取り出し、火をつけた。熱い煙と冷たいメンソールが肺を満たし、激しく打っていた鼓動が少し落ち着いた。夜のこの時間、イーストサイドの通りに面した店はどこも閉まっており、公園のトイレは別のギャング〈タイニー・ラスカル〉の縄張りだった。路地で充分用が足せるのに屋内で小便をして弾丸《たま》を食らう愚は犯したくない。フランクリンは煙を吐きながら、イースト・アナハイム通りを渡ると、家具屋とシャッターの閉まった小さなスーパーマーケットのあいだの通用路に向かった。

フランクリンが路地に向かうのを見て、ヘンドリクス——それまでは公園が見渡せる建物の屋根のある入口に身をひそめていた——は立ち上がると、あとを尾《つ》けた。が、よろよろと通りを渡ったところで、〈サヴェッジ・プロフェッツ〉の用心棒の視線が感じられ、わざとフランクリンから視線をずらした。いっときも眼をそらしたくなかったのだが。フランクリンの行き先はすぐにも確かめたかった。ヘンドリクスは一番近い交差点でしゃがみ込むことで、〈サヴェッジ・プロフェッツ〉のメンバーの視界からどうにかはずれた。

酔っぱらいを演じてイースト・アナハイム通りを渡ったときには、彼の足音は騒々しく響き渡っていた。それが今は彼のブーツが汚れたコンクリートを踏んでも音がまったくしなかった。彼は今よりはるかにむずかしい状況でも敵に気づかれずに移動する訓練を受けていた。脇道を探しながら歩道を全力で走った。右手の建物が霞《かす》んで見えた。

二番目に通り過ぎたビルの先に低い鉄のフェンスがあった。その向こうは小さな駐車場で、門には南京錠がかかっていた。なめらかなひとつの動作でフェンスを飛び越し、駐車場を横切ってフランクリンを追った。

あの子はまだ救える。そう思った。

エンゲルマンはフランクリンが通りを渡るのを興味深げに眺めていた。ホームレスの男もまた通りを渡るのを見て、彼の興味は興奮に変わった。ホームレスはかなり長いあいだじっと動かなかった。そのためエンゲルマンはホームレスがそこにいたことも忘れていた。いつのまにか人というより舞台のセットの一部のように思ってしまっていたのだろう。ホームレスというのは、ヤシの木や派手な壁の落書き同様、南カリフォルニアの象徴のようなものだ。ホームレスにいちいち眼をとめる者などいない。だから、景色に溶け込もうとする者にとっては恰好の隠れ蓑になる。

エンゲルマンは通りをはさんで公園と向かい合っているショッピングモールにいた。だから、フランクリンとホームレスの男がこのままイースト・アナハイム通りの南側を歩いていくと、すぐに見えなくなる。エンゲルマンは車のエンジンをかけ、アメリカ人の考える高級車とは、性能ではなく静かさだということに、車を借りて初めて感謝した。エンジンはとても静かにかかり、公園にいる若者の誰にも気づかれなかった。駐車場から公園のほうに車を出すと、最初の角を左に曲がった。すっかり暗くなった道路を時速五マイルでのろのろと進み、フランクリン——もしくはエンゲルマンの獲物——の姿がどこかに見えないかと夜に眼を凝らした。

フランクリンは通用路から路地にはいった。大型ゴミ容器のうしろの物陰を見つけ、ファスナーをおろして用を足した。

視野の隅を何かが動いた。用足しの途中で振り返り、ぎくりとした。

煙草の吸いさしの明かりで夜目が利かず、最初はただの暗闇しか見えなかった。そのうち形が見えるようになった。煙草がフランクリンの口から離れ、足元に溜まった小便の中に落ちてじゅっと音をたてた。最近、ベルトに差すようになった銃に手を伸ばした。が、銃はそこにはなかった。祖母の家の靴下用の引き出しに入れたままだった。〈サヴェッジ・プロフェッツ〉は集金係が銃を持つことを好まない。

「ねえ、イッフィ」

「アイーシャか？」フランクリンは胸を撫でおろした。が、すぐに恥ずかしくなった。「なんだってこっそり近づいてくるんだよ？　くそっ。路地でちんこを出したら、たったの三秒で強盗にあったんじゃないかって思ったじゃないか」そう言って、彼は自分のものをバギーパンツにしまうと、意味もなくパンツのまえを軽くはたいた。

「ごめん。ただ……挨拶したかったんだよ、それだけだよ」とアイーシャは言った。

フランクリンは彼女を上から下まで見た。小枝みたいに痩せこけた体にみすぼらしい服。両眼は深い穴に沈んでいるみたいだった。街灯の光を受けて、皮膚が黄疸《おうだん》のように黄ばんで見えた。手首から肘まで前腕には小さな穴がそこらじゅうにぽつぽつとできていた。「嘘を言うな。ヤクが欲しいんだろうが」

アイーシャは自分の靴を見て言った。「給料日までやっていくのにちょっとだけ必要なんだよ」

「給料日までっていうのはおまえのポン引きが取り分を寄こすまでってことだよな？」

「ねえ、イッフィ。長いつきあいじゃん。お礼はするから」とアイーシャは言って、フランクリンに近づき、開いているファスナーに手を伸ばした。

フランクリンはアイーシャを乱暴に押しのけた。彼女は地面に倒れ、すすり泣きはじめた。

「触るんじゃねえよ、このクソアマ。おれはもうおまえとつるんでた昔のおれじゃないんだよ。チビクソの文無しニガーじゃねえんだよ。今じゃ一人前の男だ、わかるか？　おまえなんかとはちがうんだよ。めそめそしたたわごとなんか二度と言いにくるな。そんなんじゃ、どんなチンポも舐められねえぞ」

フランクリンは彼女を蹴ろうとして、脚をうしろに引いた。彼女は金切り声をあげ、腕で顔をかばっただけで、自分のほうから彼を止めようとはしなかった。近くで誰かが咳ばらいをしたのが聞こえた。顔を起こすと、ホームレスの男が路地の入口に立っていた。街灯を背にして、その姿がシルエットになって見えた。

フランクリンは観客の登場で一瞬ひるみ、引いた脚をもとに戻した。

覚悟した一撃が来ないのを見て取り、アイーシャは両腕のあいだからのぞき見をし、思いもよらない救世主の登場に眼を見開いた。

ホームレスの男はアイーシャに言った。「行け」

アイーシャは無言のまま慌てて立ち上がると、頬を涙で濡らしたまま走り去った。フランクリンはホームレスの男からアイーシャに視線を移した。追いかけて、あのトチ女《アマ》にヤキを入れるべきかどうか。

ホームレスの男はフランクリンのほうに一歩足を踏み出して言った。「おれなら追いかけない」

フランクリンは動かなかった。絶対に認めるつもりはなかったが——自分にさえ——男の口調にはどこかしら恐怖を感じさせるものがあった。

ふたりは、いわば不安定な安定を保ってしばらくその場に佇《たたず》んだ。やがて慌てて立ち去ったアイーシャの足音も夜に呑まれて消えた。傷ついたプライドを修復しようとでもするかのように胸を張り、とんがった声でフランクリンが言った。「何見てる？」

「何も」と男は答えた。「何も見てないよ」

そう言って、ホームレスの男も夜陰に姿を消した。

エンゲルマンは東十一丁目通りを西にゆっくりと車を走らせていた。すると、若い黒人女がいきなり路地から彼の左手に飛び出してきた。泣きながら彼の車のフェンダーをかすめ、走り去っていった。急ブレーキをかけ、女が来た方向に眼を凝らした。フランクリンが路地をはいって五十ヤードほどのところに置かれた大型ゴミ容器の陰で、ズボンのファスナーを上げていた。ファスナーを上げるとあたりを見まわし、公園のほうへ戻っていった。

エンゲルマンはそのブロックを一周してみた。が、ホームレスの男の姿はもうどこにもなかった。さらにもう一周してから、クライスラーをさきほどまで停めていた駐車場に戻した。フランクリンが持ち場を離れたのはあの女のせいだったのだろう。ホームレスの男が眼を覚ましたのはただの偶然にすぎなかったのだろう。

エンゲルマンはさらに二日間フランクリンのあとを尾《つ》けた。その二日のあいだフランクリンに接触してきた者はいなかった。三日目、フランクリンの祖母は懇願した、やめてくれと。しかし、フランクリンはイタリア系の大男ふたりに家から引きずり出され、路上で撃ち殺された。頭と心臓を一発ずつ撃たれて。プロの手口だった。

アーヴィング・フランクリンはもう誰にとっても用済みの少年となった。

13

朝のひんやりとした空気の中、マッケイ池の水面はガラスのように静かだった。細かい霧が降りて池を覆い、ワシントン山が池に映《は》え、水面を美しく飾っていた。日本の風景画を逆さに掛けたみたいだ。マイクル・ヘンドリクスはそう思った。

GPSを確認し、自分に軽くうなずいた。そこが探していた場所だ。ニュー・ハンプシャー州の鬱蒼《うっそう》とした森。背の高いマツの巨木も遠くからだと細く見えた。幹から突き出た棘《とげ》のある枝もクリスマス・ツリーというより鳥の羽根を思わせた。それでも近づくと、幹は大の男が試しても腕に余った。ヘンドリクスはマツの香りを吸い込んで笑みを浮かべた。これらは彼以外これまでまだ誰の眼にも触れていない木なのかもしれない。それでもこれらの木々は何世紀にもわたってここに生えているのだ。彼は一本のマツの幹の上を見上げ、地上から二十フィートほどの高さの枝に隠れて鈍く光っている光ファイバーカメラを見つけた。自分以外には誰も見つけたりしないことを願いながら。

まだ朝の六時にもなっていなかったが、ヘンドリクスはすでに何時間もまえから起きていた。アフガニスタンから帰還して以降、わが家と呼んでいる山小屋のまわりを――自分で設定した境界線を——歩いて、圧力センサーをチェックし、カメラがちゃんと隠れたままになっているのを確認するのだが、これは一種の儀式だった。仕事から戻ると必ずやった。必要なことだからだ。彼の仕事では彼自身が標的になることもある。加えてもっと単純な事実もあった。森で過ごす時間は単純に彼の心を慰めてくれた。森を歩けば、仕事の重荷を山小屋の外に置いておけた。

探しているものを見つけるためにカメラの配線を眼で追った。足元のぶ厚い針葉の敷物に足音が吸い込まれた。ものではない。カメラはいくつもあって、仕掛けた正確な位置などとても覚えきれるものではない。五平方マイルにもわたる家の周囲に二百台も隠してあるのだ。そんなカメラ設置場所は地形を見れば、覚えるかわりにGPSと本能を頼りにするしかない。設置場所は地形を見ればそれでおのずと決まった。だから、設置に適した地形、それがすなわち彼が設置した場所だった。

ヘンドリクスは有能で堅実だった。そのことについてはアメリカ合衆国《アンクル・サム》に感謝しなければならない。

新しい足跡の窪みがあちこちにあったが、新しい足跡であってもそれは人間のものではなかった。ヘンドリクスは膝をついて、強く押しつけられた跡がある地面に指を這わせた。

やはり。思ったとおりコードが切れていた。

ベルトからツールキットをはずして作業に取りかかった。コードの被膜を剝がしてからコードをつないで遮蔽《しゃへい》し直した。終わると、コードを土と松の針葉で薄く覆い、一歩足を踏み出した――そのコードの上に。

同時にベルトに取り付けている衛星電話が鳴った。

ヘンドリクスはほとんど見えないほど小さな樹上カメラに向かって手を振った。山小屋に戻ったら、手を振っている自分の姿がビデオに映っているのが確かめられるだろう。コードはカメラと圧力検出マットをつないでおり、そういうコードが森のいたるところに張りめぐらされている。森全体をカヴァーするものではなかったが、そこまでやるのは彼にしてもやりすぎだろう。それに実際のところ、不要なものだ。ニュー・ハンプシャー州のホワイト山地の不安定地形がそもそも充分な警備機能を果たしてくれているのだから。だからセンサーは最も侵入されやすそうな個所にだけ設置されていた。戦術訓練を受けた者が接近するのに魅力的だと判断しそうな場所にだけ。マットが踏まれると、カメラが作動して誰かが来たことを彼に伝える。そういう仕組みだ。

ここ三年半、ヘンドリクスはもう使われていないイヴリンの家族の山小屋をわが家にしていたが、そうした警備設備によってもたらされる保護は単純に精神的なものだった。これまでカメラがとらえた生きもので人間はいなかった。たとえば今日は樹上にカメラが設置された下をヘラジカの母子が歩いていたのだが、録画がとぎれる直前、いきなり駆けだしていた。その映像はヘンドリクスを用心させるのに充分なもので、歩いてまわるのに武器を携行してきたのはそのためだった。それがなんであれ、ヘラジカを驚かす何かがいたということなのだから。結局のところ、心配の必要はなかった。残っていた足跡から想像するかぎり、ヘラジカを驚かせたのはどうやらクロクマのようで、血痕が残っていないということは、ヘラジカは襲われることなく逃げおおせたのだろう。

そう思って、ヘンドリクスは安堵《あんど》した。ハンティングに興味を覚えたことは一度もない。傷ついた動物を見るのは苦手だった。

腹が鳴った。気づくと、起きてから何時間も歩きつづけ、その間何も食べていなかった。いくらか無理をしてしまうのはよくあることだ。仕事を終えたあとの期間は、くつろいで過ごす。気持ちを新たにし、緊張を解いて体を休め、心身ともに自然な反応に任せる。しかし、今日は息を吸うのにも努力を要するほど、肩と肩のあいだの筋肉が凝っていた。そして、そのこわばりだけが彼に感じられるすべてだった。ヘンドリクスは思った。当然の推理をした。この緊張はロングビーチに行ったことが不快な結果に終わったからなのか、あるいは、ほかの男の子供を身ごもったイヴリンを見たせいなのか。イヴリンのことを思うと、こめかみのあたりがどくどく脈打った。それが明らかな答になっていた。

くよくよしても意味がない。自分で決めた以上、そのことに自ら納得して生きていくしかない。

しかし、問題は心の奥底では——自己憐憫《れんびん》を司る心の中枢では——彼は少しもそんなことを信じていないことだった。

ほんとうに自分で決めたことなのかどうか。そこのところからすでに信じていなかった。

今の人生を人生と呼べるのかどうかも。

フライパンのベーコンが焼けはじめると、ベーコンからにじみ出た脂と塩分、それに煙のにおいがガスコンロの発するかすかなオゾンのにおいに取って代わった。保存料を使っていない厚切りにした三枚のベーコンの切り身は、オシピー町のすぐ北にある燻製場でつくられたものだ。ヘンドリクスは焦げる直前まで火を通してから紙タオルの上にのせると、地元の農産物直売場で買った新鮮な卵を二個割って、脂を熱したフライパンに落とした。ベーコンの脂に接して白身が泡立ち、卵はすぐに調理された。白身が固まるのを待って、家の裏から取ってきて厚めに切ったトマトの上にベーコンと卵をのせた。フライパンはシンクに置いて冷ました。

寄せ木造りのキッチン・アイランドの脇に立ったまま、フレンチプレスでいれたブラック・コーヒー二杯でその田舎風の朝食を食べた。不規則に伸びている柱と梁《はり》、松の心材を張った床、アーチ形の天井、巨大な石炉を中心とした開放的な造りのログハウスは静まり返っていたが、ヘンドリクスにしてみれば婚約者との思い出がその隅々《すみずみ》でこだましていた。キッチンは、お粗末な夕食のあと、彼女の両親が何年もまえに食器棚に置いていった缶詰めを素材に、彼女が大人のふりをして、あやしげな料理を手探りでつくった場所だった。寝室にしていた屋根裏部屋は、彼のほうが不器用で性急な手探りをした場所だった。それまでは神秘的だった彼女の体が彼自身の体の延長線のようになり、相互理解が深まるとともに、肉体のリズムも合うようになった場所だった。暖炉のまえは光と熱をふたりで享受した場所だ。山に秋がやってきて、ふたりは初めて自分たちの貧しさに気づいた。ベースボード・ヒーター（幅木に取り付けて使用するヒーター）のためのプロパンガスも、発電機用のガスも買えないほど貧しいことに。外に停めた錆だらけの古いシヴォレーにさえ彼女のにおいが残っているような気がした。そんなことはありえないとわかりながらも、これほど長い年月が経ってもそれが彼の心の現実だった。シヴォレーは仕事で家を離れるときには公共駐車場にまぎれ込ませ、また帰ってくるまでそこに待機させた。ナンバープレートはほかのオンボロ車のものと二カ月おきに交換した。

家について言えば、自分のものでもなんでもない場所をわが家とするのは奇妙なことだ。しかもそこは彼とつきあっているというだけの理由で娘を拒絶し、彼を憎んだふたりの人間の所有物なのだ。確かに、幸せな思い出の残る場所ではあったが、その思い出をつくってくれた相手とは、今では文字どおり一生分もの隔《へだ》たりがある。

それでも、ヘンドリクスにはわが家と感じられる唯一の場所だった。

足繁く訪れるのはそのためだった。ほんとうは仕掛け爆弾に命を奪われており、今の彼は幽霊でもあるかのように、その山小屋に頻繁に出没するのは。

その山小屋にいて、すぐそばにあるのに手の届かない過去の残響に囲まれていると、自分はあのときほんとうは殺されていたのではないか。実際、そんな気がすることさえあった。

「やあ――別荘暮らしはどうだ？　今の時期のイタリアのトスカーナはすばらしいって聞いたけど」

ヘンドリクスは笑みを浮かべた。レスターはヘンドリクスの一番の親友――ほかにひとりも友人のいない男が口にすると、〝親友〟ということばにはただそれだけで誉めことばの響きがある――ではあったが、ヘンドリクスの〝わが家〟がどこにあるのかは知らなかった。が、それもまたセキュリティ対策のひとつだった。誰かがヘンドリクスのことを訊きにくるようなことがあったら、それを知らせるメールがヘンドリクスに届くよう、レスターが自分の店と自分のアパートメントの両方に取り付けた非常ボタンと変わらない。ヘンドリクスの安全を確保するためのレスター流のやり方だ。脅迫されてもそもそも知らなければ白状のしようがない。自分のチームのメンバーに危害が及ぶようなことは絶対に避けたい。そういうことだ。従軍中、さまざまなものを見てきた彼には、拷問されても自分だけは耐えられるのではないかなどとはとても思えなかった。ただ苦痛を終わりにしたいがために、真の信仰を持つ者が神でも国でも家族でもそのほかなんでも、売り渡すところを彼は嫌というほど見てきた。拷問は効果的ではない、などと知ったかぶりが言ったりするが、そのことばが正しいのは半分だけだ。人は耐えられる生きものではない。苦痛を終わらせるためなら――ほんとうのことであれ、嘘であれ――なんでも話す。それが人間というものだ。

いずれにしろ、レスターもユーモアのわからない人間ではなかったので、秘密の隠れ家があることについては、容赦なくヘンドリクスをからかった。また、ヘンドリクスが電話をかけてくると、近頃はあてずっぽうでヘンドリクスの居場所を想像するのが彼の愉しみにもなっていた。これまでの推測と比べると、トスカーナの別荘というのはいささか面白みに欠けはしたが。前回の推測は北極圏の孤独の要塞（スーパーマンの秘密基地兼住居）で、そのまえは月面基地だった。

「それほどでもないよ。ここでイタリアンなのは出前のピザだけだ」

「なるほど」とレスターは言った。「だったら、誰もが行きたくなるようなところじゃなさそうだな」

「今はちょうどおまえが中華のヌードルでも食べたくなる時間かな？」

「中華を食べるにはちょいと早すぎないか？」まだ朝の九時にもなっていなかった。

「いや、トスカーナじゃ早くない」レスターは笑った。ヘンドリクスは尋ねた。「何かあるのか？」

「ああ」とレスターは言った。「まだ噂だが、おまえ向きじゃないかと思うのがある。今、安全に話せるか？」

ヘンドリクスがパソコンのキーをいくつか叩くと〝診断画面〟が現われた。そのパソコンはレスターがヘンドリクスのために一から組み立てたもので、中身はまったく異なっていても、見た目は安物のデル社の即納品みたいに見える代物だ。「こっちは問題ない。暗号文に不正アクセスが試みられた形跡もない。今朝、盗聴ソフトのありそうなところは検査した。そっちも何もないよな？」

「大丈夫だ。昨日生まれたばかりみたいにまっさらさらだ」

「わかった。で、どういう仕事なんだ？」

標的の名はエリック・パークハイザー。暗号化された〈評議会〉の通信記録からレスターが集めた情報では、パークハイザーは〈アトランタ・アウトフィット〉お抱えのIT担当者で、彼らの電子送金システムから少なくとも二千八百万ドルを着服した挙句《あげく》、FBIに組織を売り、〈アウトフィット〉の進行中の計画をつぶした男だった。

殺人報酬は二万五千ドル。〝公《おおやけ》の場所で可能なかぎりむごたらしく〟という指示があり、組織はパークハイザーの週末までの死を望んでいた。とりあえず合法的な自分たちの事業の従業員たちに、事務用品をこれ以上くすねられたくないのだろう。それともFBIに寝返られたくないのか。かなり神経をとがらせている節《ふし》がうかがえた。

「組織がつかわす殺し屋の名前は？」

「わかってる。レオンウッド。聞いたことは？」

「ないな。そいつに関する情報を集めてくれ——写真、別名、手口《MO》とか」

「わかった」

「このパークハイザーってやつがどこにいるのか組織にはわかってるのか？」とヘンドリクスは尋ねた。

「ああ、ミズーリだ」

「組織にはどうしてそれがわかった？」

「組織には悪運があった」とレスターは言った。「パークハイザーにしてみりゃ、それがなかったってことだな。メールを見てくれ」

レスターは、失効して久しいジョージア州発行のパークハイザーの運転免許証をスキャンしたものを添付して同時にURLも転送してきていた。URLはミズーリ州スプリングフィールドの昨日付の〈ニューズ・リーダー〉紙の記事が載ったサイトのもので、家電販売店〈ガジェット・シャック〉の地元の店の従業員、エディ・パロメラがカンザスシティのカジノのスロットマシンで、六百万ドルという大あたり《ジャックポット》を引きあてたと報じられていた。感想を問われたミスター・パロメラは「くそラッキーだった」と言っていた。

ヘンドリクスには、ミズーリ州スプリングフィールドのそのエディ・パロメラはおよそ〝ラッキー〟とは思えなかったが。なぜなら、コンピューター画面からヘンドリクスに笑いかけているエディ・パロメラのまぬけな顔は、組織のIT担当者で、密告者のエリック・パークハイザーに酷似していたからだ。

密告者をスプリングフィールドという名の市《まち》に隠せば、たとえ誰かがその情報を洩らしても、悪いやつらが目的の人物を見つけるには、国じゅうすべてのスプリングフィールドを探さないといけない。証人保護プログラムの担当者はそう考えたのだろう。

しかし、パークハイザーはやはり〝ラッキー〟だったのだろう。結局のところ、〈アトランタ・アウトフィット〉から盗んだものとスロットで稼いだものとを合わせた額の半分でも、ヘンドリクスに六十回以上の報酬を支払えるだけの金を持っているのだから。

それでその残りをつかえるだけ長く生きられるかもしれないのだから。

14

〈ヘンドリクス〉は空襲で焼かれた村でいっとき過ごしたことがあった。風の吹き込む山中の洞窟で猛吹雪をやり過ごしたこともあった。何日も風呂にはいっていない怯えた兵士たちが身を寄せ合う、天井の低いコンクリートの掩蔽壕《えんぺいごう》に何日も身をひそめていたことも。それでも、月曜日の午後の〈ウェストレイク・プラザ〉ほど気の滅入る場所はほかになかった。

ミズーリ州スプリングフィールドから車で十分ほどのところにある、スプリングフィールド湖の西、農地の真ん中に造られた、汚れたアスファルトと黄色いレンガの古びたショッピングモール。八〇年代初頭に建設されたときには、市《まち》の人々がドライヴがてら――あたりは景観には恵まれていた――やってくることをあてにしたのだろう。しかし、市《まち》の大半の人々はそういうことをあまり望んではいなかった。そのため〈ウェストレイク・プラザ〉は、結局のところ、市《まち》の中心により近い新しい施設に太刀《たち》打ちできず、今ではすっかりさびれてしまっていた。古くてくたびれた店の古くてくたびれた集まりでしかなく、そんな店にいるのは何かを求めてというより、ただ惰性で出入りをしているだけの客と店員だけだった。

〈ヘンドリクス〉は、モールを歩く年配者の一団、郊外の主婦たち、〈ホットトピック〉のゴス・ファッションの若者たちを人類学者のような客観的な眼で眺めた。ほとんどの人々が買物などしておらず、ただ時間をつぶしているだけだった。しかし、どうして彼らは数マイル北にあるもっと広くてこぎれいな〈バトルフィールド・モール〉に行かず、こんなところでぶらぶらすることを選ぶのだろう？　もしかしたら過ぎ去った栄光になんらかの安らぎを見いだしているのだろうか。あるいは、ただ単に静けさを求めているのか。それならわからないでもないが。しかし、そういうことなら、湖岸《レイクサイド》の公園のような場所を選べばいいだろうに。

ヘンドリクスのほうはここに買物をしにきたのでも時間をつぶしにきたのでもない。依頼人になることが見込める相手を探しにきたのだ。

もちろん、まずパークハイザーの自宅——中二階のある家ばかりが建ち並ぶ一帯にあった冴えない家——に行ってみたのだが、私道に車は停まっておらず、ガレージにはがらくたが山のように積まれていた。家の中に忍び込んで待つことも考えたが、今回の殺害までのスケジュールには時間の余裕がなかった。将来の依頼人が姿を現わすのをただ坐って待って、時間を無駄にしたくなかった。

少なくとも、彼は自分にはそう言い聞かせた。

ほんとうは、スチュアートの子供を身ごもっているイヴリンを見て心を乱されたところへ、ロングビーチでの仕事を中止にしたことが重なり、落ち着かない気分になっていたのだ。だからただ待つより気をまぎらわせたかったのだ。ひとりであれこれ考えあぐねたりしないように。

今は仕事のことしか考えたくなかった。

〈ガジェット・シャック〉は見るからに暇そうだった。これまでにヘンドリクスがはいったことのある〈ガジェット・シャック〉とはまるでちがっていた。カウンターの中に男がふたり立っていた。自社ブランドのポロシャツにカーキのズボンというまったく同じ服装だった。ひとりはだらしのない感じがするティーンエイジャー。長髪で、ずんぐりしており、鼻の下に産毛《うぶげ》のような薄いひげを生やしていた。もうひとりは年かさで、こざっぱりとして、口うるさそうな男だった——見かけからしてその男が店長のようだ。ふたりともパークハイザーではなかった。もっとも、それは意外なことでもなかったが。六百万ドルもの金を手にしたばかりで、ろくでもないリモコンや二股《ふたまた》コンセントを売っている姿を見られたいなどと思う者はまずいない。それでも、パークハイザーの居場所についてわかっていることは自宅と職場の住所だけだったので、とりあえず職場にあたり、木を揺すってみることにしたのだった。

「何かお探しですか？」と店長のほうが声をかけてきた。名札によるとチャドという名だった。

ヘンドリクスは笑みを向けて言った。「もしかして——エディはいませんか？」

チャドは警戒するように眼を細めた。「パロメラですか？　どういうご用でしょう？」

「数週間ほどまえのことなんだけど、すごく世話になったんですよ。で、ちょっと近くまで来たものだから、寄ってお礼を言おうと思って」

「彼に世話になったなんて、だったらそれはお客さんが初めてですよ。あいつは私が雇った中で最低の従業員でしたよ」そう言って、店長は隣りに立っているティーンエイジャーを横目でちらりと見やった。「それだけ言えばわかってもらえると思うけど」

「従業員だった、だって今言いましたよね？」

「二日前に辞めたんです。でも、私にそのことを伝えなきゃいけないとも思わなかったんでしょうよ。シフトの時間になっても現われないからこっちから電話してわかったんです」

「じゃあ、どこに行ったら会えるかもわからないですよね？」

「ええ、知りません。知ったこっちゃないですよ。ちょっと失礼」店長は不機嫌そうにそう言うと、展示してあるスマートフォンを見ている女性客——唯一の客——のほうに向かった。

どうやら、エディの友人はエディの友人にあらず、ということらしい。

「嫌なやつ」とカウンターの中の若者がぼそっと言った。名札にはブロディと書かれており、〈マーベル・コミック〉のヒーロー、パニッシャーの色褪せたロゴ・ステッカーを名札の隅に貼っていた。

ヘンドリクスはその男を品定めした。だらしがなく、野暮ったい感じの若者だった。麻で編んだネックレスを首に掛け、瞼《まぶた》の垂れたずるそうな眼をしていた。レスターのファイルに描かれたパークハイザーの人物像に照らすと、ブロディとパークハイザーは親友とまではいかなくとも、馬は合いそうだった。「ほんとにね。きみならひょっとしてエディの居場所がわかるかな？」

「すごく見つけたがってんだね。なんで？」

ヘンドリクスはわざと左右をうかがってから声を落として言った。「実を言うと、隣りの家のケーブル・テレビに接続する方法があるって彼に言われて、教わったんだ。私のほうはそんなことできるわけがないって思ったけど。そうしたら、彼はできるほうに二十ドル賭けるって言ったんだよ。で、実際の話、これがうまくいったわけ。だから、私としちゃ、ちゃんと約束を果たしたいって思ってさ」

ブロディは笑って言った。「エディらしいな。わかった。でも、彼はもう二十ドルなんか要らないと思うね。先週カジノで大儲けしたんだよ。だから辞めたのさ。こんな仕事なんかクソ食らえって。もう働かなくていいんだからね」

「それでも」とヘンドリクスは言った。「約束は約束だからね。どこへ行けば会えるか教えてくれたら、きみにも二十ドルをあげるよ」

フードコートに隣接する〈スターライト・ゲームセンター〉は由緒があるわけでも、レトロ趣味というわけでも、流行を追う連中へのあてこすりというわけでもなく、ただ古ぼけていた。まさに別時代の遺物だった。中央に置かれた〈エア・ホッケー〉の台に、水洩れの染みのある天井からブラック・ライトがあたっていた。奥の壁ぎわには〈スキーボール（堅いゴムボールを転がして的の溝に入れた得点を競うゲーム）〉が並んでいた。その脇にはぬいぐるみがうず高く積まれたクレーンゲーム。それ以外のいたるところで、ゲームの機械が電子音を響かせ、光を発し、同じ台詞《せりふ》を勝手に繰り返していた。

二十五セント硬貨の両替用ホルダーを腰につけ、無精ひげを生やした男が、入口近くに置かれたストゥールに坐って、居眠りをしていた。ゲーム会社のアタリ社のTシャツを着ていたが、その生地がビール腹のところで伸びきっていた。背中を壁にあずけ、小児ガン基金《ジミー・ファンド》のための風船ガムの自動販売機に片手をのせていた。退屈しきって居眠りしている理由は一目瞭然だった。ゲームセンターにはたったひとりの客しかいなかった。

エリック・パークハイザーは三十代前半、痩せていて、猫背で、ボウリング・シャツにスキニー・ジーンズという恰好だった。ロカビリー・リーゼントにした髪と財布につけた鎖がブラック・ライトに光っていた。覆いかぶさるようにして、シューティングゲームの〈ギャラガ〉をやっており、機械が発する光がその顔を照らしていた。

ヘンドリクスの依頼人の候補としては、パークハイザーは珍しいタイプだった。ギャングに不利な証言をしたということは、彼の死を望む者たちがまちがいなくこの世にいるということだ。本人がそのことを知らないわけがない。当然、もっと神経質になっていいはずだ。なのに、ゲームをしている様子を見ようと近づいても、パークハイザーはヘンドリクスのほうを見ようともしなかった。

ピクセルで構成されたたくさんの虫の群れを撃ちながら、パークハイザーの視線は操縦している宇宙船の左右の動きとともに画面の上を行ったり来たりしていた。向かってくる群れの速さは驚くほどだったが、パークハイザーのスコアは百万点をめざして着実に上昇していた。ずいぶんと長いあいだやっているにちがいない。

「すごいスコアだな」とヘンドリクスは声をかけた。

「シーッ！」とパークハイザーは言って、ジョイスティックを左に強く倒し、武器の発射ボタンを連続して叩いてから、悪態をついた。

ゲームがイニシャルを入力するよう促していた。どうやら二位になったようだった。一位はKNHと表示されていて、パークハイザーがイニシャルを入力すると、二位から八位までELPと表示された。「ありがとよ、このクソ――おれのハイスコアを邪魔しやがって！どうしてもこの台だけハイスコアが取れない」

ヘンドリクスはすぐ横のゲーム機をちらりと見た。〈ミスター・ドゥ！〉というテクニカラーの怪物だ。なるほど一位はELPだった。「あんたなら次はまちがいなく取れるよ」とヘンドリクスはあたりさわりなく言った。

「たぶんな。ただ、もうその時間がない」とパークハイザーは答えた。「金曜にはここを出ていくんでね。あとはもう振り返らない。これからは〝前向き上向き〟ってやつだ。サヨナラ、せいせいするよ。それでもここを離れるまえにこのゲームは攻略しておきたかったな」

「どうして？」

「男ってものはどうにかして記録を残さなきゃならないからだよ。幽霊みたいにふらふら生きたってなんの意味もない」パークハイザーはポケットから二十五セント硬貨を取り出すと、手品師のように指関節の上で転がした。洒落《しゃれ》た芸当というより訓練の賜物《たまもの》という感じだった。

「ちょっと待った――なんでおれに興味がある？　おれの得点に？　ひょっとしてあんたがKNHなのか？」

「いや、ちがうよ、エリック――おれはKNHじゃない。だけど、あんたに話があって来たんだ」

本名で呼ばれたとたん、パークハイザーの顔が青ざめた。二十五セント硬貨が手から落ちた。

「今おれをなんて呼んだ？」

「ちゃんと聞こえたと思うが」

「おれの名前はエリックじゃない、エディだ。人ちがいだ」

「いや。まあ、聞け。あんたの身に危険が迫ってる。で、あんたをその危険から救うためにきたんだ。もっと安全な場所で説明してやろう。一緒に来てくれ、わかったかい？」

パークハイザーは固い唾を呑み込んで、おもむろにうなずいた。

が、そのとたんヘンドリクスを突き飛ばすと逃げ出した。

ヘンドリクスはため息をついた。よかろう、おまえのやり方につき合ってやるよ。

パークハイザーの慌てた足音にただひとりの店員が驚いて眼を覚まし、ストゥールから立ち上がった。パークハイザーはその店員の肩をつかむと、思いきりヘンドリクスのほうへ突き飛ばした。ヘンドリクスめがけてストゥールも放り投げ、ゲームセンターを飛び出したところで風船ガムの自動販売機にぶつかった。ストゥールは目標をはずし、ヘドンキーコング〉のゲーム機にぶつかった。自動販売機のほうは床に倒れてガラスが割れ、ガラス片と風船ガムがあちこちに散らばった。

ヘンドリクスはあっけに取られているゲームセンターの店員を受け止め、倒れるまえに支えてやった。それから風船ガムを踏みつぶしながら全速力でパークハイザーを追いかけた。

パークハイザーはフードコートを横切り、テーブルを踏み越えて椅子を倒した。ヘンドリクスを引き離せるものならなんでも倒した。肩越しにうしろをちらりと振り返り、エプロンをつけた男に激突した。中華レストラン〈パンダ・エクスプレス〉の試食品をのせたトレーが宙に舞った。ふたりとも地面に倒れ込んだ。が、パークハイザーのほうはバネが仕込まれてでもいるかのように即座に跳ね起き、空《から》のトレーをヘンドリクスのほうに投げつけると、〈ウェストレイク・プラザ〉の中央広場のほうへ全力で走った。

ヘンドリクスは、通り過ぎたうしろから聞こえる怒声も驚きの声も無視して走った。モールに設置されている防犯カメラも無視した。その時代遅れのシステムは警備員室につながっていたが、ヘンドリクスはモールに来てすぐその接続を断っていた。それでも、すぐにでもパークハイザーをなだめなければ、事件発生とばかり警備員が駆けつけてくるだろう。警備員が武器を持っていても、ヘンドリクスには大した脅威にはならない。しかし、誰かひとりでも怪我をするようなことになると、まちがいなく夕方のニュースになってしまう。

パークハイザーは人混みの中、身をかわしながら広い通路を走っていた。そうやって、ヘンドリクスとのあいだにできるだけ多くの人間をはさもうとしていた。ヘンドリクスは電動車椅子に乗った老人をかわし、怯えて立ちすくんでいる母親が押すベビーカーを飛び越えた。

パークハイザーがモールの中心のアトリウムまでたどり着き、下りのエスカレーターを駆け上がろうとしたところで、ヘンドリクスにチャンスがめぐってきた。人の波と下りのエスカレーターの階段と格闘しているパークハイザーを尻目に、ヘンドリクスは上りのエスカレーターに飛び乗ってパークハイザーを追い越し、上下のエスカレーターのあいだに手をついて、下りのエスカレーターに飛び移った。パークハイザーより三段高い段に。パークハイザーはマペットみたいな眼をヘンドリクスに向けると、すぐに体を反転させ、下りのエスカレーターを降りかけた。が、ヘンドリクスにリーゼントの髪をつかまれた。ヘンドリクスはポマードで手がべたべたしたが、思いきり引き寄せた。パークハイザーは悲鳴を上げた。

「落ち着け、エリック。おれはあんたを助けようとしてるんだから」

「おれの名前はエリックじゃない！」とパークハイザーは言い返し、肘を大きく振りまわした。それがヘンドリクスの眼にあたった。パークハイザーは身をくねらせてヘンドリクスの手から逃れると、エスカレーターを駆けおり、アトリウムを駆け抜けた。そして、錆びついた巨大な噴水に飛び込んだ。

ヘンドリクスはしばらく追いかけ、そこで立ち止まった。

モールの警備員が何人かアトリウムに集まってきていた。みなテーザー銃を抜いていた。

ヘンドリクスは頭の上に手を上げた。

パークハイザーは噴水の真ん中でずぶ濡れになって喘ぎながらも笑みを浮かべていた。

「いったいなんなんだ？　説明してくれ」と五十代後半の警備員が言った。髪を短く刈り込み、制帽をかぶり、太い口ひげをたくわえた見るからに健康そうな男だった。ヘンドリクスは思った、この男は警官になりたかったのになれなかったタイプではない。警察に二十年勤めたあと民間に移った元警官だ。

「ああ、いいとも」とパークハイザーのほうが答えた。「あんたからこの親切な警備員に説明したらどうだ？　なんでおれを追いまわすのか」

「わかった」とヘンドリクスは表情を変えることもなく、落ち着いた声で言った。「警備員さん、このリーゼント野郎に財布を盗まれたんだ」

パークハイザーは笑って言った。「おれが何をしたって？」

「エディ」とモールの警備員は言った。「ほんとか？」

「ほんとか、だって？　くそばかばかしい。なんだっておれがこんな知らないやつの財布を盗まなきゃならないんだ？」

「どうしてこの男が盗んだのかまではわからないけどね。とにかく私は盗まれた」とヘンドリクスは言った。「嘘だと思うのなら、こいつのポケットを調べてくれ」

「そこから出てきてくれ」と警備員は言った。パークハイザーは噴水の端まで水をはねかえして戻ってきた。「ポケットの中身を出してくれ」

「喜んで」とパークハイザーは答えた。が、ズボンの右側の前ポケットに手を伸ばしたところで、顔色が変わった。ポケットから出された彼の手には彼が見たこともない財布が握られていた。

「この野郎」とパークハイザーは言った。

ヘンドリクスはなんの反応も示さなかった。心の中の笑みは表に出さなかった。エスカレーターに乗っているときに警備員たちがやってきたのが見え、パークハイザーと取っ組み合いになるなり、とっさに仕込んだのだ。こういうこともあろうかと思い。

「財布を見せてくれ」

パークハイザーは警備員にしぶしぶ財布を渡した。警備員は中身をざっと見て、ヘンドリクスに手渡した。「ミスター・アラード、あんたの言ってることがほんとうみたいだ。それでも、モール内でこの馬鹿を追いかけまわすまえに警備員に知らせてもらいたかったね」

「ケントって呼んでくれ」とヘンドリクスは答えた。「そうだね、あんたの言うとおりだ。でも、あまりに思いがけなかったんでね」

「訴えるかね？」

「いや」とヘンドリクスはパークハイザーを見つめながら言った。「彼としても勉強になっただろう」

「私もそう思うね。さあ、来い、エディ。報告書を書くから。それがすんだら、もう二度とここには来るな。こっちとしちゃ、おまえさんがすでに午前中にハイスコアを出してることを祈るのみだよ」

パークハイザーはひねくれた表情を浮かべていた。ヘンドリクスはそんな彼に無表情な視線を向けながら言った。

「もう行ってもいいかな?」

「もちろん、ミスター・アラード、どうぞ」

15

パークハイザーは濡れた服のまま震えながら、一時間ほど自分は無実だと警備員に訴えつづけた。自分ははめられたのだと。あのアラードという男に尾《つ》けられていたのだと。防犯カメラの映像を確認してくれとも言った。映像が彼の容疑を晴らしてくれるはずだった。が、どういうわけかモール全体の防犯カメラが停止していた。彼としては主張を取り下げるしかなかった。証拠なしには——あるいは、ギャングから身を隠しているという事実を明らかにしないかぎり——これ以上言い張っても自分がまぬけに見えるだけだった。

ようやく解放され、ふたりの警備員につき添われ、建物から夕暮れの中に送り出された。モールの駐車場はほぼ空《から》っぽだった。街灯のほとんどはまだともっていなかったが、夕闇が迫るにつれて、早めにともされたものもあり、その光が揺らめいていた。見るかぎり、停まっている車は三台だけだった。パークハイザーの錆ついたビュイック・スカイラークは、ほかの二台から少し離れたところにあった。消えゆくオレンジ色の空がその車窓に映っていた。

パークハイザーはしばらくその場に佇《たたず》んだ——あたりに眼を凝らして、アラードという名の男の気配がないか確かめた。それが偽名なのはまちがいなかったが、ほかに呼びようがなかった。たったひとりで監視するにはこの駐車場は広すぎる――彼は自分にそう言い聞かせた。警備員に調書のようなものを取られているあいだにも、何台もの車がやってきてまた出ていったはずだ。どの車がおれの車なのか、アラードが知っていたとは思えない。それでも、ホームスティールをする走者のように車に向かって全速力で走り、鍵束をじゃらじゃら言わせながらドアの鍵を開けた。その間も狂ったようにあたりを見まわしつづけながら。

車に乗り込み、ドアを勢いよく閉めると、キーをイグニッションに差し込んでまわし、そこで後知恵ながら気づいて眼をつぶった。車が爆発するのを半ば覚悟して。

何も起こらなかった。

一方、エンジンがかかることもなかった。

「その点については謝るよ」後部座席から声がした。「でも、モールで縮み上がらせたあとだったんでね。話をするよりさきにエンジンを全開にされて、ふたりで街灯にぶつかるなんて事態は避けたいからね」

パークハイザーはドアハンドルに手を伸ばした。自分がシートベルトをしているのに気づいていなかった。ヘンドリクスは左手をまえに伸ばしてドアをロックし、右手でパークハイザーのシートベルトをつかんで引っぱった。シートベルトがきつく締まり、パークハイザーをシートに押さえ込んだ。

「落ち着けよ、エリック」とヘンドリクスは言った。「おれはあんたを殺しにきたわけじゃないんだから」

「言っただろうが」とパークハイザーは罠にかかった動物のようにシートベルトにとらわれてもがきながら言った。「おれの名前はエリックじゃない……エディだ。エディ・パロメラだ。人ちがいだ」

「いや、ちがってない。そんなたわごとはやめろよ。早くやめればそれだけ早くお互いためになる話ができるんだから。おれはあんたを殺しにきたわけじゃない。殺しにくるのはほかのやつだ。そいつがもうすぐそこまでやってきてる。そいつはプロだ。自分のしてることがちゃんとわかってるやつだ。それでもあんたが望むなら、今すぐ解放してやるよ。おれはもう二度とあんたのまえに現われない。消えろとひとこと言えばいい。だけど、そんなことをしたら、あんたはひとりで闘わなきゃならなくなる。おれはもうあんたを守りたくても守れないんだから」

パークハイザーはヘンドリクスの言ったことを咀嚼《そしやく》するような顔になり、もがくのをやめた。バックミラーを通してヘンドリクスの眼と眼が合った。「あんたはおれを守りにきた？」

「そうだ」

「あんた、証人保護プログラムの人なのか？」

「いや」とヘンドリクスは答えた。「そうじゃない」

パークハイザーは声に出して笑った。腐ったコーヒーのような暗くて苦い笑い声だった。

「もちろんちがうよな。新聞でおれの写真を見て、おれを見張るために人を寄こしたのかとも思ったけど、あのくそイタチ野郎どもが今もおれのことを気にかけてるわけがないものな。それぐらいおれも知っててていいのにな」

「あんたはもう証人保護プログラムの保護下にはいないのか？」

「ああ。一年ぐらいまえになるかな。おれのことはもうほっといてくれって言ったのさ。うんざりしたんだ。それまではずっと監視されて、ずっと様子をうかがわれて、プライヴェートなことも嗅ぎまわられてたんでね。隠した金には一セントだって手をつけられなかった——」

「盗んだ金だろ？」

「——やつらは年がら年じゅうおれのやってることを監視してた。だから逃げ出したんだよ。もう心配ないからって。あんな写真を撮られなかったら、実際、心配はなかったはずだ。あんたもあの写真を見たんだろ？」

「ああ」とヘンドリクスは言った。「そのとおりだ。だけど、実際の話、なんだってあんな記事に写真を載せさせたりしたんだ、エリック？」

パークハイザーは肩をすくめて言った。「こっちには選びようがなかった。何枚ものカジノの書類にサインさせられちまってたから。その書類の中に、カジノが求める宣伝活動を拒否したら、勝った金は払われないって条項があったのさ。だから、かまうもんかって思ったわけだ。どうせちっぽけな田舎の新聞だから大丈夫だろうって。そんなもの、誰も読まないだろうって」

「おれは見たよ。見たのはおれだけじゃない」

「そんなことより証人保護プログラムの人間じゃないなら、いったいあんた、誰なんだ？おれにわかってるのはあんたの名はアラードじゃないってことだけだ」

「おれが誰かなど知る必要はないよ。あんたが知っておかなきゃならないのは、おれが誰のために働いてるのかってことだ」

「わかった。だったら――誰のために働いてるんだ？」

「実のところ、あんたのためだ。正確には働こうとしていると言うべきか。それも格安の二十五万ドルで」

「二十五万ドル」

「そうだ」

「で、正確なところ、あんたはおれに何をしてくれるんだ？」

「組織があんたを殺しにくることはわかってるんだよな？」

「だから？」

「おれがさきにそいつを殺す」

「ふうん――つまりあんたも殺し屋ってことか？　よくわかったよ。だけど、真面目な話、二十五万ってのは高すぎやしないか？」

「いや、それはあんたが決めればいい。自分の銀行口座に〈アトランタ・アウトフィット〉の三千万近い金を持ってる男にとっちゃ、無残な死にざまを迎えないために二十五万ぐらい払うことにはなんの問題もないと思うがね」

「おれの車を見ただろうが。おれがこの二年働いてきたクソみたいな職場も。おれが三千万もお宝を持ってる男に見えるか?」

それはそのとおりだ。ヘンドリクスは思ったとおりそう告げた。

「実際、そうなんだよ。おれがもう保護は要らないって言ったら、連邦保安官局のやつらは逆に勘ぐりはじめやがった。なくなった金についちゃ何も知らないって言ってるのに、急におれを疑いだしたのさ。こいつはおれたちに正直に話してないってな。で、気づいたときには連邦保安官局のやつらにとことん嗅ぎまわられてた。確定申告してない収入についても根掘り葉掘り訊かれた。要するにおれは脱税してるんじゃないかってわけだ」

「なんとね」

「そのとおりさ。それ以来、自分のお宝には近づけない。やつらに逮捕されるんじゃないかって思うと怖くてさ。刑務所なんかに入れられた日にゃ、一週間ももたないだろうよ。まちがいなく誰かに刺されて一巻の終わりだ。どんな大金も命とおんなじ値打ちはないよ。司法取引きで無罪放免になったら、国を出て新しい口座に送金しようと思ってたのに、連邦保安官局のやつらにパスポートを無効にされちまった。だから、今はかわりに実際につかえる金を稼ぐときなんだろうって考え直して、カジノに行ったわけだ」

「六百万ドルあれば充分またもとの〝上流階級〟へ戻れるよ」とヘンドリクスは言った。

「新聞に写真が載ったのはさておき、スロットマシンに関しちゃ、あんたが強運だったことにまちがいはない」

「強運？　あれがただの運だと思ってるのか？　八カ月かけてカジノのファイアウォールを破るプログラムを書いて、スロットマシンをハッキングしたのさ。つまり、あの金は正真正銘おれが稼いだ金ってことだ」

「それが手元にあるなら、おれへの支払いにはなんの問題もないはずだが」

「ああ、手元にあればな。まだもらってないんだよ。ヴェガスだとまた話はちがうのかもしれないが、カンザスシティのちんけなカジノじゃ、その場でコインを換金しちゃくれないのさ。木曜日に取りにいかなきゃならないんだ」

パズルの一片がかちりと収まり、一気に全体像が見えた。レスターが解読した組織の指令は公共の場所でできるだけむごたらしく殺せということだった。「あててみよう」とヘンドリクスは言った。「見物客を大勢呼んで、大勢のまえで特大の小切手を渡す。そういう見世物をやるのか？」

「そのとおり」とパークハイザーは言った。「命を狙われてるやつにとっちゃ、それは理想的な受け取り方とは言えない。だけど、カジノ以上に警備がしっかりしてるところもないからね。それで金が手にはいれば、永遠に姿を消せる」

「願いごとをするときにはゆっくり考えることだ。あんたが襲われるのはその会場だよ。まちがいない」

パークハイザーは情けない声を咽喉《のど》の奥から洩らして言った。「どうして？　なんでそんなふうに断言できるんだ？」

「組織の指令はあんたを見せしめにすることだ。あんたがやったような裏切りはもう二度と誰にもさせない。それを仲間に知らしめるためでもある殺しだ。あんたが得意の絶頂にいるときに、神とあらゆる人間のまえであんたを殺す。組織にとってこれ以上どんないい機会があると思うか？」

スカイラークの薄暗い室内灯でもパークハイザーの顔から血の気が引いたのがわかった。

「くそっ、くそっ、くそくそくそっ」そのあといくらか血の気が戻った。「でも、やつらを止められるって言ったよな？」

「あんたが金を払ってくれるなら止められる。そう言ったんだ」

「わかった。あんたがおれの命を救ってくれたら、おれには金が手にはいる。あんたに払う以上の金が」

ヘンドリクスは首を振って言った。「おれはそういう仕事のやり方はしてないんだ。前払いか、取引きなしか、そのどっちかだ」

「わからないねえ、色男――なんだか胡散《うさん》臭くないか、ええ？　自分で言うほど腕がいいなら、後払いにどんな不都合がある？」

「まずひとつ、あんたがちゃんと払うという保証はどこにもない。あんたが払わなかった場合、おれはあんたを殺さざるをえなくなる。そういうことになると、ただ働きの仕事を二回もやらなきゃならなくなる。もうひとつ、おれのサーヴィスを受けた場合、あんたの殺人未遂はいろんな公的機関の注目の的《まと》になるだろう。それは次のあんたへの襲撃をむずかしくさせると同時に、あんたがまとまった額をおれに送金することも狙撃のまえよりはるかにむずかしくさせる。しかし、それさえ正当な理由もなく人を殺すことに比べれば大したことではないな。おれはなんの理由もない人殺しはしないんだよ。金がないということは理由がないということだ。取引きするかしないか。ただし、おれのオファーに交渉の余地はない」

「どんなものにも交渉はつきものなんじゃないのかい、色男」

「これはちがう」

「じゃあ、どうするんだ？」とパークハイザーは言った。「おれが殺されるまま放っとくのか？」

「すべてはあんた次第だ」とヘンドリクスは言った。「自分で決めてくれ。今日は月曜日か。ということは、おれの考えがまちがってなければ、あんたに残されてるのはあと三日だ。逃げるという選択肢もないではない。今夜のうちにここからとんずらするというのも。逃げたって、誰にそのことがわかる？　もしかしたら、そのあとさらに姿を消せるかもしれない。一方、もしかしたら、組織に追いつめられて殺されるかもしれない。それが嫌なら、おれに払う金を掻き集めるのに残りの三日間を目一杯使うことだ。グラヴボックスの中にメモを入れておいた。そのメモに電話番号が書いてある。払える準備ができたら電話をかけてくれ。おれがあんたの味方だってことは、おれのことばを信じてもらうしかない」

ヘンドリクスはパークハイザーのシートベルトを握っていた手を放して、車から降りた。

パークハイザーはぐったりとしてハンドルにもたれた。

開いたドアに片手を置いてヘンドリクスは言った。「点火プラグもグラヴボックスの中に入れておいた。家に帰るにはやっぱり点火プラグがないとな」

そう言って、ドアを閉めると立ち去った。ひとり残されたパークハイザーの頭はめまぐるしく回転していた。

16

レオン・レオンウッドは五十がらみ、がっしりとした粗野な大男だ。チェックのフランネルのシャツをブランド物ではないジーンズの中にたくし込み、爪先にスティールキャップのあるワークブーツを履いていた。少なからぬその容積——身長は少なくとも六フィート四インチはあり、体重は二百六十ポンドを超えていた——が人に与える印象は盛りの過ぎた運動選手といったところだろうか。また、服装、もじゃもじゃの口ひげ、血色のいい顔だちは手を使う仕事に就いていることを思わせた。建築作業員か配管工。しかし、バーでの乱闘を除けば、彼は運動などしたためしがなかった。確かに仕事は手を使っておこなうものだが、石壁が彼の専門分野というわけではない。

機内の狭い通路を大儀そうに進むと、狭い座席に大きな体を押し込んだ。搭乗ゲートにいた客の数からすれば、ボストンのローガン空港からセントルイス国際空港までのフライトはそれほど混まないはずで、それはレオンにとってありがたいことだった。彼のように体の大きな男はエコノミークラスの席にはうまく収まらない。プロの殺し屋として、彼はまずまずの金を稼いでいたが、それでもビジネスクラス、あるいはそれ以上のクラスにアップグレードするのに余分な金をつかうつもりはなかった。そんな真似をするには食うや食わずの人生が長すぎた。また、事態が急変し、仕事に失敗するあらゆる可能性を思い浮かべ、これまで何千とおりもの自分の死にざまを想像してきた彼としては、金持ちの航空会社の役員たちに金をつかわさせられて、破産させられるつもりなどさらさらなかった。想像する死にざまの中に野たれ死にはなかった。

七人兄弟の長男で、ボストンの南地区のいたるところにある、不法占拠された建物と安アパートで大きくなった。どうにかテーブルに食べものがのればいいといったその日暮らしで、服は兄弟姉妹で着まわしていた。そんな彼が人生の早い時期に学んだ教訓は、何かが欲しければ、それを自分から取りにいかなければならないということだった。それが必要なものなら、なんとしても手に入れる。彼の父親はけちなこそ泥で、本人はそれに輪をかけたけちな男で、ボストンの南地区の酒場とサフォーク郡の留置場のあいだを行ったり来たりすることで、人生の大半を過ごしていた。が、彼にその教訓を教えてくれたのがその父親だった。この根本的な真実をおれに植えつけてくれたこと、それだけがただひとつ親爺がおれにしてくれたいいことだ。レオンはそう思っていた。パンチの受け方を除くと。

そう、それと死体遺棄に関する〝やるべきこととやってはいけないこと〟だ。一九八二年のあの運命の日、彼はクソ親爺の頭を灰皿で殴りつけた。一番上の妹のマーガレットに父親が手を出そうとしたからだった。父親はそのとき酔っぱらっていた。そして、〝おまえは身なりにかまわなくなるまえのおまえの母親そっくりだ〟などとマーガレットに言ったのだ。

それがレオンの最初の殺人で、ちょうど十八歳の誕生日を迎える直前のことだった。彼はその日の夜遅く、父親の両脚に十ポンドのバーベルをひとつずつつけてボストン港に捨てた。死体は絶対に見つからない。そう思っていた。ところが、二週間後、父親は魚に足首を食いちぎられ、ふくれ上がった死体となってディア島の下水処理場のすぐそばの浜に上がった。少なくとも親爺には似合いの墓場だ。レオンはそう思った。

ボストン警察はレオンを第一容疑者と目《もく》したものの、証明はできなかった。何があったのか知っているのはレオンとマーガレットだけで、父親には合理的な疑いを千回かけられてもおかしくないあやしげな仲間が大勢いた。レオンの母親——夫の多くの悪事を見て見ぬふりをしていた、生気のない眼をした悲しい女——はたぶん感づいていただろう。

次の殺人は事故だった。酒場での酔っぱらい同士の喧嘩がエスカレートしたものだった。どうしてそんなことになったのか、レオンはいまだにわからない。それがなんであったにしろ、どうでもいいことに決まっているが。自暴自棄になっている男と酒というのはなんともありふれた乱闘の起爆剤だ。ただ、相手が——胡麻塩《ごましお》頭の前科者で、今思うと、父親に似ていた——ナイフを抜いたことは今でも覚えている。

レオンはそれを取り上げた。

そして、それを使った。

警察の報告書を信じれば、十七回刺したことになっている。レオンに言わせれば、二回以上であるはずがないのだが。いずれにしろ、その夜の事件の記憶は今日にいたるまであいまいなままだ。それでも、シルクのようにすべらかで温かい血が手と顔と服に飛び散ったのは覚えている。バーにいた常連客の顔に浮かんだ衝撃と恐怖の表情も。みなタフな連中だったにもかかわらず。あるいは、それはレオンがただそう思っていただけのことだったのか。どこからともなく警察官がやってきて、それは喧嘩の数秒後のこととレオンはそのとき思ったが、すでに十分近く経っていた。

それが逮捕された唯一の夜だ。それで三年、過失致死罪でコンコードのマサチューセッツ矯正施設に服役した（宣告されたのは十年だった。矯正施設の過密状態に幸いあれ、だ）。服役していたその間、殺した人間の数がふたりから七人に増えた。ほとんどが金のためだったが、捕まることはなかった。出所する頃には、人を殺したがっている人間の名刺ホルダーが頭の中にできていて、そのような人間が求める人材に適した身上書もすでに書き上げられていた。

そんな彼の得意科目は、危険度が高く、支払額も高い仕事、あるいは同業者が嫌悪する仕事、すなわち標的が女か子供の仕事だった。が、そのことに関して彼は自分にこう言い聞かせていた――自分がそういう仕事に引きつけられるのは、今でもボストンの南地区出身の子供だからだと。出世のためならなんでもやる戦闘的で意欲的な子供だからだと。しかし、それは全面的な真実とは言えなかった。今でもボストンの南地区出身の戦闘的で意欲的な子供なら、女や子供を遺体安置所の金属板の上にのせるより、彼らのために戦うような男になっていただろう。しかし、彼の場合、マーガレットもまた生気のないうつろな女――彼の母親のような――になっていくのを眼にしなければならなかった。マーガレットの中毒は鎮痛薬のオキシコンチンで、アルコールではなかったが、たどった人生は母親と変わらなかった。

レオンは女を殺すことになんの躊躇《ちゅうちょ》も覚えなかった。あまつさえ、子供を殺すのは慈悲の行為かもしれないとさえ思っていた。この世というのは無垢《むく》なる者がいるべき場所ではないからだ。

今回の仕事は今までの仕事の大半と比べても簡単な部類に思えた。むごたらしさを求めるところがなければ、〈アウトフィット〉が彼に振り分けてくるような仕事ではなかった。姿を消していなければならないのに、隠れ穴から頭を突き出した連邦政府機関の密告者。それが今回の標的だ。今はパロメラという名で通っているが、以前の名はパークハイザー。その男がカンザスシティのカジノで大あたりを出し、それが新聞に載ったのだ。同じ新聞が報じるところによれば、今週の木曜日におこなわれる式典でパロメラはその獲得金を受け取ることになっており、レオンはそこで始末することに決めていた。パークハイザーの今回の雲隠れは永遠のものになる。レオンは〈評議会〉にそう請け合っていた。

搭乗客が増えてくると、後方で赤ん坊が泣きはじめた。レオンは肩越しに振り返り、不快げな一瞥《いちべつ》を投げた。が、赤ん坊の母親――染みのついたTシャツにスウェットパンツ、急いで丸めたとしか思えない、汚れた髪にくぼんだ眼をした顔色の悪い女――を見ると、眼つきが少しだけ和らいだ。母親は一生懸命赤ん坊をなだめようとしていた。が、まるで効果はなかった。レオンは向き直ると、すぐ近くにいた客室乗務員――名札によればフェリシア――

の注意を惹いた。フェリシアは浅黒い肌をした、三十代半ばの肉感的な黒人女性で、騒音に対する不快の表情を共有してくれた。見た目は悪くない、とレオンは思った。ゲットー風に編んだ髪も小さな鼻ピアスもないほうがいいが。薄い笑みを浮かべて彼は言った。「なんて言えば、あの赤ん坊に口輪をしてくれる？　あの声に頭痛がしてきた」

彼女は笑みを返して言った。「ほんとうに」共謀者のような低い声になっていた。「そうできたらいいんですけど」

「だったら、せめて酒を飲まないと」

「申しわけございません。それにもお応えできません——少なくとも水平飛行にはいるまでは。そういう航空規約ですので」

「いや」彼の顔から笑みが消えた。「これは頼んでるんじゃない」

この塔乗客は冗談を言ってるのかどうか、判断しかねて、フェリシアの笑みが揺らいだ。彼女はレオンのまえの席の背もたれに手を置いていた。レオンは彼女のその手の上に自分の手をのせると、指だけでフェリシアの手首をつかんでねじった。痛くはならない程度に。傍《はた》目《め》にはおふざけが少しエスカレートしたものにしか見えない程度に。それでも、ねじり上げようと思えばいくらでもねじり上げられる。彼の指にはそのことを伝えるのに充分な力が込められていた。

フェリシアは怯えて大きく眼を見開いた。手を引こうとすると、すばやく押さえられた。助けを求めて客室内を見まわした。誰もふたりに注意を払っていなかった。空席が多すぎた。

乗務員のほうが多いくらいだった。

彼女の手首をつかんだレオンの指に力が込められた。助けを求めようとした彼女を罰するかのように。眼と眼がまた合った。レオンの顔には暗い喜びがあふれていた。校庭のいじめっ子さながら。フェリシアの脈拍が上がったのがつかんでいる手首から伝わった。彼女の額には汗がどっと噴き出ていた。レオンはそれを満足げに眺めた。

「ジャック・ダニエルのボトルを二本。カップをふたつ――ひとつには氷を入れて、ひとつは空のまま。ボトルは一本じゃない。カップもひとつじゃない。注いでくれなくていい。酒と氷の割合は自分の好みにしたいから。頼めるだろうか、フェリシア？」

フェリシアはうなずいた。レオンの表情が暗くなり、指にまた力が込められた。今度は痛かったはずだ。彼にはそれがわかっていた。「声に出して言えよ」

「は、はい」とフェリシアは言った。「持ってまいります」

「よし」とレオンは言って彼女を放し、また笑顔になった。「別にむずかしいことじゃないだろ？」

フェリシアはうなずき、震えながら通路を歩いてレオンの飲みものを取りにいった。

「そうだ、フェリシア？」とレオンはできるだけ愛想よく呼びかけた。

フェリシアは振り向いた。

「ついでにネックピローも頼む」

17

「よう、チャズ」とハンク・ガーフィールドがチャーリー・トンプソンのオフィスの開けたままの戸口から声をかけてきた。ファイルが散らばり、物があふれたトンプソンのオフィスはワシントンDCのコンクリートの怪物〈エドガー・フーヴァー・ビル（FBI本部のあるビル）〉の奥深くにあった。「ちょっといいか？　見せたいものがあるんだ」

トンプソンは、彼女の新しい相棒がつけた〝チャズ〟という彼女の新しいニックネームがまるで気に入っていなかった。それだけではなく、彼女が電話をかけるまでわざわざ待ってから、彼が声をかけてきたことも。さらにガーフィールドはそういう真似をしょっちゅうしてくることも。しかし、ガーフィールドみたいな耳くそ野郎にいちいち苛立たせられていたら、彼女もここまでやってはこられなかっただろう。だから、いちいち説教をして彼を満足させてやるかわりに、彼女はあとでかけ直すと電話の相手のジェスに言って電話を切り、ガーフィールドに尋ねた。「わたしのゴーストのこと？」

「がっかりさせて悪い」とガーフィールドは笑みを押し殺しながら言った。「でも、すべての道がきみのお気に入りの強迫観念につながってるわけじゃないんでね。知ってるか知らないか知らないけど、この国にはわれわれFBIが捕まえなきゃならない悪党がほかにもひとりかふたりはいるんだよ」

最悪。マイアミの一件からすでに一週間近くが過ぎており、手がかりはどんどん冷えてしまっているのに、今はFBIが秘密の情報屋コミュニティの中にもぐり込ませているスパイからの情報だけが頼りといった始末だった。マイアミの件に関して言えば、犯人に共犯者がいるのはまちがいなかった——資金も武器も提供して、適切な指令を出しているのにまちがいなかった。殺人指令などという大胆な行為に及ぶ組織は——その指令を自分でも成功させられる力を持つ組織については言うまでもなく——たいていなんらかの足跡をわざと残すものだ。ところが、マイアミの件に関しては何もなかった。彼女は〝バットマン〟を追っている。ガーフィールドのそのからかいのことばをトンプソン自身、信じざるをえなくなっていた。なんとも腹立たしいことに。

彼女はガーフィールドが持っているマニラフォルダーのほうに手を伸ばし、渡すように指を二度曲げた。「それは、何?」

ガーフィールドに渡されたフォルダーには、民間航空会社の乗客名簿のコピーと肌理《きめ》の粗い白黒の防犯カメラの写真が何枚もはいっており、その写真にはロひげをたくわえた、がっしりとした体格の男が写っていた。猫背になって、できるだけめだたないようにしていたが、明らかにカメラを気にしており、カメラに映ることを少しもありがたがっていないことがありありと見て取れた。

「あんたが見てるのはレオン・レオンウッドという名の殺し屋だ」とガーフィールドは言った。「こいつの偽名が引っかかったんで、運輸保安局《TSA》が乗客名簿と一緒に送ってきたってわけ」

「名前は知ってる」とトンプソンは言った。「とんでもない評判の男よね。どうして搭乗拒否されなかったの？」

「評判はさておき、情報が何もなかったからだ。過去五年だけでも少なくとも一ダースほどの殺人容疑があるみたいだけど。こいつの犯行現場はそれはもうひどいありさまになる。それでも証拠になりそうなものは何ひとつ残さない。でも、こいつが移動中ということは、もしかしたら現行犯逮捕も夢じゃない。そういうことだよ」

「この写真はどこで撮られたの？」

「セントルイス国際空港。着陸して一時間後の写真だ」

「標的は？」

「まだわからない。それでも、セントルイスが拠点になることはまちがいないだろうから、アトウッドとプレスコットに調べさせている」

トンプソンは首を振って言った。「殺しはセントルイスじゃないわ。レオンウッドはプロよ。仕事をする市《まち》に飛行機で直行するわけがない。わたしの勘で言えば、殺しの現場となるのは、セントルイスに近くても近すぎない場所ね。カンザスシティか、ルイヴィルか、ナッシュヴィルか、メンフィスか、シカゴか。だから、アトウッドとプレスコットには、今言った市《まち》――セントルイスから車で一日で行ける範囲の市《まち》――のタレ込み情報を洗わせて。それから、この写真をセントルイスのあらゆるレンタカー会社に配布して。空港近くの会社を特に念入りにね。空港内じゃなくて。追跡されるかもしれない手がかりはできるだけ消そうとするでしょうから。顔を覚えられる危険を避けて、空港で客待ちをしているタクシーは使わないで、空港からは歩いて出たはずよ。それからレオンウッドの偽名の完全なリストを手に入れて。飛行機から降りた今はもう別の名前を使っているでしょうから」

「ほかには、ボス？」とガーフィールドは相棒に立て続けに命令され、自分ではそこまで手配しなかったことを恥じる思いと苛立ちの入り交じった声音《こわね》で言った。

トンプソンは、未読のファイルと未完成の報告書の山を見ながらいっとき考えた。それらの書類はすべて彼女から関心を向けられるのを待っていた。が、彼女のほうから見れば、少なくとも四分の三は関心を向けなくてもいいものだった。「そう」とようやく彼女は言った。「実のところ、ふたつある。ひとつは、セントルイス行きの次のフライトの予約。わたしとあなたとで現地からレオンウッドを追いましょう」

「わかった――もうひとつは？」

「もうひとつは、ヘンリー、わたしのことを、チャーリー、あるいはシャーロット、もしくはトンプソン特別捜査官以外の名でもう一度呼んだら、わたしと信頼できるわたしの銃の力で、あなたの職場での呼び名が〝片玉野郎〟になるようにしてあげるから。わかった《コンプレンデ》？」

ガーフィールドはごくりと唾を呑み込んでから言った。「わかった、ベイ――トンプソン特別捜査官」

「よろしい」と彼女は甘い笑みを向けて言った。「さあ、さっさと動いて。われわれＦＢＩには捕まえなきゃならない悪党がいるんじゃなかったの？」

18

エリック・パークハイザーはダッフルバッグに服を慌てて詰め込んだ。胃袋が悲鳴をあげていた。眼がまわり、頭もくらくらした。胃液が込み上げ、咽喉《のど》がひりひりした。ウィスキーを飲むなんて。なんと馬鹿なことをしてしまったのか。〈ウェストレイク・プラザ〉から帰るなり、ウィスキーをラッパ飲みした。神経を静めてくれるだろうと思ったのだ。効果はなかった。ただ昼に食べたものの残りと一緒に戻しただけだった。

今日の午後にモールでおれを追いかけてきたやつは、おれをペテンにかけようとしている。彼は自分にそう言い聞かせた。けちなごろつきがおれの大あたりの話を偶然知って、金を巻き上げようと思ったのに決まっている。しかし……自分にそう言い聞かせながら、自分でもそのことがほんとうには信じられなかった。あの男は腕がよすぎた。落ち着きすぎていた。今日のような荒っぽい交渉をこれまで何度もしてきているにちがいない。おれのような相手の扱いに慣れていた。ポケットに財布を入れられてもおれはまるで気づかなかった。おまけに防犯カメラにまで細工をしていた。武器を持っているモールの警備員をいとも簡単に説き伏せた。あいつはまぎれもなくプロだ。カジノで当てた金で払うという申し出にも食いついてこなかったことからも、これがただの強請《ゆす》りではないことは明らかだ。

それはつまり、あいつは嘘をついてないということだ。

それはつまり、おれは〈アトランタ・アウトフィット〉に見つかってしまったということだ。

問題は、しかし、おれは無一文だということだ。からっけつだということだ。パークハイザーが文無しというのは、実際、ほんとうのことだった。そんな彼がたったの三日で二十五万ドルをひねりだす方法などどこにもなかった。彼はプロの強盗ではなかった。ただのコンピューター・オタクだ。そして、このカジノのいかさまには計画と実行に一年近くかかっていた。しかもそのせいで組織のレーダーに引っかかってしまった。

かくなる上は逃げるしかない。

どうすることもできないんだから。

しかし、それも万にひとつのチャンスもなかった。瞬時に姿を消す技など持ち合わせていない。時間があれば——時間と金があれば——何か手立てがあるかもしれないが。精巧にできた新しい身分証明書をつくるとか。生きるために必要な白紙委任状を何通もでっち上げるとか。しかし、そういうことはすべて六百万ドルの支払い金を手に入れないとできない。死にもの狂いで逃げるとなると——映画の「ボーン・シリーズ」みたいに姿を消して、相手に一泡吹かせるとなると——彼のその手の能力は、パーティションに区切られて、コンピューターと取っ組み合っているアメリカじゅうの事務職と変わらない。実際、密告者になって人生をめちゃめちゃにするまえは、日々そういうことをしていたわけだが。

パークハイザーはベッドの下にもぐり込むと、靴箱に手を伸ばした。その靴箱の中に緊急用の現金がはいっていた。四分の一ほどになっていた。その緊急用の金を彼はそれまでに〈パパ・ジョンズ〉の宅配ピザやXbox用のゲーム、それにバーボンのジム・ビームにつかってしまっていた。こういうときにはなんの役にも立たないもののために。

「ミスター・パークハイザー」という軽い訛りのある声が背後から聞こえた。パークハイザーは反射的に顔を起こし、ベッドの床板に思いきり後頭部をぶつけてしまった。一瞬、視界がぼやけた。意識がもうろうとするほどではないにしろ。しかし、それはいいことなのかどうなのか。声の主が誰にしろ、そいつの狙いは明らかなのだから。

あのクソ野郎、と彼は思った。あと三日はあるって言ってたじゃないか。

パークハイザーはベッドの下から慎重に頭を出すと、体を反転させて、寝室の戸口から数フィートのところに立っている男を見た。男はカーキのズボンを穿いて、コニャック色に磨き上げられた革のオックスフォードを履き、白い襟とダブルカフスの糊の利いた青いボタンダウンのシャツを着ていた。砂色のブロンドが貴族的な雰囲気のある顔を縁取っていた。日中の暑さはまだ夜空に吸い取られていなかった。なのに、手にはキッドスキンの手袋をはめていた。

サプレッサーを取り付けた銃を片手に握っていた。

パークハイザーはそれを見てひるんだ。とっさに手で顔を隠し、身構え、飛んでくる銃弾を待った。

「申しわけない」と男は言った。脇におろしたままの銃を上げようとはしなかった。「驚かすつもりはなかったんですが」

パークハイザーは指の隙間から男をのぞいた。鼓動が何回か続いても、何も起きなかった。彼は言った。「からかってるのか？」

「からかってなんかいませんよ、ほんとうに」

「おれを殺すつもりか？」

男は笑みを浮かべた。「私の言うとおりにしてくれたら殺したりしません。あなたの死を望んでいるのが誰であれ、その人とあなたのどうでもいい諍《いさか》いに興味はないので」

パークハイザーも笑みを浮かべた。精神科の監禁病棟にこそふさわしい錯乱した笑みだった。「なんでも言ってくれ！　さあ、なんでも。好きにしてくれ！」

「私はここへはある男を探しにきたんです。あなたが慌てて旅に出ようとしているところを見ると、その男があなたを訪ねてきたのはつい最近のようですね。いずれにしろ、あなたはその男の申し出を断わった。私が誰のことを話しているのかわかりますか？」

パークハイザーは勢い込んでうなずいた。

「あなたはその男を雇わなかった。その私の推測はあたっていますか？」

パークハイザーはまた勢いよくうなずいた。とても口が利ける状態ではなかった。

「やっぱりね。さて——心して聞いてほしいんですが、次の質問は重要です。あなたの生死はその質問に対するあなたの答にかかっていると言っても過言ではありません。その男は連絡法をあなたに教えましたか？」

「はい！」とパークハイザーは小学生のような大きな声をあげた。「電話番号をくれた！気が変わったら電話をするようにって」

「すばらしい。それこそまさしく私が求めていた答です。その電話番号はいずれ必要になるでしょう、もちろん。ただ、そのまえにもうひとつしてほしいことがあります」

「なんだ？」

「相手に電話をして気が変わったと言ってください」

「だ、だ、だ、だけど、おれには支払う金がない！」と男は言った。思わず吃音《きつおん》が出た。

「いやいや、あなたはきっと何か思いつくはずです」

「そういうことに関してあなたはとても才覚のある人だ。それはもう証明済みです。ただ、言っておきますが、私はあなたの一挙手一投足を見張っています。だから、逃げるなどということは正しい選択とは言えません。それだけは言っておきます」

「あんたはあの男を罠にはめるとか、何かそういうことを考えてるのか？」

男は笑みを浮かべて言った。「ええ、何かそういうことです」

「おれがあいつを雇ったら、おれは助かるんだな？」

「私があなたに危害を加えることはありません。そのこともはっきりと言っておきましょう」

「いや、そうじゃない。おれが言いたいのは、いや、あんたの申し出はありがたいと思うよ。ただ、おれが言いたいのは、あの男にはあの男の仕事をさせるのかってことだよ。あんたがあの男を殺《や》るまえに。つまり、おれを殺しにくるやつをあいつに殺させるのかってことだ」

男はしばらく考えてから肩をすくめて言った。「そうですね、いいでしょう。どうやら今日の私は篤志家の気分のようです」

「よし」とパークハイザーは言った。「じゃあ、これで決まりだ」

「すばらしい。合意できてよかった。ただ、ひとつ言っておきますが、この合意に関して私たちの共通の友人に――あるいはほかの人間にも――ひとことでも洩らしたら、この合意はゼロになります。それはあなたの存在についても言えます。私が監視に飽きたとたん、あなたは苦痛にのたうちまわることになるでしょう。でも、これまたひとつ言っておきましょう。私は簡単には飽きたりしない人間です」

そのことばに、パークハイザーはなぜか自分が手足を広げて標本箱に固定された虫にでもなったかのような気がした。

「そうそう、最後にもうひとつ」と男は言った。「彼が親切にも名前も残していったとは思えないけれど。ひょっとしてそんなことはありませんでしたか?」

パークハイザーが首を振ると、男はがっかりしたような顔をした。芝居がかっていた。まるでパークハイザーのためにそんな演技をしているかのようだった。「でしょうね。人間、何もかも手にはいるわけがない。でしょう？」

パークハイザーは、服を半分ほどとむなしい希望を詰め込んだベッドの上のダッフルバッグを見た。望みは金を取り戻すこと。それだけだ。豊かな人生――自分のような創意工夫に富んだ男には当然の人生――を手に入れるための二度目のチャンスを可能にする金だ。それはまたFBIが彼から取り上げようとしている金でもあるわけだが。

彼がその金と引き換えに手に入れたのは山ほどのトラブルだった。そのクソみたいなトラブルの山からは生きて抜け出せないかもしれない。そうなると、気にもかけず捨ててしまった昔の人生――気が滅入るような平凡な人生――に舞い戻りだ。それも最高に運がよくての話だ。

実際のところ、人はすべてを手に入れられたりできるのか。

いや、そんなことはありえない。彼はそう思った。

獲物との遭遇は次の機会にということになり、アレグザンダー・エンゲルマンは仮りの住まいに戻った。中二階のある抵当流れになった家屋で、パークハイザーの家とは通りをはさんで三軒離れていた。白とサーモン・ピンクというおぞましい組み合わせの色の家ながら、その家の主寝室からは、鏡に映る像のように左右が逆になったパークハイザーの家がよく見渡せた。その家へ戻るまでの短い距離もエンゲルマンはぬかりなかった。何回も唐突に方向を変え、十ブロック、少なくとも三倍の距離を歩いた。そこまでする必要はないとは思ったが、手を抜かずにそういうことをすることの満足感があった。必要がないと思ったのは、まずひとつ、彼のあとを尾《つ》けようなどと思うには、パークハイザーはあまりに怯えすぎていた。もうひとつは、エンゲルマンがパークハイザーの家のいたるところに仕掛けてきた盗聴器を通して、パークハイザーが居間を行ったり来たりする音がずっと聞こえていたからだ。

その音はエンゲルマンが忍び込んだ家の居間に置いた受信機に送られていて、パークハイザーの家から戻ると、彼はパークハイザーの足音と息づかいの音が空き家全体に響き渡るほどヴォリュームを上げた。そうして、眼を半分閉じて、その音を聞きながら彼も家の中をあちこち歩きまわった。キッチン、寝室、主寝室のバスルーム。その動きはパークハイザーの動きと正確に一致していた。足音まで合っていた。息づかいまで一致すると、エンゲルマンは自分がパークハイザーとひとつになったような気がした。そして、そんなふうに思えるたび、自分の計画がうまくいくことが確信できた。

獲物もまた本を使った〈評議会〉の暗号を解読していた。エンゲルマン本人は認めようとしないだろうが、クルスの暗号鍵を見つけてもそのあとなんの進展もなかったので、実のところ、自分の推測がまちがっていなかったことに内心ひそかに安堵《あんど》していた。シカゴ行きが空振りに終わったあとは、いささか不安にもなり、さらにロングビーチでもなんの成果も得られず、それ以降は自分が見当をつけた手がかりを疑いはじめていたのだ。彼の獲物は〈評議会〉の本の暗号以外のものを利用して、顧客を決めているのではないか。彼としてもそう考えざるをえなくなっていたのだ。

しかし、そこでまた気づいたのだ。彼の獲物がフランクリンやダブルッツォを救わなかったという事実からはまた別の結論も導き出されることに。この獲物は暴力的な犯罪者を守ることは自分の〝仕事〟と考えていないのではないか？

この獲物は自分のことを道徳的な人間とでも思っているのではないか？

エンゲルマンは獲物のファイルを再点検して、この疑問について改めて考えた。するとひとつのパターンが見えてきた。彼の獲物の顧客は比較的罪のない人間なのだ。モラレスしかり。パークハイザーしかり。

エンゲルマンがスプリングフィールドにやってきたのは、そんなことを考えたあとのことで、獲物に先んずるにはいささか遅れを取っていた。だから、空港からパークハイザーの家まで車で直行しながらも、パークハイザーの家を監視できる時間的余裕のあることを祈った。うまくすれば、彼の獲物がパークハイザーに近づくところを見られるかもしれない。そうなれば、あとは獲物を尾《つ》けて、襲撃のタイミングを計ればいいだけだ。ところが、結局のところ、うろたえて逃げる準備をしているパークハイザーに出くわした。そこでその時点でできるかぎりの対処をした。

パークハイザーは獲物をおびき寄せる餌《えさ》にはならないかもしれない、という可能性もなくはなかった。が、エンゲルマンはそれを認めなかった。いや、今はむしろ確信していた。彼の獲物は自分を善人と思っており、だから、今はこの哀れな小悪党を助けることに気持ちが傾いているにちがいない。

人の良心というのはなんと厄介なものか。エンゲルマンは自分がそういうものにはいっさい悩まされない人間であることを改めて喜んだ。

しかし、パークハイザーが餌になることをエンゲルマンが確信した理由はそれだけではなかった。もうひとつあった。エンゲルマンの連絡係が約束してくれた週がもうすぐ終わるからだ。〈評議会〉は来週になると、古い暗号本と競馬サイトを利用するすべての通信を停止する。つまり、パークハイザー殺しはそうした通信手段を通じた最後の指令ということになる。それは取りも直さず、エンゲルマンにとってこれが獲物を仕留める最後のチャンスになるかもしれないということだ。

さらにもうひとつ、〈評議会〉がエンゲルマンに対して辛抱を切らしているということもあった。それは電話で話すときの連絡係の声の調子から感じ取れた。〈評議会〉が提供してくれる援助からもわかった。最初はどんな援助もしてくれた。それが今では拒否されることがあった。これで仕事に失敗するようなことになったら、〈評議会〉から追加支給されるのはロープだろう。殺すまえに彼の手と足を縛るための……

なんであれ——と彼は思った——そんな情けないことを考えてもなんの意味もない。それに、パークハイザーとエンゲルマンの獲物の両方について自分は正しかった。もちろん、とエンゲルマンは自分に言い聞かせた、そんなことは最初からわかっていたが。放置された家のかび臭い静けさの中、彼は何度も何度も自分にそう言い聞かせた。それでも、パークハイザーが電話をかける音が聞こえてきたときには、さすがに安堵の吐息が洩れた。

ヘンドリクスの使い捨て携帯電話が一度長く、一度短く、もう一度長く鳴った。その音はパークハイザーからであることを示していた。ヘンドリクスが知るかぎり、その電話番号を知っているのはパークハイザー以外はレスターだけで、彼専用の呼び出し音は低音から高音へ順に上がる四音だった。

ヘンドリクスにとってパークハイザーが電話をしてきたことは意外でもなんでもなかった。何年もこの仕事をしてきて言えるのは、電話だけはたいていの人間がしてくるということだ。ただ、パークハイザーがなんと言うかまではヘンドリクスにも予測がつかなかった。

「金はできたか？」とヘンドリクスは前置きも何もなしに尋ねた。

間《ま》ができた。「というわけでもないんだが」とパークハイザーは言った。

「だったら、話すことは何もない」

「待ってくれ──切らないでくれ！」

切るべきだ、とヘンドリクスは思った。そうするべきだと。が、切らなかった。「それで？」と彼は言った。

「全部取ってくれ」

「なんだって？」

「六百万ドル全部だ。一セント残らず全部だ。おれのケツを追いまわしてるやつらをおっ払って、逃げる時間を稼いでくれれば、それだけやる」

六百万ドル。

六百万ドル。

仕事三十回分の額だった。しかもそのために殺《や》らなければならないのは、〈アウトフィット〉の殺し屋《ボタンマン》ひとり。

六百万ドル。それはイヴリンとレスターのどちらも二度と金の心配をしなくてよくなる額だった。ヘンドリクスが罪滅ぼしを終えて、これまで送ってきた暴力的な生活に終止符を打つ日を意味する金額だった。

そんなことはパークハイザーには知らせる必要のないことだ。ヘンドリクスは落ち着いた声音《こわね》で冷静に言った。

「その金をどうやっておれに払う？」

「それは実に簡単なことだ」とパークハイザーは言った。その声には明らかに安堵が込められていた。「ふたりでカジノに払わせればいい。それだけのことだ。馬鹿でかい小切手はただの見せかけのものだ。だから、口座番号をまえもって知らせておけば、馬鹿げたショーが終わり次第、金がその口座に送金される。あんたみたいなプロの殺し屋はどこかに無記名口座を持ってるんだろ、ちがうかい？　無記名ということはそれがおれの口座なのかどうか、カジノにはわからないということだ、だろ？」

ヘンドリクスはノーと言うべきだった。数時間前に会ったばかりなのに、パークハイザーがそんな相手に簡単に大金を手放すわけがない。なによりそのことに気づくべきだった。何かがおかしいと気づくべきだった。もうこれで終わりにして、立ち去るべきだったのだ。

しかし、六百万ドルというのは人に誤った判断をさせるのに充分な額だった。だから、ヘンドリクスとしてもついこんな台詞《せりふ》を吐いたのだった。「おれをコケにしたら殺すからな。わかってるのか、そのこと？」

パークハイザーは希望に満ちた声で言った。「それは取引き成立ってことかな？」

六・百・万・ドル。

「ああ、取引き成立だ」

「よし――それじゃ、ペンを取ってくる」

19

〈ペンドルトン・リゾート&カジノ〉はけばけばしい遊覧船をテーマにしたレジャー施設で、カンザスシティの真北にある工業団地からミズーリ川を見下ろす場所に建っていた。そこへのアクセスは空港に通じる道路にも似て、実に入り組んでおり、途中、さまざまな駐車場が出現した。枯れて樹皮の剝がれた木を思わせるナトリウムライトがぽつんぽつんと佇立《ちょりつ》している、アスファルトの平原のような駐車場に、壁面のないコンクリートの立体駐車場。行ったり来たりして、客を運んでいるつややかな黒のシャトルバスのミラーウィンドウには、宣伝文句が書かれ、施設内の愉しみを過剰に約束していた。もっとも、実際のところ、〈ペンドルトン〉は家族向けのレジャー施設で、そこでのショーはいたって健全なものだったが。だいたいがブロードウェイのヒット作品の巡業興行だった。フードエリアでは、高級ステーキハウスにフランス風の高級レストラン、恐竜をテーマにしたバーベキュー・リブ・レストランに〈ナスカー《NASCAR》〉をテーマにしたバー&グリルが肩を寄せ合っていた。

マイクル・ヘンドリクスはレンタカーをカジノから一番遠い駐車場に停めると、シャトルバスには乗らずにそこから歩いた。オレンジ色に燃える太陽が西の地平線に接する夕暮れの空には、巻雲《まきぐも》が何本も伸び、そんな空の下、カジノの明かりが遠くの蜃気楼のように揺らめいていた。火曜日の午後七時、パークハイザーがヘンドリクスを雇ってから二十時間あまりが過ぎ、予測されるレオンウッドの襲撃まで二日を切っていた。ヘンドリクスは午前中をレスターとの電話のやりとりで過ごしていた。レスターはデジタルの呪術を使って、パークハイザー暗殺計画に関する調査書をまとめ、それをそっくりそのままヘンドリクスに読んで聞かせていた。ヘンドリクスが自分のコンピューターを持ち歩かないのは、言うまでもなく、中身が有罪を示す証拠だらけだからだ。暗号化できない使い捨ての携帯電話へのダウンロードもひかえているのは、これまた言うまでもなく、ダウンロードしたものがあとから彼に結びつくことを恐れてのことだった。

レスターが作成した調査書からわかったのは、レオンウッドというのは危険性も報酬も高い仕事——標的が有名人でも法執行機関の人間でも誰でも——を引き受けることでよく知られる熟練した殺し屋ということだった。むごたらしければむごたらしいほど見事に見えるのがその手口で、噂では、第一巡回控訴裁判所の判事をボストンのザキム橋で縛り首にしてさらしてみせたのが彼の仕事ということだった。二〇〇四年、その判事が〈ウィンター・ヒル・ギャング（ボストンを拠点とする犯罪組織）〉に不利な判決を出したあとのことだ。パークハイザーの死をむごたらしいものにするのが組織の望みなら、組織は殺し屋の選択をまちがっていなかったということだ。

ヘンドリクスは必要な情報を頭に入れると、スプリングフィールドからカンザスシティまで車を走らせた。制限速度を良識の範囲内の五マイル・オーヴァーで三時間弱走った。そして、市《まち》の南側に無秩序に広がる郊外、ベルトンの〈フェデックス〉で荷物——スティーヴ・ロジャーズを受取人にしてレスターが留め置きで送っておいてくれたもの——を受け取った。

荷物の中身は〝クッキー〟で、差出人は〝ロジャーズの祖母〟。実際の中身は、千ドルの現金（カジノで必要になるかもしれなかったので）がはいったブリキ缶、指紋がつかないよう凹凸《おうとつ》のある握りで、金属探知機に検知されず、鋼の二倍鋭いセラミック製ナイフ、九ミリのホローポイント弾を装填した単発の手製ピストルにもなるペンライト、若くて初々しいレオン・レオンウッドの顔写真。過失致死罪で逮捕された何十年もまえに撮られたものだが、今のレオンウッドもその面影ぐらいは残っているはずだ。それに四枚のレーズン・オートミール・クッキー。

車を調べられたときの用心に、顔写真と武器はレンタカーのスペアタイヤの中に隠した。今日の仕事は予備調査で、暴力的なものではなかった。武器の携帯は——レスターが今回送ってきてくれたものと同じくらい発見されにくいものであっても——用心にもなれば、同時に事態を複雑にするものにもなりうる。予備調査を経て火器——拳銃、ライフル、もしくは小型爆弾——がさらに必要になるようなら現地で調達する。そういうものはいつでも調達できるのに、最初から準備して旅をするというのは愚かなことだ。仕事のあと簡単に捨てられるものを後生大事に持ちつづけるのも。

レスターの焼いたクッキーはいつもどおりうまかった。

ヘンドリクスは革のブーツの靴音高く、カジノに向かう中央通りの歩道を歩いた。このような仕事で大切なのはうまくその場に溶け込むことで、彼は絵に描いたようなギャンブラーを演じていた。白いトリム付きの赤と白のチェックのカウボーイ・シャツ、ブーツカットのジーンズ。その裾をワニ革のカウボーイ・ブーツの上にかぶせて穿いていた。それにオフホワイトのステットソン帽。眼を隠すための〈ブルー・ブロッカー〉のサングラスに、三日間分の無精ひげでどうにかつくった馬蹄形の口ひげ。歩き方も変えていた。少し猫背になって、だらしない外股で歩いた。それで背が二インチは低く見えた。滑稽《こっけい》だった。が、それはカジノに来ているギャンブラーの半分に通じる滑稽さで、人が視線をそらしたくなる類いの滑稽さだった。

カジノの入口でベルボーイから笑顔の挨拶を受けた。入口ではひさしに取り付けられた千個もの昔ながらの電球が光り輝いていた。それが中にはいると、スロットの群れからたえまなく聞こえる騒音と同じくらい騒々しく不快な内装の装飾に変わった。

パークハイザーの授与式は、カジノの建物を出てすぐのファウンテン・ルームという宴会場でおこなわれることになっており、その日のファウンテン・ルームでの二回の興行――ビュッフェ・スタイルの昼食付きと夕食付き――は腹話術師のショーで、その夜遅くには、ヘンドリクスが聞いたことのないカントリー・ミュージックのバンドの演奏が予定されていた。

ヘンドリクスは腹話術のショーのチケット――ビュッフェ付き十五ドル――を買った。ファウンテン・ルームにはいると、グラスと金物の食器がぶつかる音があちこちから聞こえた。

円形のテーブル――粗末なリンネルの白いテーブルクロスが掛けられていた――は四分の三ほど埋まっていた。ショーはまだ始まっていなかったが、部屋の半分を占めているビュッフェのテーブルに並べられた料理は、彼が来る二十分前から自由に取れるようになっていたので、列は短かった。ヘンドリクスは部屋の端から端まで歩いて、集まった客を観察しながらその列に並んだ。

部屋は広く、薄暗く、緑と赤のカーペットが敷いてあり、どの壁にも天井から床までカーテンが掛けられ、小さなステージが正面の入口から一番遠いところに設えてあった。ステージの右側の隅にバー・カウンターがあり、客が取り囲んでいた。出はいりできるのはヘンドリクスがはいってきた正面の入口とふたつの非常口で、非常口のひとつは右側、もうひとつはステージのうしろにあった。非常口にはそれぞれ警備員――がっしりした体格で、制服を着て、武器を持っていた――が立っていた。警備員はさらにふたり、舞台の両袖にもいた。

ヘンドリクスとしてはそれが気に入らなかった。

この配置が木曜日も変わらないとすると、人もテーブルも椅子も多すぎた。少なすぎる出口に多すぎる警備員。一定の間隔を置いて、天井から下向きに突き出した薄い色付きのプラスティックの半球体は、言うまでもなく防犯カメラで、隅から隅まで監視していた。

しかし、気に入ろうが入るまいが、彼としてはこの仕事をなんとしても成功させたかった。

そして、それには六百万の理由があった。

トレーに料理を盛って、ステージに近い隅の席に腰をおろした。隅のテーブルが空いているのはステージが見えにくいからだろう。それは彼にはどうでもよかった。ステージの上で何をやっていようと。それが見えようと見えまいと。ステージに向かって九時の位置に坐ると、バー・カウンターについている客も、テーブルについている客も会場の正面出入口もよく見えた。テーブルの上のクロムメッキされた水差しには、彼の背後にいるビュッフェの客が映っている。

そうして席についてナプキンを膝の上に広げたところで、頭上の照明が暗くなり、ショーが始まった。が、彼は腹話術の人形とともにステージに上がった疲れた老人にはいささかの注意も向けなかった。

彼にはやるべき仕事があった。

その日、アルバート・トゥッシュボームはなんともひどい一日を過ごしていた。

まずひとつ、咽喉《のど》が痛くてたまらなかった。三十日続けて三十回ショーをやれば誰でもそうなる。それから、ここと サンアントニオのあいだのどこかでもらってしまった鼻炎。先月はグレイハウンドを乗り継いで、うねうねと蛇行しながら内陸へと移動して過ごし、インターステート三五号線でオースティン、フォートワース、ダラス、オクラホマシティに向かい、それから四四号線でタルサとジョプリンへ行った。が、ブランソンでの仕事へ向かい、急行バスのかわりに地元の路線バスに乗って、思いがけず時間を食ってしまった。その路線バスは一マイルごとに停車しているような気がしたほどで、移動時間が二倍近くかかった。その間ずっと、最後にシャワーを浴びてからずいぶんと経っていそうな、見るからに不潔な髪をポニーテールにしたバイカー・タイプの男と、何かの伝染病にかかっているのか、咳をしつづける鼻づまりの幼児を連れた女のあいだにはさまれていた。ブランソンとスプリングフィールド間では、腹話術の人形のミッキーをバス会社になくされた。出発の際にはちゃんと積み込んだというのがバス会社の主張だったが、スプリングフィールドに着いたときにはどこにもなかった。そのため、もうひとつのスーツケースの底に押し込んだままになっていた予備の人形とともにステージに上がらなければならず、その人形のすり切れて色褪せた服が、まさにアルバート自身の哀れな状況を映し出していた。スプリングフィールドからペンドルトンへの移動では、バスのトイレが詰まってしまい、小便さえできなかった。コレステロールを抑える薬を飲んでいるので、競走馬並みに尿意を催すというのに。食べることもできなかった。人間の汚物のむかつく悪臭のせいで、停留所で買った昼食は手つかずのままだった。まったく。ペンドルトンに着いてすでに何時間も経っているのに、いまだにケミカル・トイレから洩れたにおいが服や髪や皮膚に染みついて消えないような気がしてならなかった。

思えば、しかし、それは彼の経歴自体のにおいなのかもしれなかった。

どうしてこんなことになってしまったのか？　かつて彼はラスヴェガスのストリップで舞台に立ち、トム・ジョーンズやニール・ダイアモンドの前座として満席の観客を沸かせたこともあったのに。テレビ番組の〈ザ・トゥナイト・ショー〉に二度出演し、そのうち一度はインタヴュー・コーナーのカウチにまで招かれて話をしたこともあったのに。しかし、それは何年もまえのことだ——何十年も。二回の離婚と、カナディアン・クラブを入れた数えきれないほどのヒップフラスク。アルコールが胃も結婚も評判も蝕《むしば》み、顔には深い皺を刻み、毛細血管を切り、頬と顎に浮き立たせた。編んだレースのように。アルコールは彼の妻と友人たちを彼から遠ざけ、彼の子供たちは電話が鳴るたびに怯えるようになった。受話器から聞こえてくるのが情けない父親の声なのか、それとも遠くからの警官のお決まりの声なのかわからず。そう、もう怯える必要はないと告げる同情的な警官の声なのか、わからず。

が、グレースがこの世に現われ、すべてが変わった。

予定日より五週間早かった。そのため肺が弱く、さらに逆子のせいで体は痣《あざ》だらけだった。医師たちは最終的にアルバートの娘のレイチェル——彼女自身、家族の末っ子《ベイビー》だった——に帝王切開をせざるをえなくなり、母子ともに予断を許さない状態が数日続いたものの、ふたりともなんとか持ちこたえた。アルバートの前妻もなんとか長年の苦悩と恨みを脇に置いて、航空券を買うための金を彼に送ってきてくれた。ふたりとも目覚めていようと、ふたりとも眠っていようと、そのそばにいられるように。しかし、アルバートはその旅ができるほど強い人間ではなかった。一度に娘と孫の両方を失うかもしれないという思いに勝てなかったのだ。そのため、空港に向かう途中、気つけの一杯をやろうと、しけたカクテルラウンジに立ち寄り、眼が覚めたのはその数日後で、ノミだらけのモーテルのベッドにいた。着陸する航空機の轟音がナイトテーブルの上の四本の空き壜を揺らしていた。いったい何があったのかもわからなかった。娘と孫が無事なのかどうかなど言うまでもなく。

そのときだ、彼が酒をやめようとほんとうに決心したのは。最初のひと月が最悪だった。体の震えに発汗、耐えられない一瞬一瞬がとぎれなく続くことを約束する、おぞましいほどの意識の冴え。早送りもできず、失神による幸せな時間の切れ間もない。それまで彼は人生をやさしい琥珀色のウィスキーのフィルター越しに体験していた。そのフィルターがなくなった今、彼に残されたのは現実だけだった。冷たく痛ましい現実だけだった。

だから、その現実を変えることを固く決意したのだ。埋め合わせをしようと。壊してしまったものをつなぎ合わせるために精一杯の努力をしようと。

今、ちっぽけな町のちっぽけなステージで、彼の唇が動こうが動くまいが、面白いことを言おうが言うまいが、少しも気にしない客に向かって、消えゆく芸をひさいでいるのはそのためだった。笑いを取るためでも、称賛を得るためでも、彼自身のためでさえなかった。すべてはグレースのためだった。物心のついたグレースが彼を見るとき、その眼には憐れみも失望も宿ってほしくなかった。愛こそ宿ってほしかった。彼はそのために今もステージに立っているのだった。

いずれにしろ、自分のためにやっているわけではないというのはいいことだった。観客の馬鹿どもは、彼が彼らの眼のまえでうがいをしながら『遥かなティペラリー』を歌っても、そのすごさなどまるでわからないのだから。

たとえば、舞台右手の男。ステットソン帽をかぶり、〈ブルー・ブロッカー〉のサングラスをかけたカウボーイ気取りの男。こいつなどひとりでテーブルについているのに、明らかに舞台を無視している。アルバートがステージに上がったときでさえ彼のほうをちらりとも見なかった。最初からずっとほかの観客を見ている。この男にしてみれば、ステージ上のショーよりほかの客のほうが面白いのだろう。

もうひとり、マッシュポテトを盛った皿の上で眠りこけている老人。乏しい白髪を馬蹄形にして長く伸ばしすぎ、一週間分ぐらいの白い無精ひげを生やしているレールのように痩せたオールドタイマー。アルバートが昔ながらのジョークを言うと、その老人は自分だけに聞こえている音楽に合わせたかのようにかすかに体を揺らした。が、そのあとまた眠ってしまった。しかし、アルバートはその男を責める気持ちにはなれなかった。老人が眠っているのはまちがいなくアルコールのせいだ。退屈しきって眠りこけているわけではない。人間には酒を支配することはできない。そのことは彼のズボンにはいっているチップがなにより彼に教えてくれている。禁酒半年目を迎えると、それを祝って与えられる断酒会のチップだ。

ただ、バー・カウンターについているあの阿呆となると、話はまるでちがってくる。

そいつはショーが始まって二十分ほどして、ほかの人たちが席に着いたかなりあとからやってきた。ファウンテン・ルームの正面の両開きのドアはアルバートのショーが始まったときに閉められていた。フランネルのシャツを着たそのヌケ作は、ドアを勢いよく開けてはいってくると、バー・カウンターに一直線に向かったのだが、カウンターに着くなり、ジャック・ダニエルと氷の正しい比率について女のバーテンダーと激しい言い争いを始めた。Rの音が落ち、Aの音が鼻にかかるメイン州南部の訛りが、アルバートのところからでも聞き取れるほど、そのヌケ作は大声を出していた。

そのことに気づいたのはアルバートだけではなかった。今や客の四分の一ほどがアルバートではなく、その文句の多いヌケ作に注意を向けており、部屋の反対側にいるステットソン帽とブルー・ブロッカーのサングラスの男もそのひとりだった。それを見て、アルバートはがっかりした。ステットソン帽には、バーゲンとウィンチェル（ともにアメリカの著名な腹話術師）の衣鉢《いはつ》を継ぐベテラン芸人の芸より、粗野な田舎者が女のバーテンダーに嚙みついているほうが面白いらしい。

もういい。アルバートにしてももうたくさんだった。家族向けのショーであれなんであれ、あの男には教えてやらねば。それとここにいるみんなにも。礼儀作法というものを。「おい、きみ！　そうだ、バー・カウンターのところにいるきみだ」話しているのはアルバートではなく、予備の腹話術人形のリッキーだった。「この男の出しものは迷惑かな？　なんならもうステージを降りるようにぼくから頼んであげてもいいけど。きみがバーテンダーとの問題をもう解決するのなら！」利口ぶった物言いをするのがリッキーのいつものキャラクターだった。

客たちは戸惑いながらもとりあえず笑った。コメディアンがステージの邪魔をする客をいじったときにつきものの笑いだ。どっちの側につけばいいのかわからないときの様子見の笑い。しかし、アルバートは駆け出しの芸人ではなかった。扱いにくい客のあしらいなどお手のものだった。実際、これほど気分が高揚するのは何十年ぶりかのことだった。

その大男は苛立ちに顔を赤くしながら、女のバーテンダーからステージに注意を向けた。が、何も言わなかった。

「おいおい、どうした、デカチンくん、すごく愉しいのに」とリッキーは続けた。「舌まで肥りすぎちゃって、しゃべれなくなった？」

これは受けた。男は脇で拳を握りしめた。が、客の注目を浴びて少し縮んだようにも見えた。それでも黙ったままだった。

「いいから、リッキー」とアルバートはいい刑事役の声音《こわね》で悪い刑事役のリッキーに言った。

「もういいだろうが。あの人はただ酒を飲もうとしてるだけなんだから」

「ふうん、あんたはあの人の肩を持つんだね」とリッキーは言って、針に餌《えさ》をつけた。「おい、バーテン、その人は何を飲んでるんだい？」

女のバーテンダーは男を見て、客を見て、それからアルバートを見て、少しためらってから言った。緊張しているのか、声が震えていた。「ジャ、ジャック・ダニエル」

リッキーは続けた。「だったらこうしよう。ここにいる老いぼれアルバートのつけでその人にジャックを一杯注いでやってくれ。ヌケ作《ジャックアス》はジャックがないと、ただのケツ《ア》の穴《ス》になっちゃうからね」

これもまた受けた。アルバートは笑みを浮かべた。男は舞台のほうへ向かいかけ、一瞬、笑みを浮かべた。野生動物が敵に警告を与えるときに牙を剝くような不敵な笑みだった。それを見て、アルバートは胃袋を締めつけられたような気分になった。

舞台から数フィートのところまで来ると、男はアルバートにだけ聞こえる低い声で言った。

「おれが仕事中でついてたな、爺さん。そうでなきゃ、おまえの人形をおまえの咽喉の奥まで突っ込んで、ケツの穴を開いたり閉じたりしなきゃ、人形の口が動かなくさせてやってたところだ。まちがいなくな。酒は自分のために取っとけ」

アルバートは眼をぱちくりさせた。プライドと恐怖の中間点で体が麻痺してしまっていた。舞台の両袖に立っていたカジノの警備員は、男のことばが聞こえるほど近くにいたわけではなかったが、それでも状況を察してふたりとも近づいてきた。が、男は警備員が近づくまえに手を打った。警備員に気づかないふりをして、そそくさと部屋から出ていった。警備員のひとりが小型トランシーヴァーでどこかに短い報告をした。

場が落ち着くと、アルバートはショーを再開した。ブルー・ブロッカーのサングラスをかけた男が立ち上がり、その男も部屋を出た。大男のあとを追いかけるように。

20

アレグザンダー・エンゲルマンはファウンテン・ルームの外のルーレット台のそばに立ち、赤と黒に交互に賭けていた。ギャンブルは得意ではなかった。このゲームを選んだのはあたる確率——赤か黒かに賭けてざっと四十七パーセント——だけが理由で、チップを追加しなくてもそこそこ長い時間、遊んでいられるからだった。また、そこからだとカジノの入口からパークハイザーが殺されることになっているファウンテン・ルームまでの視界が、何にもさえぎられることなく確保できた。彼の獲物はその部屋をまえもって下調べしているはずだった。そのことには確信があった。が、モラレスから説明された容姿に見合う人物は、今のところまだひとりも見かけていなかった。

もちろん、だからと言って、獲物がここにいないということにはならないが。

エンゲルマンは無意識にポケットの中の携帯電話を指で弄《もてあそ》んでいた。獲物のプリペイド式携帯電話にかけてみたいという誘惑に駆られていたのだ。近くで呼び出し音が聞こえるかもしれない。しかし、そうした大胆な行為から得られるものは——たとえ得られたところで——きわめて小さく、マイナス面のほうがはるかに大きい。そもそも不正行為防止のためにカジノ内で携帯電話を使うことは禁じられている。カジノの警備員と一悶着起《ひともんちゃく》こすことなく、ここで携帯電話を使うのは不可能に近い。あらゆる観点から見て、彼の獲物は用心深い男だ。仕事中に電話の電源を切っていないなどという、とんでもないミスを犯すわけがない。しかし、電話をしなかった一番の理由は、何かがおかしいと獲物に感づかせるような愚は犯すわけにはいかないからだ。

「三十五」玉が音をたてながら止まるとクルピエが宣した。同じ台についていたプレイヤー全員が失望のため息をついた。フェルトの上の該当する枡《ます》にチップは一枚も置かれていなかった。

「ノーボディ・ホーム」

盤がまわりはじめ、プレイヤーたちがまた賭けはじめた。エンゲルマンは一枚のチップを赤に賭けた。そのテーブルのミニマム・ベットだ。クルピエが台の上に手をかざして言った。

「ノー・モア・ベッツ」

エンゲルマンにとってどうでもいいことだった。彼は本物のゲームが始まるのを渇望していた。

そのとき、レオンウッドが真っ赤な顔をしてファウンテン・ルームから荒々しく出てきた。エンゲルマンは片眉を吊り上げた。一瞬、レオンウッドはエンゲルマンのほうにまっすぐに向かっているように見えた。レオンウッドがエンゲルマンの存在も特命も知るわけがないことは頭ではわかりながらも、危険を察知してどっと出たアドレナリンが彼の四肢をちくちくと刺した。が、そこでレオンウッドは歩く向きをカジノの正面玄関のほうに変えた。いっときが過ぎた。

ロビーにはめ込まれた羅針盤の東西南北、それぞれの極点から出てきたかのように、四人の警備員が現われ、レオンウッドの脇についた。が、もちろん手出しはしなかった。レオンウッドは彼らをかわそうとした。が、ひとりが正面に立ち、なだめるように片手を上げた。その警備員がレオンウッドになにやら言った。が、カジノの騒がしさにことばまではエンゲルマンには聞き取れなかった。レオンウッドは怒りもあらわに何か答えていた。彼らのやりとりを聞こうと、エンゲルマンはルーレット台から離れた。

「お客さま――」とクルピエが声をかけた。盤はまだまわっていた。エンゲルマンは聞こえなかったふりをした。内心怒り狂っていた。かすかに恐怖も覚えていた。あのフランネルを着た牛みたいなまぬけなデブは、いったい何を考えているのか。自分を見世物にしているとは。わけがわからなかった。エンゲルマンにはわかりすぎるくらいよくわかっていた。レオンウッドが放り出されでもしたら、〈評議会〉に取りついた害虫を駆除するために、エンゲルマンがやってきたことすべてが水泡に帰してしまう。エンゲルマンがしくじったことが〈評議会〉に知れたら、エンゲルマン自身が水の泡のようにはかなく消えてしまう。

「お客さま、ご立腹は承知しております」と警備員は言っていた。エンゲルマンは声が聞こえるところまでたどり着いた。

「そのとおりだよ、おれは怒りまくってる！」とレオンウッドは怒鳴った。「おれは食事のまえにちょこっと飲みたかっただけだ。なのに、あの気色悪い爺がおれを笑いものにしやがった！　ここはいったいどういうリゾート&カジノなんだ？」

「どうかご理解ください。ミスター・トゥッシュボームの考えと当ホテルの考えとは同じではありません。ミスター・トゥッシュボームのせいで、もしお気を悪くされたのでしたら、ほんとうに申しわけないことで――」

「〝もし〟だと？」とレオンウッドは警備員のことばをさえぎって言った。

「――ミスター・トゥッシュボームの無礼をご容赦いただけるようでしたら、当方としては適切に対応させていただきます。これ以上お客さまにご迷惑をおかけするようなことはないようにいたします」

「どうやって？」半信半疑ながら、レオンウッドとしても興味が惹かれたようだった。

「ご夕食はまだとのことでしたね？」

「ああ」

「それでしたら、〈ガスパリーニ〉にテーブルをご用意できると思います。そこのステーキならお客さまもご満足いただけるのではないかと。もちろんビュッフェの料金はお返しして、〈ガスパリーニ〉は当ホテル負担にさせていただきます」

レオンウッドの表情が和《なご》んだ。「そりゃ悪くない」

警備員はレオンウッドをコンシェルジュ・デスクまで案内した。計画が頓挫《とんざ》したわけではないことがわかって、エンゲルマンはひとまず安心した。そして、カジノ・フロアへ戻ろうとして、サングラスをかけ、馬鹿げた口ひげを生やし、派手な特大のステットソン帽をかぶった、馬鹿げたロイ・ロジャースとぶつかった。

「失礼」と男は間延びした訛りで言った。「手洗いを探しててね。どこにあるかひょっとして知らないかい?」

そのゆっくりした話し方は西部のカウボーイの訛った鼻声ではなく、ヴァージニア州南部のものだったが、エンゲルマンにはそのちがいはわからなかった。「申しわけないが、知らない」と返事をして、そのまま歩きつづけた。

カウボーイはすぐには立ち去らず、レオンウッドと警備員とコンシェルジュのやりとりを見ていた。生まれながらの殺し屋、レオンウッドのほうも一度か二度こっそりとまわりを盗み見た。そして、何かを感じたのか、ただの偶然か、彼の視線がふとカウボーイにとまった。レオンウッドはそのあとコンシェルジュに注意を戻し、面白くもない几帳面なジョークにとりあえず笑みを浮かべた。そして、またこっそり視線を戻した。が、そのときにはもうそこにカウボーイの姿はなかった。

21

彼の耳に届く声はひび割れ、一拍も二拍も遅れていた。電話回線の接続がひどく悪かった。ヘンリー・ガーフィールドは、マーケット通りにあるFBIセントルイス支局の喧騒の中、懸命に耳をすまし、大きく眼を見開いて訊き返した。「ほんとうなんだな？　もちろんだ。待ってる」彼は事務用固定電話の送話口を手で覆い、ひとつ離れたパーティションにいるパートナーに向かって声を張り上げた。「おい、トンプソン。きっとあんたも信じられないと思うね」

チャーリー・トンプソンはだるそうに眼鏡をはずして眼を閉じた。それでもそれまで見つづけていた交通監視カメラの残像は消えなかった。疲労のたまった眉間をマッサージしてみた。が、頭痛は少しも引いてくれなかった。整った顔をしかめて彼女は言った。「ガーフィールド、また路地裏で売春婦とヤってるゲス野郎の映像を見せるために声をかけたのなら、ええ、神に誓っていいわ。あなたのモニターに弾丸《たま》をぶち込むから。あるいは、あなたに」

「はいはい」とガーフィールドは言った。「運のいいことに、ふたりの男が同じ日にセントルイスにそろうみたいだ。まわりを見るといい――目先の利く連中はもうみんなこの市《まち》を出ていった。こんなに大きな市《まち》なのにこんなに人気《ひとけ》がないとはね。初めて見たよ」

少なくともその点に関してはガーフィールドの言うとおりだった。セントルイスの人口はピーク時の三分の二に減少し、広々とした歩道も多車線の幹線道路もまばらだった。だから理論上、彼らの今の仕事はもっと簡単なものになっていてもよかった。が、実際はたえがたいほど退屈なものだった。

トンプソンとガーフィールドはメタリック・ブルーの日産ヴァーサ・セダン（日本名はラティオ）の最新型を探していた。月曜日の夜、空港から一マイルと離れていない〈リライアント・オート・レンタル〉で、ローレンス・ランドリーと名乗る男が借りた車だ。ランドリーというのはレオンウッドがよく使う偽名のひとつだった。火曜日の昼に交通監視カメラ、ＡＴＭの防犯カメラ、そのほかの民間の防犯カメラの映像が続々とはいってきて、ふたりが捜索を開始してから二十四時間が経とうとしていた。全米のほとんどのレンタカー会社と同様、〈リライアント〉もコンパクトカーやエコノミー・カーといったクラスの車には追跡装置を取り付けていなかった。そういったものを搭載しているのは高級車だけだ。盗難リスクの低い、安価なレンタカーすべてに車両追跡装置を取り付けて月額料金を支払っていては割に合わない。レオンウッドはそうした事情に通じているのか、あるいは単に節約したのか、そのどちらかだろう。そうでなければ、レオンウッドのような頭の弱い大男がレンタカーを借りるのに、自分にふさわしいサイズの車を借りる金をけちって、コンパクトカーに縮こまることを選んだりはしないはずだ。で、トンプソンとガーフィールドは、誰かがどこかで彼を目撃していることを期待したのだ。目撃者がいれば、彼の目的地を割り出すことができる。しかし、セントルイスのような過疎化が進んでいる市《まち》が舞台とはいえ、そうした作業は針の山から一本の針を探すようなものだ。おまけにセントルイス支局は人手不足で、ふたりは自分たちだけで、文字どおり数千時間にも及ぶ映像と大量の画像データを篩《ふるい》にかけなければならなかった。熟練の捜査官が二十人もいればできなくはない作業ながら、ふたりでは時間の浪費に近かった。

「で、なんなの？」とトンプソンは尋ねた。

「カンザスシティ支局から電話があった。回覧にまわしたレオンウッドの手配写真が役立った。どうやらわれらがレオンウッドは二流のカジノのビュッフェで腹話術師と一悶着起こしたらしい。で、警備員がその仲裁にはいった」

トンプソンは立ち上がると、爪先立って全身を伸ばし、パーティション越しにのぞき込んだ。と同時に、彼女の携帯電話が震えた。ジェスからのメールだ。頭痛がさらにひどくなった。しかし、今はホームドラマを演じている場合ではない。「わたしたちが探してる男にまちがいないのね？」

「まちがいないから電話してきたんだと思うよ。カンザスシティ支局との電話はまだつながってる。防犯カメラの映像から抜き出した静止画をこっちにメールしてもらえるかどうか、カジノに電話で問い合わせてもらってるところだ」

「でも、もうその男はそのカジノにはいないんでしょ？」とトンプソンは言った。

「ああ」とガーフィールドは答えた。「そのカジノにはホテルも併設されてるようだが、宿帳にその男の名前はなかった。カジノはまるく収めようと、そいつにディナーを無料サーヴィスしたようだが、そのサーヴィスだけ受けると、すぐいなくなったそうだ」

「ちょっと待って——宿帳に名前はなかった。それって、カジノのスタッフと話したときにはその男は自分から名乗ったの？」

「ああ」とガーフィールドは言った。「スミスとね」

なるほど、とトンプソンは思った。すでに知れ渡っている偽名を使っていたら、そこで引っかかってきていただろう。しかし、よりにもよって〝スミス〟とは。いやはや……「なんてこと」と彼女は言って椅子に戻り、またコンピューターに向かった。

「どうした？」

「カジノの名前は？」

「〈ペンドルトン〉——どうして？」

トンプソンはグーグルで検索し、〈ペンドルトン〉のウェブサイトを開いた。また携帯電話が震えだしたが、今度も無視した。「殺しの舞台はそこよ」

「どうしてそう言える？　まだそいつかどうかもわかってないのに」ガーフィールドの携帯電話の電子メールの着信音が鳴った。彼はすぐにクリックしてメールを開き、もう一度クリックして添付画像を開いた。「前言撤回——やっぱりこいつだ。だけど、どうしてそこだと言える？　そんなちゃんとした警備がなされてるところを殺しの舞台に選ぶなんて、こいつはいかれてるのか?」

「いかれてるというのはレオンウッドのトレードマークよ」とトンプソンは言った。「それに、腹話術のショーを見るために、あなたがわざわざ国の半分もの距離を飛行機で最後に移動したのはいつのこと?」

「なるほど」とガーフィールドは認めて言った。「それでもまだ買えないな。もしかしたらレオンウッドは殺しの時間《キリングタイム》まで時間つぶし《キリングタイム》をしてるだけかもしれない」

「面白いことを言うじゃないの」とトンプソンは言った。「でも、同意はできない。彼がそこに泊まっていたのなら、何かショーでも見て、時間つぶしをしていたのかもしれない。でも、彼はそこに泊まってもいなければ、数ある偽名の中のひとつを名乗ろうともしなかった。ゆえにレオンウッドは現場を下調べしていた」

〝ゆえに《アーゴ》〟と思わず口にしたとき、トンプソンにはガーフィールドがこっそり嘲笑を浮かべたような気がした。が、少なくとも彼は嘲《あざけ》りを口に出すことはなかった。それだけの分別はあった。さきほどの脅しにはそれなりの効果があったようだ。彼女にしてみれば、そのことがわかって少しも悪いことはなかった。彼女は電子メールを送った。ガーフィールドのパーティションから着信音が鳴った。

「なんだい、これは?」と彼は尋ねた。

「〈ペンドルトン〉のショーの月間スケジュール。向こうのスタッフに連絡して、どのショーがその腹話術師と同じ宴会場で開催されるのか確かめて。そう、この三日のあいだに。何もなければ、それを七日にして」しかし、彼女には自信があった。レオンウッドというのはそれほど周到な計画を練る殺し屋ではなかった。

「向こうの警備員に警告しとこうってわけ？」

「警備員に警告したら、警備員はよけいなことをするかもしれない。そうやってこっちからわざわざレオンウッドに考え直す余裕を与えたい？」と彼女はわざとらしく訊き返してさらに続けた。「そういうことじゃない。レオンウッドはつかみどころのない男よ。だからこっちとしても正しいことをしないと。彼がまたやってきたら、連絡を寄こすようにだけ伝えて。でも、彼が危険人物であることは伏せておく。必要なら、知能犯ってことにしてもいい。こっちから捜査官を向かわせてるとも伝えて。どういうことを話してもいいけど、とにかく相手が信用する話をして。相手がパニックを起こすような話じゃなくて。そんなことになったら、レオンウッドに逃げられかねない。カジノの対応のせいで取り逃がしたら、その責任はすべてあなたに取ってもらうから」

「おれがあんたの使い走りをしてるあいだに、あんたは何をするつもりなんだ？」

「次のカンザスシティ行きのシャトルバスに乗って、カンザスシティ支局に直談判《じかだんぱん》して、向こうのＳＷＡＴチームに出動準備をさせる。五分で用意してちょうだい」

「あのねえ、荷物は全部ホテルにあるんだけど」

「よかったじゃない。また戻ってきたときにどこを探せばいいのかちゃんとわかってて」と彼女は言った。「荷造りしてる暇はないの。色男さん——とにかく急いで」

22

エリック・パークハイザーは〈ペンドルトン〉の送迎リムジンに乗り、一三号線を北上していた。車窓にはミズーリ州の片田舎の景色が流れていた。古着屋で買ったフォーマルなズボンで手のひらの汗を拭いた。リムジンに乗るのは生まれて初めてで、もっとすばらしいものだと思っていた。が、洒落《しゃれ》ているのは外装だけで、内装はピンクや紫をへりにあしらった古臭い黒で、安物の芳香剤のにおいが充満していた。おまけにアルコールも置かれていなかった。バー・カウンターがあるべき場所にはノーブランドの水のボトルが二本置いてあるだけだった。

といって、一杯やろうと思ったわけでもないが。彼の胃袋はとても健常な状態とは言えなかった。フォーマルなシャツの襟にじわじわと首を締めつけられているような気がした。指を挿し込んで襟を引っぱり、深呼吸をした。それをもう何百回とやっていた。謎めいた救世主に昨日説明された計画をおさらいした。そして、大丈夫だと自分に言い聞かせた。

「もう一度最初から言ってくれ」とヘンドリクスは言っていた。

「なあ、もう五回もやってるじゃないか！」とパークハイザーは情けない声で言った。「これ以上何が知りたいんだ？」

「あんたにはほんとうにやる気があるのかどうか、だ。明日になってもちゃんとあんたには自分の役目を果たせるかどうかだ。おれたちがふたりとも死ぬ破目になるなんてことだけにはなりたくないからな。そういう結果になりかねない要因をあんたがちゃんと理解してるかどうか。さあ、もう一度言ってくれ」

このようなやりとりをふたりはすでに一時間近く繰り返していた。パークハイザーは自宅のキッチンのテーブルについて坐り、バドワイザーを飲みながら話していた。ヘンドリクスのほうは黄ばんだキッチンのリノリウムの床の上を行ったり来たりしていた。

「午後一時にリムジンがここに迎えにくる。もっと早く迎えにきて、ランチをサーヴィスするとも言われたけど、あんたの指示どおり断わった。ありがたいあんたの指示どおりな。だけど、おれの家の冷蔵庫にはマスタードとキッチン用品しかはいってないんだよ。そんなときにおれが四つ星レストランの料理を食べたがったって、そりゃなんの不思議もないと思うんだけどねえ」

〈ペンドルトン〉のレストランがいわゆる四つ星だとはヘンドリクスには思えなかったが、そのことには触れず、かわりにこう言った。「組織の指示はなんとしてもセレモニーの席であんたを殺せというものじゃない。公衆の面前であればどこでもいいんだよ。だから洒落たレストランでのランチとなれば、あんたを殺しにきたやつは、そのレストランこそまさに絶好の場所だと思うかもしれない。警備員だらけにちがいない宴会場でやるよりはるかに簡単だ」

「わかった、わかったよ」と彼は言い、ヘンドリクスに両手を広げて見せた。「ランチは要らない」

「向こうに着いたあとは？」

「遅くとも午後四時までには着く。やつらはおれを従業員用出入口から中に入れて、ファウンテン・ルームの楽屋がわりになってる従業員専用通路を通る」

「それから？」とヘンドリクスは促した。

「カジノの支配人が、マスターベーションみたいなちんけなパフォーマンスをひとしきりやってみせる。そのパフォーマンスじゃ、おれが一瞬にして大変な金を手にするところで終わる〝あなたの身にも起きるかもしれない〟ビデオが流される。そう、世の中には決定的瞬間を撮るためのカメラ付きスロットマシンなるものがあるのさ。信じられるかい？　いずれにしろ、それから大金が記入された小切手が運び込まれて、おれがそれを受け取ると、お次は風船シャワーだ。聞いた話だと、風船の中に山ほどの景品——無料食事券、コンサートのチケット、五十ドル分のカジノのチップ、〈マーク・トウェイン・スイート〉の週末無料宿泊券——なんかが仕込んであるんだそうだ。会場を満席にするための仕掛けだ。そういうお宝を降らせて、客を呼ぼうというわけだ」

「組織の殺し屋が動くのはおそらくそのタイミングだろう。やつらは派手な殺しを望んでる。

また、カジノにはいるのにはセキュリティ・チェックがない。このふたつのことから、こっちとしては最悪の事態も想定しておかなければならない。つまりフルオートマティックの銃だ。それぐらい書類鞄や手荷物の中に簡単に隠せる。だから、風船が落ちてきたら、身を低くしてその場にじっとしてろ。いいな？　そいつには一発も撃たせずに仕留めるけれど、用心に越したことはない」

「どうしてもわからないんだけどね。どうしておれは防弾チョッキを着ちゃいけないんだ？」

「いいか、エリック、第一にあんたには必要ない。おれがついてるからだ」とヘンドリクスは言った。パークハイザーは顔をしかめた。ヘンドリクスのことばが全面的には信じられないのだろう。「第二に、報酬に見合った仕事をするプロなら、一マイル先からでも防弾チョッキのふくらみを見分けることができる。だから、あんたを殺す計画を今回は取り止めて、日を改めるかもしれない」

「エディだ」とパークハイザーはおざなりに訂正した。「なんか嫌な予感がする。おれが言いたいのはそういうことだ。こっちこそ計画をすべて取り止めにして、どこかに身をひそめて、相手をおびき寄せたほうがいいんじゃないか？」

「エディ」とヘンドリクスは自ら正して言った。「いいか。おれの言うことを信じるんだ、エディ。殺し屋がいつどこで襲ってくるか、それがわかっていればあんたを生かしておくことがうんと簡単になる。この利点を自分から捨てるというのは――奇襲を受ける可能性を残すというのは――生きるか死ぬかをコイントスで決めるのと変わらない。それでも、そう、あんたはギャンブラーだ。サイコロで勝負を決めたいのか？」

「冗談じゃない」とパークハイザーはむっつりと言った。「ただ言ってみただけだ。馬鹿正直に受け取るなよ」

「あんたにあれこれ気を使ったりする金はまだもらってないんでね」とヘンドリクスは言った。「実際、あんたはまだ一セントも払ってない。転写紙にはもう指示どおりに記入してあるんだろうな？」

パークハイザーは尻のポケットからいい加減に折られた紙片を取り出した。カーボン転写紙の束から切り取られた、四枚綴りの半透明の極薄オニオンスキンペーパー。ヘンドリクスはざっと眼を通した。どれもきちんと転写され、パークハイザーのイニシャルも記入されていた。最後のページにはサインと日付、パークハイザーの口座番号と、ヘンドリクスの銀行――セイシェルにある銀行――の口座番号が記載されていた。送金する側の銀行口座名はパークハイザー――正確にはパロメラ――で、書類に問題はなさそうだった。あとは、パークハイザーのセレモニーがおこなわれる木曜日、六百万ドルから税金を差し引いた額が銀行の窓口が閉まるまでにヘンドリクスの口座に送金されるかどうか、だ。

「すべて指示どおりにしてれば」とヘンドリクスは言った。「おれの言ったとおりに行動してさえいれば、何もかもがうまくいく。それは請け合っておくよ」

リムジンはカジノの正面入口を迂回して、裏手の従業員用ガレージにはいった。運転手が後部ドアを開けた。文字どおり生死を分けるときが迫っていた。パークハイザーはすぐには席を離れることができなかった。

「お客さま？」と運転手は促した。「着きました」

パークハイザーはごくりと固い唾を呑んで車を降りた。そこで自分がずっと歯を食いしばっていたことに気づいた。

23

木曜日の午後、ファウンテン・ルームは人であふれていた。ビュッフェ用のカウンターは片づけられ、かわりにテーブルが何卓か増やされていた。ウェイターがオードブルをトレーにのせて運んでいた。パークハイザーが主役の一大イヴェントの出席者には、食べものと飲みものが無料でふるまわれるので、それにありつこうと大勢のアルコール依存症とギャンブル依存症がバー・カウンターを埋めていた。カジノは何時間もまえからチケットを配っていたが、パークハイザー本人にしろ、彼が手にする巨額の賞金にしろ、そんなものに関心を持っている者などひとりもいなかった。風船シャワーと風船に仕込まれた景品。それだけがみんなのめあてで、そんな人々の期待が部屋の空気をぴりぴりと震わせていた。

ステージの隅で地元のテレビ局のアンカーマンがニュースの導入部の撮影をしていた。ほかのテレビ局のクルーは部屋の後方で機材の設営をしていた。〈ペンドルトン〉はパークハイザーの大勝ちで相当な金を失う。が、その機をとことん活用して、宣伝にこれ努めようとしていた。

チャーリー・トンプソン特別捜査官は、重厚な両開きのドアからはいると、部屋をざっと見渡した。しかし、レオンウッドが部屋にいたとしてもわからなかっただろう。イヤフォンから聞こえる声――カジノの監視室で防犯カメラの映像をモニタリングしている〈ペンドルトン〉の警備員とガーフィールドの声――はまだどんな進展もないことを示していた。カンザスシティのカジノで、ある特定の男――体格のいい赤ら顔の男――を探すというのは至難の業だ。それに天井に吊られた網に風船がぎゅう詰めされており、防犯カメラの邪魔をしていた。脅威に関して、カジノの警備員に誤った情報を与えたのは判断ミスだったかもしれない。そんな思いが彼女の頭をよぎった。インサイダー取引きをして逃亡したヘッジファンドのマネージャーを連行するため。彼女は自分たちがカジノに来た理由を警備員にそう伝えていた。

ここまで手に負えない事態になるとは。標的が誰なのかさえわからないのだ。ステージに上がることになっているのは四人。ノーヴィル・ロジャーズ・ペンドルトン――カジノの株式の過半数を所有するオーナーにして、同名の祖父の孫。何人もの相続人との長きにわたる法廷闘争で勝ち取った財産でこのカジノ施設を築いた男だ。ディトー・バーニー・リーデルクランツ。〈ペンドルトン〉で長年フロアの責任者《ピット・ボス》を務めている男。ラスヴェガスから流れてきた元マフィアの用心棒というのがもっぱらの噂で、足を洗うに際しては、ちょっとした修羅場が演じられたという。ケン・カーソン――カンザスシティの市長（選挙日のスローガンは〃ケン・カーソン《K・C》をカンザスシティ《K・C》に〃）。麻薬取引きを厳重に取り締まり、地元犯罪組織を壊滅させた男――も来ることになっていた。そして主賓は、ミズーリ州スプリングフィールドのエドワード・パロメラ。彼ら四人の中で、レオンウッドの標的ではないと彼女が断言できるのはそのパロメラだけだった。パロメラは下流中産階級の賃金生活者で、金とも、敵とも、組織犯罪とも無縁だった。スピード違反さえしたことのない男だった。

アレグザンダー・エンゲルマンにはまったくその逆だとわかっていた、もちろん。彼がいるのはファウンテン・ルームの左側、入口とステージの中ほどで、壁の出っ張りに肘をのせ、口をつけていないジン・トニックを手にしていた。服装は、白地に青紫色のチェックのボタンダウンのシャツにチャコール・グレーのズボン、クリーム色のスウェードのチャッカブーツ。

カジノが金属探知機を備えていない点を最大限に利用した装備をしていた。獲物とついに相対するときに備えて、十全の準備をしていた。ボタンダウン・シャツの下にコンシールメント・シャツ——頑丈なナイロン製のホルスターが両脇にひとつずつ縫い込んである透湿性のTシャツ——を着ており、その左脇のホルスターには、市《まち》の西にある準軍事組織の事務所でタトゥーだらけのネオナチから買った、コンパクトな九ミリ口径のルガーLC9が収められていた。そのマガジンには七発、薬室に一発の弾丸《たま》がすでに込めてあり、右脇のホルスターには予備のためのマガジンをふたつ入れてあった。要するに合計二十二発。もっとも、エンゲルマン自身は一発も使うことなくことをすませるつもりだったが。

右の太腿にはナイフの鞘《さや》をくりつけ、そこにはブラックホークの両刃のコンバットナイフが差してあった。それも銃同様、アーリア系の新しい友人の便宜によるものだ。ナイフにすぐ手が届くように、ズボンの右ポケットの袋は切り取ってあった。左ポケットにはお手製の絞殺ロープを忍ばせていた。アコースティック・ギターの第六弦と木のこての柄《え》を組み合わせたものだ。必要な材料を見つけ出すのに三十分、つくるのにはものの数分とかからなかった。かかった経費は十一ドル。

もっとも、彼はそのどちらも使うつもりはなかったが。

袖に忍ばせたアイスピックで事足りると踏んでいた。

アイスピックは固定されていなかったが、シャツの袖を利用して落ちてこないようにしてあった。先端部を下に向け、手首のところで角度をつけ、持ち手を前腕部に押しつけてあった。取り出し方はホテルの部屋で練習した。手首をひょいと動かすと、するりと前腕からすべり落ちた。先端部が指先から出て、持ち手が袖口を通過すると手のひらにぴたりと収まる。それを獲物の背中にミシン針のようにすばやく刺し込む。シュッ、シュッ、シュッ。腎動脈をすばやく何度も突き刺せば、あっというまに腹腔が血で満たされる。アイスピックは先端が鋭く尖っているから外出血はほとんどない。それで誰にも悟られることなく、獲物を椅子に坐らせたら、あとはこっそりカジノを出ていく。それだけの余裕は充分あるはずだ。これで獲物を見つけ出しさえすれば、〈評議会〉との契約を履行することができる。獲物を見つけ出すのにこのあと必要なのは、忍耐と注意深い観察眼だけだ。なぜなら、ＦＢＩやカジノの警備員とちがい、エンゲルマンはすでにレオンウッドを視野にとらえていたからだ。火曜日〈ペンドルトン〉を出たあと、彼はレオンウッドのあとを尾《つ》けていた。

ヘンドリクスもレオンウッドをすでに視野にとらえていたが、FBIがいまだにレオンウッドを見つけ出せずにいるのは、意外なことでもなんでもなかった。カジノの警備員と一悶着あったせいで、レオンウッドは外見を変えていたからだ。無精ひげと口ひげをきれいに剃り、乱れた髪に手を入れ、梳《と》かしつけ、色も黒にしていた。フランネルのシャツとワークブーツというなりは、安物のグレーの格子縞のスーツにノーネクタイ、安ピカの青いオックスフォードの靴に変わっていた。スーツはサイズが合っていなかったが、太鼓腹《たいこばら》を隠すという魔法は、そのスーツのジャケットのおかげだった。つまるところ、警備員がすでに見ている粗野な労働者は、もはやどこにもいなくなっていたということだ。今のレオンウッドは、ブラックジャックのテーブルで乏しいその日の稼ぎを捨てている、出張中の会社員そのものだった。そんな輩《やから》はカジノには掃いて捨てるほどいる。

そんなレオンウッドが坐っているのは、ステージから二、三列目のテーブルで、テーブルの上にはビールが一壜、足元には持ち込んだ手荷物が置かれていた。一見チェックアウトと飛行機の出発時刻のあいだの暇つぶしをしている男に見えた。しかし、その手荷物の中には銃床が折りたためる短機関銃、ヘッケラー＆コッホMP5K PDW——一分間に九百発発射可能な銃——と三十発入りマガジンが四本、大型の円筒形サプレッサーが収められていた。映画に登場するサイレンサーとちがって、実際のサプレッサーには銃の発射音を消し去ることはできないが、それでもまわりの人間に風船の破裂音と勘ちがいさせるほどには抑えられる。逃げおおすための時間稼ぎとしてはそれで充分だ。

ヘンドリクスは今日もカウボーイの恰好をしていた。ただ、今日は派手な赤のチェックのシャツのかわりに、色褪せたスナップボタンのシャンブレー・シャツを着て、真っ黒なジーンズのかわりに、これまた色褪せたジーンズを穿いていた。ただ、レオンウッドやエンゲルマンのように重武装はしていなかった。彼の装備はレスターが送って寄こしたペンライトの形をした手製の銃とセラミック・ナイフだけで、手製の銃のほうはシャツの胸ポケットに差していた。ナイフは包帯と粘着テープでつくった、間に合わせの腹部用の鞘に収めてあった。ただし、即座に抜けるよう、シャツの第三ボタンははずしたままにしてあった。

パークハイザーにはまた別の話をしていたが、ヘンドリクスはレオンウッドがカジノにやってきたらすぐにあとを尾《つ》け、セレモニーが始まるずっとまえに仕留めるつもりだった。事が起きるのは風船シャワーの最中だとパークハイザーに信じ込ませたのは、ただ注意をそらすためだ。だから、ヘンドリクスが作戦手順を変更しても、それがパークハイザーに知られる心配はない。死の恐怖は人に正しい生き方をさせる。そうした魔法の力を持つ。

しかし、レオンウッドは正面の入口からはカジノにはいらず、建物の内と外にふたつ出入口があるレストランを通ってやってきた。コンシェルジュに見咎《みとが》められたりしたくなかったのだろう。そのため、ヘンドリクスがレオンウッドを見つけたのは、ファウンテン・ルームにはいったあとだった。見た目がすっかり変わっていた。それでもヘンドリクスはレオンウッドの子供の頃の顔の写真も見ていたので、なんとかわかった。子供の頃の顔つきに戻っていたのだ。いずれにしろ、テーブルについたきりまるで動かなかった。ヘンドリクスは思った――となるとプランBだ。

プランBは酔っぱらいのふりをして、よろめきながらテーブルのあいだを進み、セレモニーが始まる直前にレオンウッドにぶつかり、発砲の隙を与えず、セラミック・ナイフでレオンウッドの大腿動脈を切り、坐ったまま失血死させるというものだ。いったい何があったのか。セレモニーのために照明が落とされるので、すぐには誰にもわからないはずだった。また、血まみれになるレオンウッドの大腿部は床までの長さのあるテーブルクロスが隠してくれるはずだった。

24

ヘンドリクスはレオンウッドから眼を離さず、人混みを縫って進み、七時の方角から近づいた。人垣をはさみ、標的の大男までの距離が四十フィートたらずになった。照明が薄暗くなった。ヘンドリクスは部屋の中で一番暗いところを見つめ、眼を慣らした。そのときには、しなやかな身のこなしのブロンドの男に右手背後から尾《つ》けられていることにはまるで気づいていなかった。

レオンウッドのほうはステージを一心に見つめていた。パークハイザーは舞台の袖に置かれた椅子に坐っていた。が、レオンウッドの席からだと、プレゼンターの一団とそこここにいる警備員が邪魔になってよく見えなかった。同じように、彼に近づいてきているヘンドリクスにはまるで気づいていなかった。それでも、ステージにいる警備員が客を見渡し、ほかの客より自分に長く眼をとめ、そのあと肩に掛けた無線機に向かって小声でなにやら言ったところは見逃さなかった。その警備員もプロだった。レオンウッドには一瞬しか眼をとめず、一呼吸おいてから報告していた。一方、レオンウッドもプロだった。自分のことが報告されていることを直感的に悟った。

風船シャワーになるまで待ってからステージに弾丸《たま》をばら撒く。銃声はサプレッサーで抑える。景品に飛びつく観客たちの騒ぎが静まるまえに脱出する。それが彼の計画だったが、眼をつけられてしまってはもう無理だ。パークハイザーを殺《や》るのは今しかない。

ファウンテン・ルームの入口をはいったすぐ近くにいるチャーリー・トンプソンのイヤフォンから声がした。「進展があった」〈ペンドルトン〉の監視室にいるガーフィールドからだった。「カジノの警備員のひとりがレオンウッドを見つけた。ステージから三列目のテーブルについている」

「あなたも見たの？」と彼女は尋ねた。

「残念ながら」とガーフィールドは言った。「風船とネットが邪魔になってカメラには映ってない」

風船シャワーがもうすぐ始まる、とトンプソンは思った。心臓が暴れだした。脳が認識するよりわずかに早く直感が何かを訴えていた。警備員と客が射撃の障害になる。レオンウッドは客の真ん中に陣取っている。ライフルを使うには近すぎ、あからさますぎる。一方、拳銃を使うには遠すぎる。考えられる可能性として……大虐殺の光景が彼女の脳裏に浮かんだ。

「ステージの警備員には彼の手が見えてるかしら？」と彼女は言った。

「なんだって？」とガーフィールドは怪訝《けげん》そうに訊き返した。

「彼の手。警備員には彼の手が見えてるの？　それとも両手ともテーブルの下なの？」

ガーフィールドはいったん無線を切った。ひび割れたような電子音がした。彼がカジノの警備員と話しているあいだだけ間《ま》があいた。また無線がつながり、ガーフィールドは言った。

「テーブルの下だそうだ。何を考えてる？」

トンプソンは胃が口から飛び出しそうになった。親指でスナップをはずし、銃をホルスターから引き抜いた。「レオンウッドは自動小銃を使うつもりなのよ。それがわたしの考えてることよ。いきなり派手に乱射するかもしれない。今すぐ取り押さえないと。今すぐ」

トンプソンは部屋の右側の壁に沿って移動した。両腕をさげて銃を構え、客の中にまぎれているレオンウッドを探した。が、とにもかくにも人が多すぎた。彼女は爪先立ったり、人を押しのけたりして、人の群れの切れ目を探した。それでも見つからなかった。彼女にできたのは、銃を持っていることを近くの人間に気づかれ、怯えさせることだけだった。

客に緊張が広がり、騒がしさが一気に増した。レオンウッドはまだ見つからない。トンプソンの体からどっと汗が噴き出した。時間がない。

レオンウッドはテーブルの下で必死に手を動かしていた。折りたたまれたＭＰ５Ｋの銃床を伸ばし、マガジンをセットすると、カチッという心地よい音がした。次に切り詰めた銃身にサプレッサーを取り付けた。ヘンドリクスは、レオンウッドの様子からテーブルの下での隠れた動きに気づき、殺しのタイムラインの変更を悟ると、歩幅を広げ、シャツの下に忍ばせたナイフに手を伸ばした。エンゲルマンはヘンドリクスが歩く速度を上げると同時に自分と歩調を合わせた。

ヘンドリクスとレオンウッドとの距離が縮まった。十ヤード。五ヤード。客たちに胡散臭そうに見られ、くぐもった悪態をつかれながら、ヘンドリクスはランニングバックのようにすばやく身をかわし、人混みを縫って進んだ。エンゲルマンも同じように人混みを切り裂いていた。ダンサーのように、絹を断つナイフのように。どこか煽《あお》られたような気配がファウンテン・ルームに広がった。ステージ上の人々もそれに気づいた。が、その理由まではわからなかった。ただぎこちなく突っ立ち、合図を待っていた。舞台照明に照らされ、着飾った服に汗がにじんでいた。レオンウッドは客たちの空気の変化を肌で感じ取った。心臓の鼓動が速くなった。武器の発射準備を終えると、立ち上がり……

ヘンドリクスには、近づいてきたウェイトレスが見えていなかった。殺しの標的と彼との距離はほんの三フィート。レオンウッドは中腰になっていたが、両手はまだテーブルの陰になっていた。ステージ上の人間の並びが銃を撃ちやすい順になるのを待っているのか……ヘンドリクスはナイフを抜いた。もはやレオンウッドをひそかに葬り去ることなどできない。それでもなんとかやるしかない。これでたとえ自分の正体がばれようと。

そのウェイトレスは銀のトレーを片手で支え、ヘンドリクスの左側の団体客に前菜とチーズを給仕していたのだが、ヘンドリクスがそのそばを通り過ぎようとしたとき、いきなり向きを変え、ふたりは派手にぶつかった。

トレーがひっくり返り、宙に飛んだ。可愛いウェイトレスは眼をまんまるにした。前菜がそこらじゅうに飛び散り、ウェイトレスのお仕着せを汚した。ヘンドリクスのかつての訓練が反射的に生きた——筋肉の記憶が彼を導いた。彼はとっさにウェイトレスから飛びのくと、床に落ちるまえにトレーをキャッチした。

結局のところ、ヘンドリクスはそのウェイトレスに——そのトレーに——命を救われることになる。

なめらかな動きでウェイトレスのまわりを回転すると、ヘンドリクスはフリスビーのように空中でトレーをキャッチしていた。その突然のターンの瞬間、アレグザンダー・エンゲルマンと眼が合った。エンゲルマンは毒ヘビの敏捷さで攻撃に転じた。眼にも止まらぬ速さのアイスピックの五段突きを繰り出してきた。が、そんな彼にしてもヘンドリクスがトレーを空中でつかみ取るなど想定外のことだった。アイスピックは銀のトレーに五つの窪みを残し、トレーをヘンドリクスの胸に押しつけただけのことだった。エンゲルマンが意図した必殺の一撃にはほど遠かった。

ヘンドリクスは勢いに押され、うしろによろけ、バランスを崩した。それでも、どうにかエンゲルマンに向けてナイフを突き出した。まわりの客たちは悲鳴をあげ、散り散りになった。が、椅子とテーブルに邪魔をされ、思ったほどには逃げられなかった。

レオンウッドはちょうど行動を起こそうとしたところだった。アドレナリンがどっと出て、あまりの緊張に吐き気さえ覚えていた。そんなときに背後で騒ぎが起こったのだ。なんの反応もできなかった。足をよろつかせたヘンドリクスにぶつかられ、テーブルの上に倒された。ヘンドリクスにしてみれば絶好のタイミングだった。が、その好機を生かすことはできなかった。レオンウッドとは背中合わせになっていても、目下の脅威はアイスピックを手にした眼のまえの男なのだから。

その一瞬がレオンウッドに考える時間を与えた。ファウンテン・ルームにいる全員にとってどこまでも不運なことに。

背後の騒ぎはいったいなんなのか、レオンウッドにはまるでわかっていなかった。近くで起きたことだけはわかったものの、彼にしてみればどうでもいいことだった。一瞬、彼は思った、ステージ上の男たちはおれにはまったく気づいておらず、騒々しいふたりのヌケ作に気を取られているのではないか。しかし、そう思うそばからそんなことはどうでもいいことだと思い直した――どちらにしろ、カジノの警備態勢が厳重なのに変わりはないのだから。ここから生きて出たければ、血路を切り開くしかない。それは警備員がここを封鎖するまえのほうがはるかにたやすい。

レオンウッドはこの世で一番頭のいい男とは言えないかもしれないが、抜け目はなかった。そして、自分の仕事をちゃんと理解している男だった。この場から脱出できる見込みの薄いことはわかっていた。同時に、また逮捕されるなど論外であることも。彼は長年にわたって敵をつくりすぎていた。あまつさえ、この歳ではもはや刑務所の独房棟で最も屈強で、最も卑劣な人間にはなれない。

自由か撃たれるか。望むは前者だが、どっちにしろパークハイザーはぶっ殺す。彼はそう心に決めた。


エンゲルマンとヘンドリクスとの乱闘のせいだけでなく、部屋の空気が変わったのにはほかにも理由があることにトンプソンは気づいた。しかし、怯えた客たちの騒がしさのために、何が起きているのか、正確なところはわからなかった。

「いったいどうなってるんだ？」イヤフォンからガーフィールドの声がした。「ステージの上の連中の話だと、乱闘が起きてるそうだが」

「正直言って、何がなんだかわからない」とトンプソンは答えた。「まだ何も見えない？」

「ああ――風船に視界をふさがれてる」

さすがにガーフィールドも焦っているのがその声音《こわね》からわかった。不安と無力感が募っているのが。彼女は、慌てふためき、部屋から逃げようとしている客たちの頭越しに眼を凝らした。いったい何が起きているのか。そのときだ。レオンウッドのテーブルがひっくり返った。サプレッサーのついた短機関銃の先端部が見えた。部屋の空気が変わったもうひとつの理由が彼女にもやっとわかった。が、もう遅すぎた。

「ＦＢＩよ――全員床に伏せなさい！」と彼女は声を張り上げた。その声は慌てふためく客の騒がしさに呑み込まれた。彼女はガーフィールドに向かって言った。「この部屋の上は何？」
「なんだって？」
「この建物のこの部屋の上には何があるの？」

ガーフィールド側にいる誰かが大声をあげ、ガーフィールドが中継した。「何もない。カジノのフロアは一階だけだ。それがどうした？」

トンプソンは天井に向けて二発撃った。耳をつんざくような音が閉鎖空間に轟《とどろ》き、全員が彼女に注目した。「このフロアにいる全員に言ったの――早く！」彼女は声を張り上げた。今度は耳を傾ける者もいた。トンプソンは取っ組み合っているふたりの男を見やった。レオンウッドは銃床を肩に強く押しあてていた――その銃身は彼女にではなく、ステージ上で凍りついている男たちに向けられていた。

エンゲルマンがヘンドリクスに襲いかかってからトンプソンの警告射撃までは一瞬の出来事で、ヘンドリクスとエンゲルマンの力は拮抗していたが、その争いは短いものだった。ナイフを使った闘いが三十秒以上続いたら、それはなんとも珍しい闘いということになる。どちらも血を流さない闘いとなるともっと珍しい。

両者の技量は別としても、このふたりの闘いもことさら珍しいものにはならなかった。ヘンドリクスがよろめき、レオンウッドにぶつかって、撥ね返されたところで、トレーが床に落ちて音をたてた。エンゲルマンはさらに攻撃をしかけた。彼にしてみれば反射的な行動だった。が、それでは決まらなかった。撥ね返ってきたヘンドリクスの勢いに合わせてアイスピックを突き刺そうとしたのだが、ヘンドリクスは落ち着いていた。突き出されたアイスピックを横から平手で叩き、エンゲルマンに腕を開かせた。

そして、さらされたエンゲルマンの肘の内側にセラミック・ナイフを振りおろし、エンゲルマンの上腕二頭筋腱を断とうとした。しかし、エンゲルマンのほうもその動きを読んでいた。ガードして、左の前腕をヘンドリクスの左の前腕に下から力任せにぶつけた。ヘンドリクスは骨にまで及ぶ痛みを覚えた。

そのせいでヘンドリクスの両腕が開き、胸が無防備になった。エンゲルマンはアイスピックを捨てると、ヘンドリクスがナイフを握る手をつかんで高く持ち上げた。ヘンドリクスのほうはエンゲルマンのその動きにナイフを振りおろして対抗した。エンゲルマンはヘンドリクスの手首をねじった。次いでヘンドリクスの体を反転させ、腕をねじ上げ、ハンマーロックを決めた。

七面鳥の脚をもぎ取るときの不快な音がした。ヘンドリクスは肩を脱臼し、叫び声を上げた。彼の腕がだらりと垂れ、ナイフが床に落ちた。

エンゲルマンはヘンドリクスを近くのテーブルの上にうつ伏せにして押さえつけた。脱臼していないほうの腕を胸の下にはさみ込んで。痛めたヘンドリクスの肩を渾身の力で押さえつけながら、膝をヘンドリクスの背中の窪みに移動させて動きを封じた。次いで空いている手を筒抜けになっているズボンのポケットに入れ、脚につけた鞘《さや》からコンバットナイフを引き抜いた。

と同時にヘンドリクスの手首を放すと、今度は髪をつかんでのけぞらせ、ナイフをヘンドリクスの咽喉仏《のどぼとけ》に突きつけ、首の柔らかい肉をへこませた。ヘンドリクスは死を――長きにわたって、ことあるごとに望みさえしてきた死を――覚悟した。が、次の瞬間、自分がまちがっていたことに気づいた。神と国の名において手を汚してきた行為のために彼はとことん自分を嫌悪していた。それでも死にたくはなかった。帳尻《ちょうじり》を合わさないまま死にたくなかった。自分の手で奪ってきた命より多い命を救うことなく死にたくなかった。皮肉なものだ。そう思った。死を確信してようやくこんなことに気づくとは。もっとも、こういうことはそもそも死を確信してこそわかるものなのかもしれないが。

「グッバイ、カウボーイ」とエンゲルマンが言った。

ヘンドリクスの首にあてたナイフが横に引かれようとしたその瞬間、トンプソンが天井に向けて発砲した。エンゲルマンの努力がそこですべて無駄になった。

25

トンプソンの警告射撃に耳を聾《ろう》され、さすがにエンゲルマンも体をこわばらせた。ナイフがヘンドリクスの首に食い込み、したたり落ちた血がテーブルクロスに広がった。が、動脈を切られてもいなければ、気管に穴をあけられてもいなかった。エンゲルマンが反射的に銃声のしたほうに体を向けると同時に、ヘンドリクスは動いた。エンゲルマンの下でわざと体をねじり、その動きに抗するエンゲルマンの反応を利用した。ヘンドリクスが動いた拍子に、エンゲルマンは弾かれ、うしろ向きに倒れかけた。片足はまだ床についていた。が、持ち上げられたもう一方の足の靴底が一瞬、ヘンドリクスのほうに向けられた。

ヘンドリクスはテーブルの上でうつ伏せの状態から仰向けになると、エンゲルマンの体重を支えている片脚の膝に思いきり蹴りを入れた。何かが折れた音がして、エンゲルマンの体が傾いだ。ヘンドリクスは自由になるほうの手でテーブルからロックグラスをひったくった。スコッチ、炭酸水、砕かれた氷が彗星の尾のように飛び散った。ヘンドリクスは唖然としたエンゲルマンの顔にそのグラスを渾身の力で叩きつけた。エンゲルマンは両手で身を守ろうとしたが、倒れる軌道とグラスの軌道が一致し、グラスに顔を突っ込んだ。とっさのことで手足の連携が間に合わなかった。

グラスの底がエンゲルマンの左眼を直撃し、グラスが割れ、骨が折れ、眼窩《がんか》から血が噴き出した。ヘンドリクスの手も赤く染まり、手にしたグラスは粉々になった。エンゲルマンは白眼を剝いて倒れた。死んだのか、気絶しただけか。なんとも言えなかった。

そのときだ。レオンウッドが火蓋《ひぶた》を切った。

パンパンパンパンパン——。サプレッサーを装着したレオンウッドの短機関銃のくぐもった発射音と、弾丸《たま》が床をえぐる音がトンプソンの耳に飛び込んできた。見ると、ステージが粉々になって木片と化していた。背後の壁に掛けられていたぶ厚いカーテンが血に染まっていた。トンプソンの天井への警告射撃に本能的に身を縮こまらせていた客たちは、レオンウッドからできるだけ遠ざかろうと、あらゆる方向に向かって押し合いへし合いしていた。

レオンウッドに最初に気づき、武器を取り出そうとした警備員はすでに殺されていた。ステージに上がっていた者たちは呆気《あっけ》に取られて反応が遅れた。みな頭や胸や首を撃たれて床に倒れていた。舞台の両袖にいたふたりの警備員もレオンウッドを撃とうとした瞬間、どちらもホルスターから銃を抜くまえに撃ち殺された。一発目の空薬莢《からやっきょう》が床に落ちたときには、もうレオンウッドはマガジンをひとつ撃ち尽くしていた。

それでも、トンプソンの五感は死んでいなかった。レオンウッドが撃ち尽くしたマガジンをはずす音が聞こえた。そのあとすぐ新しいマガジンをセットする音も。排出された空薬莢がぶ厚い絨毯を焦がすにおいがした。

「なんなんだ、トンプソン——いったいどうなってるんだ？」不安もあらわなガーフィールドの声がした。

「レオンウッドが発砲したのよ！」「何も見えない！」とトンプソンは大声で答えた。

「撃たれたのか？」

トンプソンは一番近くのテーブルまで這って進んだ。床までの長さのあるテーブルクロスは身を隠す役には立っても、防弾チョッキのかわりはしてくれない。テーブルの天板越しにその向こうの惨状を眺めた。調度品がひっくり返り、死体が転がり、ガラス製品が粉々に砕け、大勢の人が怪我をして悶え苦しみながら必死に逃げようとしていた。トンプソンが隠れた場所からはレオンウッドの姿は見えなかった。

「いいえ」と彼女は落胆しきった声で言った。「わたしは大丈夫だけど」

「ステージから全員降りるように言ってるんだが」とガーフィールドは張りつめた声で言った。「無線に応答がない」そこで監視室の誰かになにやら叫んだあと続けた。「地元のSWATが五分で着く。なんとか持ちこたえてくれ。無理はするなよ。助けがすぐ来るから」

トンプソンは身を縮めた。レオンウッドがまた撃ったのだ。「隠れ場所がどこにもない」

「なんとか持ちこたえてくれ」とガーフィールドは言った。「おれに考えがある」

トンプソンは北フィラデルフィアでの一件を思い出した。しかし、あの日は彼につきがあっただけだ。

「ガーフィールド、何を考えてるにしろ、慎重に——」

「いいから」とガーフィールドは彼女のことばをさえぎって言った。「これがおれの考えだ」

虹色の二千個の風船が空から降り注ぎ、下界の惨状を覆った。

26

パークハイザーを仕留めることができたのかどうか。それはレオンウッドにもわからなかった。それでも警備員三人——部屋にはほかにもいるだろうが、視界内にいたのはそれだけだった——はやった。最大の脅威は排除した。跳ねまわる色とりどりの大量の風船の向こう、ステージの上に二、三人うつぶせに倒れているのが見えたが、その中に標的がいるかどうかはわからなかった。確認するしかなかった。

マガジンはあと二本残っていた。その六十発に加えて、ズボンの尻のポケットに入れてある使い捨て拳銃の九発。装弾数八＋一の小型の二五口径。窮地に立たされたときには便利に使えることもあるが、派手な銃撃戦ではまるで役に立たない。いささか過剰武装したかと思っていたが、それが今は足りなく思える。膠着状態——しかし、この膠着状態は打破できないものではない。

彼は空《から》になったマガジンをはずして新しいのと交換すると、銃のセレクターをセミオートに切り替えた。言うまでもなく、一度に一発ずつ六十発撃つほうが、部屋じゅうに弾丸《たま》をばら撒くよりはるかに長くもつ。パークハイザーを殺せるほど長く。もしかしたらここから無事に脱出できるほど長く。

降ってきた風船は腰のあたりの高さにまで積もっていた――落ちたところから風船が動かなければそれぐらいになっていてもおかしくない。調度品の上にも落ちてきていたが、怪我をして怯えきった人々が逃げようとしてやみくもに手足をばたつかせるので、そこにじっとしておらず、また浮き上がっていた。レオンウッドはステージに向かった。一歩ごとに風船にぶつかった。視界が極端に狭められていた。あらゆる方向に動く人の気配があった。衣ずれ、息を呑む音。どれも彼から逃れようとする人たちのもので、どれも無視した。が、すっかり混乱してしまっているのか、それとも意図的にか、彼に近づいてくる者もいた。あるいは、彼とステージのあいだにまっすぐにやってくる者も。問題は風船のせいでそれが警備員なのか客なのか、間近にならないとわからないことだった。それが警備員だと、対応が間に合わない。まちがいなく捕まるか殺される。

レオンウッドは――心臓の鼓動を高まらせ、皮膚のたるんだ額に不快なにおいのする汗をかきながら――近づいてきた者は全員を殺すことにした。

マイクル・ヘンドリクスには事態がさっぱり呑み込めていなかった。今回と同じような失態をアフガニスタンで演じたときには、所属部隊も、婚約者も失った。人生すべてを失った。

今、彼は疲れ果て、血を流し、幾重にも重なった風船の下でへたり込み、肩で息をしていた。右肩がずきずきして、左手からは血が出ていた。テーブルの天板にぶつけられた顔も痛かった。いったい何が起きたのか。すじみちを立てて考えようとしても、わけのわからないことが多すぎた。レオンウッドを見つけるなり、不意打ちを食らったわけだが、あれはどう考えても仕組まれたものだ——しかし、だとしたら、天井に向かって発砲したのは誰なのか。風船シャワーのこともわけがわからない。

いったいおれは今どういう立場にいるのか。こっちの反撃のあと、襲ってきたやつはぴくりともしていないが、このままずっと倒れたままとはかぎらない。ヘンドリクスは身を伏せた場所からそいつを見ようとしたが、風船に視界をさえぎられ、何も見えなかった。そいつは始末しなければならない。それはわかりきっていた。〝脅威を排除する〟。以前の軍隊用語で言えばそうなる。一方、レオンウッドは野放しのままだ。いずれこの場は地元警察とFBIに包囲されるだろう。まだ包囲されてなかったとして。果たしてパークハイザーは生きているのかどうか。それは神のみぞ知る、だ。

パン、パンという音がした。パワフルでくぐもった音だ。サプレッサー付き短機関銃の銃声。ヘンドリクスが今いるところとステージのあいだから聞こえたように思えた。それはつまり、レオンウッドは移動し、仕事を片づけようとしているということだ。

パークハイザーはまだ生きているのだ——ヘンドリクスはそう思った。

今となってはもうどうでもいいことだったが。ヘンドリクスという男が自ら思う半分ほどでも冷酷な人間なら、実際、どうでもいいことだった。今さらレオンウッドがパークハイザーを殺すのを阻止したところで、約束の六百万ドルのうちの十セントすら手にはいらないだろう。手錠をかけられることなく——あるいは死体袋に入れられることなく——〈ペンドルトン〉を出られるだけでも、それは勿怪《もっけ》の幸いということになるだろう。

それでも彼は約束したのだ。だから、疲れ果て、血を流していても体を起こした。歯を食いしばり、息を鋭く吸い込み、左手で右手首をつかんで思いきり引っぱり、肩の関節をはめた。その行為自体、失神しそうなほど痛かったが、そのあとの痛みはそれをもしのいだ。

それでもまた動けるようになると——震える脚でどうにか立てるようになると——床を見渡してナイフを探した。大混乱の中でも意識はしっかりとさせておきたかった。ナイフは奇跡的に見つかった。それを拾うと、風船を掻き分け、銃声が聞こえるほうに歩きだした。

エリック・パークハイザーは恐怖のためにもう何も考えられなくなっていた。声にならない祈りを捧げることしかできなかった。ステージのそこかしこにぼろぼろになった死体が転がっていた。万人の伯父さんのような雰囲気の地元の政治家の死体もそこにあった。微笑みかけた途中で凍りついたような笑みを浮かべていた。その血がパークハイザーの両手と衣服にべったりとこびりついていた。大柄で黒い肌をした、クルーカットの警備員は頭の半分をなくしていた。イタチのような顔をしたカジノのオーナーは無傷だった。最初に撃たれた者たちの陰に身をひそめたのだろう。カジノのピット・ボスもまだ生きていた。ただ、太腿を撃たれ、心臓が鼓動を打つたびにそこから鮮血が噴き出していた。助けが来なければ、長くはもたないだろう。

た。パークハイザー自身は、砕け散ったステージの木片を浴びていたが、撃たれてはいなかった。ヘンドリクスもエンゲルマンも彼に命の保証をしてくれた。それでも、パークハイザーはステージに上がるずっとまえから、万一の事態に備えていた。ステージ上のほかの人間をできるかぎり自分と客たちのあいだに立たせるよう心がけたのだ。おそらくその用心のおかげだろう。だから、騒ぎ——エンゲルマンとヘンドリクスの取っ組み合い——が起こるや、床に伏せたのだ。レオンウッドが最初のマガジンを空《から》にしたあと部屋が静まり返り、そこで初めてパークハイザーは自分が銃弾の第一波を生き延びたことを知り、次の銃声が聞こえたときには、その場を離れなければならないことを即座に悟ったのだった。

それでも、ステージという岸辺に波のように押し寄せる風船の向こうに、決意を固めたレオンウッドの仏頂面が近づいてくるのを実際に眼にするまでは、体が思うように動かなかった。女が〝FBI〟と叫んでいるのがどこかから聞こえた。天井の照明は損傷して、ついたり消えたりしていたが、それでもファウンテン・ルームの戸口の両脇に武装警官がいるのが見えた。ただ、彼らはあまりに慎重だった。姿の見えない銃撃犯を過剰に警戒し、すぐには部屋に突入するつもりはないようだった。それはつまり——パークハイザーは思った——あそこまでのろすぎるやつらにはおれの命は救えないということだ。

エリック・パークハイザーは這って移動しはじめた。

従業員用通路に出るドアをめざしてステージ上を進んだ。グリースで固めたレオンウッドの髪が風船の海を切り裂くサメの背びれのように見えた。時折、その背びれが止まると銃声が轟《とどろ》き、そのときだけ哀れな魂の泣き叫ぶ声がぴたりとやんだ。

舞台袖のドアまでたどり着いたところで、パークハイザーは青ざめた。ドアのすぐ脇に黒いプラスティックの四角いパネルがあったのだ。埋め込まれたLEDが赤く光っていた。認証センサーだ。IDカードを所持していなければその通路を通ることはできない。パークハイザーにはそういうカードは支給されていなかった。

しかし、ステージにいる誰かひとりぐらいは持っているにちがいない。

カジノのオーナーはまちがいなく持っている。そう思ってステージの上を見渡すと、オーナーはステージの反対側の袖に向かって這っており、やがて風船の中に姿を消した。そのあとに血痕を残して。

残るは殺された警備員とピット・ボスか。ピット・ボスはステージの中央にいた。パークハイザーがいるところから十フィートばかりのところに。ステージに坐り込み、背後のカーテンにもたれていた。殺された警備員のほうが距離は近かったが、レオンウッドに近いステージ前面に倒れていた。

パークハイザーは腹這いのまま、ピット・ボスの注意を惹こうと狂ったように両腕を振って、勇気が許すかぎり囁き声を大きくして呼んだ。「おい！　こっちに来てくれ！」

ピット・ボスはだらりと頭を動かすと、どんよりとした眼でパークハイザーの眼を見た。

「動けるか？　あんたのカードがあれば、ふたりでここから出られる！」

ピット・ボスは脚の傷を押さえていた手を放すと、人差し指を口のまえに立てて言った。

「しぃっ……」脚から血が噴き出し、その眼から生気が消え、ピット・ボスは死んだ。

銃声と悲鳴が続いて聞こえた。顔を起こすと、レオンウッドがステージのすぐそばまでやってきていた。パークハイザーは死んだばかりのピット・ボスのところまで四つん這いになって進んだ。ピット・ボスの襟をつかみ、乱暴に衣服の上を叩いて調べた。上着の胸ポケット、内ポケットを調べた。なかった。オックスフォード・シャツの胸ポケットには、ハードパックのキャメルとビックの使い捨てライターしかはいっていなかった。

上着になければ、ズボンの中だ。

彼は死体の片側を起こし、ズボンのポケットを調べた。あった——ベルト通しにクリップでとめられていた。キーリングにぶら下げられていた。

それを引っぱった。そこで希望が打ち砕かれた。

カードは銃弾に撃ち抜かれてぼろぼろになっていた。

それでもベルト通しからキーリングを引き剝がした。まだ使えるかもしれない。

立ち上がって舞台の袖のドアのところまで走った。

ステージの下の風船の海が割れ、レオンウッドの巨体が現われた。グリースをつけて撫でつけられていた髪も今は乱れ、汗まみれの顔を括弧《かっこ》のように縁取っていた。

パークハイザーがドアにたどり着いたのとレオンウッドがステージに上がったのが同時だった。前者は捕らわれた動物のように怯えきっていた。後者は自らをいささかも迷うことなく行動していた。レオンウッドにしてみれば、パークハイザーになんの恨みもなかった。強《し》いて言えば、世間全般に対する恨みしかなかった。ただ、パークハイザーは死ななければならず、自分はそれを履行する人間にすぎない。レオンウッドが思っているのはそれだけだった。だから急がなかった。焦ってもいなかった。銃で脅して、パークハイザーの動きを封じようともしなかった。ただ冷徹に距離を縮めた。

パークハイザーはぼろぼろになったＩＤカードを認証センサーにかざし、解錠したらすぐに開けられるよう空いているほうの手でドアノブを探った。

が、鍵はうんともすんとも言わなかった。

同じことを繰り返した。さきほどより必死になって。しかし、センサーのライトは赤いままだった。三回目はとことん慎重にやった。それでも何も起こらなかった。パークハイザーはカードをセンサーに叩きつけた。やはり役に立たなかった。

がっくりとして、パークハイザーはドアにもたれた。彼の両脚はもう彼を支えることができなかった。冷たいドアの鉄の表面をずるずるとすべり落ちた。舞台照明を受けて、グレーのチェックの混紡が光るのがぼんやりと見えた。と思うまもなく、レオンウッドの影がパークハイザーの顔に差した。

パークハイザーは眼を閉じた。こめかみに熱い銃口が押しつけられた。まさに焼き印を押されたようなものだった。それでも彼は動かなかった。

「くそったれ、手間暇かけさせやがって」とレオンウッドは言った。パークハイザーの口からヒステリックな笑い声が洩れた――これほどすばらしい追悼のことばもないだろう。気づくと、失禁していた。経験したことのない恐怖に体の震えが止まらなかった。まさに発作のような恐怖だった。

銃口がさらに強く押しつけられた。引き金を引くのにレオンウッドが備えたのだろう。わが身を哀れむ叫びがパークハイザーの咽喉《のど》から洩れた。

そのときだ。すぐ近くで女の声がした。

「レオン、わたしだったらそういうことはしないわね」

27

こめかみに押しつけられている銃口の圧力が弱くなったのが、パークハイザーにはわかった。その圧力がなくなることはなかったが。片眼を開けて見た――用心深く、慎重に。その女のことばは彼の心に希望の火をともした。女はステージ右手の角のそばに立ち、銃を抜いていた。着ているスーツ、顔つき、銃の構え方からして、法の執行者であることは一目瞭然だった。必要とあらば撃つことのできる人種だ。的《まと》をはずすなど考えられないタイプに見えた。

レオンウッドも女に関してパークハイザーと同じことを思った。もっとも、パークハイザーが希望を見いだしたのに対して、レオンウッドはただ苛立ちを覚えただけだったが。

「このトチ女《あま》、取り込み中なのがわからないのか？」そう言って、レオンウッドは銃口をパークハイザーのこめかみに押しあてたまま、彼女のほうに体を向けた。同時に、もう一方の手を背中の窪みにある二五口径にこっそり伸ばした。

「いいから」とトンプソンは言った。「両手はわたしから見えるところに出しておいて」

レオンウッドは笑いながら抜いた二五口径を彼女に向けた。トンプソンは一瞬たじろいだ。

が、自分からは撃たなかった――弾丸《たま》があたった拍子にレオンウッドが引き金を引き、パークハイザーを殺してしまうのを恐れたのだ。「さもないとどうする？」とレオンウッドが言った。「おれを撃つのか？ おれも馬鹿じゃないんだよ、ねえちゃん。この情けない野郎がおれの切り札だ。こいつだけがな。おれを撃ったら、こいつは自分の脳味噌を壁にぶちまけることになる。だから無駄話はもうやめようや」

「レオン」とトンプソンはできるかぎり声を落ち着かせて言った。「あなただってこんなことはしたくないはずよ。今日はもうこれ以上死人を出すことはないでしょ？ だから話し合いましょう」

「ねえちゃん、あんた、記録をつけてなかったね？ おれが今日やったことは話し合いで片がつくようなことじゃないよ」彼はファウンテン・ルームの入口のほうを見やった。武装したSWATが待機しているほうを。見るかぎり、いつステージめがけて突入してきてもおかしくなかった。「なあ、仲間に引き上げるように言ってくれよ、ねえちゃん。あんただって死体袋に入れられてここから出たくはないだろ？」

トンプソンは顔をしかめて言った。「ガーフィールド――聞こえてる？」

「うるさいくらいにはっきりとね」イヤフォンから彼の声がした。「残念ながらいい知らせはない。狙撃班の準備はまだだ――突入班が射線を確保するのを待っているところだ」

「わかった」くそっ。彼女は狙撃班を頼みの綱にしていた。彼らが遠くからこの膠着状態を一気に解決してくれることを期待していた。「だったら、SWATにいったんさがるように言って」

ガーフィールドは一時撤退をSWATに命じた。影が戸口から引っ込んだ。レオンウッドは二五口径の銃口をトンプソンの眉間に向けたまま、その様子を眼で追った。

そして、SWATチームが引き下がったのを見届けると、かすかにうなずいてトンプソンに言った。「ドアを閉めろ」彼女は言われたとおり命じた。ドアが閉められた。「よし」とレオンウッドは言った。「それじゃ、銃をおろせ」

「あなた、わたしのことを馬鹿かなんかだと思ってるの？」

「いいから、ねえちゃん。生きてここから出たいのなら、おれの言うことを聞くことだ。おれとエリックは――」

「エディ」とパークハイザーがどうにか声をあげた。また強くなった銃口の圧力を受けながらでは、蚊の鳴くような声にしかならなかった。

「今言ったとおり、おれはこのエリックとあのドアから出ていく。だから、ロックをはずすんだ」彼は点灯しているカードリーダーの赤い光を見てから言い添えた。「今すぐ」

「舞台袖のロックを解除して」とトンプソンは食いしばった歯の隙間からことばを押し出すようにして言った。ライトが緑になった。

「よし」とレオンウッドは言った。「それじゃ、次は銃を置くんだ。さもないとおれはあんたらふたりとも撃つ。あんたとおれとエリックでちょっと散歩をしようじゃないか。おれの記憶がまちがってなけりゃ――まちがってるわけがないが――厨房の先に搬入口がある。そこに車を用意しろ。キーは差したままエンジンもかけたままにしておけ。包囲されたら、あんたらふたりとも撃つ。お巡りがひとりでも現われたら、あんたらふたりとも撃つ。車に何か細工がしてあっても、あんたらふたりとも撃つ。わかったか？」

「ええ」とトンプソンは言った。「わかった」

「よし。だったらおとなしく銃をおろせ」

トンプソンはしぶしぶ従った。ほかに選択肢はなかった。最善策は彼をこのまま泳がせ、話を続けさせ、屋外に出すことだ。そのほうが狙撃できるチャンスが増える。

「ねえちゃん、いい子だ」と彼は言った。「そうそう、秘密を知りたいか？」

「秘密？」

レオンウッドはいきなりMP５Kの引き金を引いた。爆竹のような音がして、ひれ伏すような恰好をしていたパークハイザーの全筋肉が一気に収縮し、すぐさま弛緩した。血と脳味噌が舞台袖のドアに霧のように飛び散った。

パークハイザーの体から命が抜けるのと同時に、レオンウッドは銃をおろしたトンプソンに短機関銃を向けた。レオンウッドが引き金を引いたとき、彼女も反射的に撃ちかけたのだが。しかし、その間も彼の二五口径と彼の視線は彼女に向けられたままだった。いずれにしろ、もう遅すぎた。

「あんたにはおれをここから逃がす気なんてさらさらない。そんなことはこっちも端《はな》からわかってるんだよ、ねえちゃん。だけど、おれはもう刑務所には絶対に戻らない。ということは、出たかろうが、出たくなかろうが、この部屋からは出られないってことなんだよ、おれもあんたもな」

「そう」と風船の中からステージの左手に現われたヘンドリクスが言った。「おまえの言ってることは半分あたってる」

彼がそう言ったときにはもう、セラミック・ナイフが彼の手を離れていた。レオンウッドは反射的にヘンドリクスのほうを向こうとしていた。ヘンドリクスの読みどおりに。投擲《とうてき》にぶれはなかった。ナイフの切っ先がレオンウッドの咽喉仏《のど》をとらえ、柄まで突き刺さった。レオンウッドにはまばたきする間《ま》もなかった。

レオンウッドの脊椎《せきつい》を断ち切ることができれば、とヘンドリクスは願っていた。が、それは願いであって、そのことをあてにしていたわけではなかった。そんな投擲が決まるのは百万回に一回——脊椎のあいだにすべり込むにしろ、椎骨を突き刺すにしろ——といったところだろう。ヘンドリクスとしてもそこまでのつきはなかった。投擲の衝撃に仰向けに倒れ、血を吐きながらも、レオンウッドはMP5Kと二五口径の両方をヘンドリクスに向けて何発か撃った。ヘンドリクスはひるみもしなかった。そんな弾丸《たま》があたるわけがない。

何をどう考えればいいのかさえ、トンプソンにはわからなかった。床にうつ伏せに倒れたたまま、見知らぬ男が悠然と舞台に上がり、レオンウッドとの間合いを三歩で詰めるのをただ見ていることしかできなかった。

レオンウッドは舞台の床に倒れた拍子に銃を両方とも落としていた。咽喉に突き刺さったナイフを弱々しくつかむと、指のあいだから血があふれた。ヘンドリクスはレオンウッドの脇に屈み込むと、その眼の光が消えるのを見た。

「よい旅を、レオン。地獄でまた会えるかもな」

何もかもが二十秒ほどの出来事だった。トンプソンはまだ耳をすましていた。床に横たわったまま、死んだようにぴくりともせず。動くと自分も標的にされるのではないか。それが怖かったのだ。が、レオンウッドを倒した男がまた立ち上がり、走りだした気配に慌てて銃に手を伸ばした。そして、銃を拾い上げると、床の上を転がった。新たな男、新たな脅威に対して身構えた。

が、そのときにはもう男は消えていた。

28

従業員通路は長くて明るかった。安物の蛍光灯と非常灯に照らされ、軽量コンクリートブロックのオフホワイトの壁が光っていた。レオンウッドはなんとも親切なやつだった、とヘンドリクスは思った。FBIにドアを開けさせてくれたとはなんとも。

見るかぎりカメラはなかったが、通路に出るときに通ったドア同様、どのドアにもカードリーダーが備え付けられていて、そのすべてに赤いライトが点灯していた。あの女性捜査官の指示だろう、とヘンドリクスは思った。舞台裏に閉じ込めるのが命の恩人に対する礼とはいやはや。

二十ほどある選択肢の中では、階段に通じるドアを見つけるのが一番たやすかった。出口表示があるドアはひとつしかなかったからだ。が、ほかのドア同様、そのドアのカードリーダーもロックされていることを示していた。ヘンドリクスは、壁に据え付けられたカードリーダーの基部と内部を保護するプラスティックのカヴァーの継ぎ目に指を突っ込んでこじ開けた。中はリード線やケーブルが錯綜していた。レスターならこんなものなどあっというまに片づけてしまうだろう。しかし、ヘンドリクスには金で買える最良の工具を使って、一時間かけても無駄だろう。感電さえしかねない。

ただ、ヘンドリクスにとって都合がよかったのは、ドアを抜ける方法はひとつではなかったことだ。

　塗装されたドアとドア枠はスティール製で、蹴破るなど論外だった。ドアの把《と》っ手もさきほど彼が通り抜けたドアとはちがって、頑丈なレヴァーハンドルだった。レヴァーの根元の磨かれたニッケルのプレートを調べてみた。ドアからプレートを取りはずせれば、内部構造が見られるのではないかと期待したのだが、頑丈にぴたりと取り付けられていた。

　となると、一番弱いところは把っ手だ。

　ヘンドリクスは把っ手を壊せるもの——消防斧か消火器——を探して周囲を見まわした。が、通路はがらんとしており、見るかぎり消火設備は天井のスプリンクラーだけだった。通路の端まで行けば何か使えそうなものがあるのではないかと思ったところで、照明が消えた。時間がない。なんらかの行動を起こすのに残されている時間が分単位から秒単位に変わった。

　あたりは真っ暗だった。通路の唯一の明かりは光沢のある壁に反射しているＬＥＤの不気味な光だけだった。ヘンドリクスは残された唯一の武器——ペンライト型の手製の銃——に本能的に手を伸ばした。何かの役には立つだろう。ＳＷＡＴの隊員を殺すつもりはないが、銃があれば選択肢は増える。暴力をほのめかす脅迫のほうが、暴力そのものより説得力を持つというのはままあることだ。防弾チョッキの中心を正確に撃てば、隊員の肋骨の何本かにひびを入れてしまうかもしれないが、それで活路が見いだせるかもしれない。しかし、こんなペンライトが脅しになるかどうか。レスターがつくったときには、誰も銃とは思わないという意味において、いかにも賢い作品だった。しかし、それはつまり脅しとして使えないということだ。賢い作品が役に立たず、逆にそのためにヘンドリクスが命を落とす破目にもなりかねない。

そのとき不意にひらめいた。

この手製の銃は眼のまえの暴力に対する抑止力にはならないかもしれないが、それでもこの銃も——人の内臓の破壊を一番の目的とするホローポイント弾も——まずまずの解決策になるのではないか。

ヘンドリクスは手製の銃をドアの把っ手に押しあてて撃った。誰もいない通路に耳を聾する銃声が響いた。ドアの両面から金属音を立てて把っ手が落ちた。

その向こうは階段室だった。

火災時の避難用につくられた年季の入った狭い階段室。打ちっ放しのコンクリートの階段で、踏み段の端が金属で補強されていたが、すっかり錆びていた。金属製の手すりも同様に赤く錆びついていた。窯の中のように暑くて、酸化臭が漂っていた。

ひとつ下の踊り場に換気口があり、その蓋は二本の錆びたネジ——左上と右下——でとめられていた。ネジ用のほかのふたつの穴にはネジがなかった。どちらのネジもずっとまえにはずれたか、あるいは最初からネジどめされていなかったのか。ヘンドリクスは蓋を引っぱってはずし、踊り場の中央に放った。換気口のすぐ内側の土埃とネズミの糞を両手で払い、ダクトの奥のできるだけ遠くまでカウボーイハットを放ると、振り向き、上階に向かった。下向きの矢印のついた非常口の表示——日光と自由への空手形——は無視した。ヘンドリクスはこのような状況下でのFBIの教科書を熟知していた。追われる者は逃げようとしてパニックになる。彼らはそう予測しているはずだ。追われる者は現場周辺が封鎖されるまえにできるだけ現場から離れようとする。FBIはそうした前提に基づいて行動しているはずだ。だったらそのまま追わせておけばいい。彼はそう思った。やつらが追いかけているつもりになっているのがおれでなければ、なんの支障もない。

銃や刃物のおかげで生き延びられることもある。スパイ活動に必要なノウハウや尾行、ハエタタキのおかげで生き延びられることもある。一方、生還談がとことん誇張された、ただの自慢話にすぎなくなることもままある。問題は、はったりで全額を賭け《オール・イン》たら、相手がそれに応じて《コール》きた場合だ。そういうときにはどうするかだ。破滅は眼に見えている。賭けられているのが自分の命の場合、それはあまり気持ちのいいことではない。

進退きわまったのはわかっていた。が、それがどれほどのものなのか、正確なところはまだわからない。はめられたことにまちがいはなかったが、襲撃者の攻撃のタイミングを考えると、相手は今日になって初めてヘンドリクスを特定できたのだろう。そうでなければ、どうしてあんな公の場で襲撃してくる？　いずれにしろ、レオンウッドがそのことにからんでいないのは明らかで、それはいい兆候だ。襲撃者はひとりだ。〈評議会〉が総動員をかけているわけではない。彼らの通信を傍受したあと、このようなことになったことを思うと、背後に〈評議会〉がいることにまちがいはないにしろ。襲撃者が最後まで手の内を見せなかったことは、襲撃者がフリーランスであることを示している。あの男は〈評議会〉における自分の価値を維持するために情報を最後まで隠していた。〈評議会〉にさきに動かれないように。〈評議会〉にヘンドリクスを始末され、さらに自分も始末されたりしないように。

しかし、問題は襲撃者が何者なのか、どうやって見つければいいのか、ヘンドリクスには皆目《かいもく》わからないことだった。それはつまり、襲撃者を突き止めるまで彼のほうはずっと危険にさらされていなければならないということだ。襲撃者にとってはあらゆる仕事がヘンドリクスを始末する好機となる。あまつさえ、誰とやりとりをしようと、接触をしようと、相手が誰であれ——友人であれ、依頼主であれ——その相手も危険にさらすことになる。

しかもそれは問題の半分にすぎない。まだわかっていないことも考えられるが、いずれにしろ、FBIがパークハイザーの正体を突き止めるのは時間の問題だからだ。パークハイザーの正体がわかれば、当然、彼らはパークハイザーが入金することになっていたセーシェルのヘンドリクスの口座を調べるだろう。もちろん、パークハイザーの金をそのままその口座に入れておくつもりなど毛頭なく、入金されたら即、その口座を閉じ、数秒後には複数の口座に自動送金されるよう、レスターが手筈を整えていた。つまり、パークハイザーの裏切りに対する予防線は張ってあったということだ。それでもFBIにはどれだけ早く最初の口座を突き止められるのか、最初の口座がわかれば、そこからほかの口座も芋づる式に突き止められるのかどうか。そのあたりのことはなんとも判断のしようがなかった。しかし、もし突き止められたら、セーシェルに持つすべての口座とのつながりを断たなければならなくなる。全額を放棄しなければならなくなる。つまるところ、今日の稼ぎは十セントにもならないだけでなく、今日の仕事のせいでヘンドリクスは全財産を失うことにもなりかねない。待て――今日の稼ぎ。パークハイザーは急に大金を提示してきたのだ。ヘンドリクスとしてもとても抗《あらが》えない額を。

ヘンドリクスは胸につぶやいた――あのイタチ野郎。あいつは襲撃者がおれを殺しにくることを知っていたのだ。おれをはめるのにはあいつも一枚嚙んでいたのだ。

パークハイザーとしてはそれがかえって仇《あだ》になったわけだが。

いずれにしろ、ヘンドリクスが今やるべきことはただひとつ、〈ペンドルトン〉から生きて脱出することだった。

〈ペンドルトン〉の上階の廊下は、まるで夏の最後の授業の終業ベルが鳴った二十分後の高校のようだった。閑散としていた。ドアは開け放たれ、衣服やゴミ、食べかけのターキー・クラブサンドといったものが散らかっていた。ある部屋のまえではアイスバケットがひっくり返され、カーペットに氷水が染み込み、そのそばには食べかすがこびりついた皿が山積みにされていた。ヘンドリクスは防火扉の網入りガラス越しに百まで数え――カウボーイブーツを脱いで両手に持ち、靴下越しに階段室の床のコンクリートの暖かさを感じながら――通り抜けられるぎりぎりの幅だけそっと防火扉を開いた。そこでさらに百数えてから行動に移った。階段室に音が響かないようそっと防火扉を閉めた。SWATは通常、ターゲットが閉じ込められていると思われる場所には時間をかけて突入する。ターゲットが不安を募らせたところで不意を衝《つ》くのが彼らの常套手段だ。しかし、手製の銃を使ったことで、彼らが自分たちのタイムラインを早めることも充分に考えられた。その場合、彼がダクトに仕掛けた囮《おとり》をすでに見つけ、そこから階上《うえ》と階下《した》の両方の踊り場を調べているかもしれない。陽動作戦がいくらかでも奏功し、彼らの捜索が階下《した》に重点的に向けられるといいのだが。今はもうごまかしだけがここから出られる唯一の手段なのだから。

〈ペンドルトン〉のホテルエリアの客室は十二階までだったが、〈ヘンドリクス〉は七階にいた。そのわけはふたつあった。ひとつは、ビル全体の組織的な捜索はまずまちがいなく上下から始まるからだ。客室利用率にもよるが、その場合、上の班と下の班はまず四階から九階のどこかで落ち合うことになる。そう、そのどこかにいれば一番時間を稼げるということだ。ふたつ目は〈ペンドルトン〉のどの廊下の端にもドーム型カメラが設置されていたからだ。今いるところの左側は問題なかった。四部屋向こうで、廊下が折れていた。一方、右のほうは大問題だった。カメラは廊下それぞれの端に設置され、それらすべてが防火扉をしっかりととらえていた。七階を除くすべての階がそうなっていた。ただ、七階だけ清掃スタッフの誰かが急いでいたのか、ユーティリティ・ルームのドアが開けっ放しになっていた。階下《した》の銃声が続いたのは数分程度のものだろう。しかし、そういうニュースはあっというまに伝わる。客も従業員も誰もが慌てて不思議はない。そのせいだろう、七階のユーティリティ・ルームのドアが開けられ、クリーニング・カートがストッパーがわりになって開きっぱなしになってしまったのは。その結果、カメラの視野がさえぎられていた。

ヘンドリクスは清掃係に気前のいいチップを置いていきたくなった。こそこそすることもなく、慌てることもなく、音をたてず、人気《ひとけ》のない廊下を進んだ。ドアののぞき穴から誰かが見ている場合に備え、階下《した》の騒ぎに不安そうにしているふりをした。

四分の一以上のドアが開いていた。大きく開け放たれたドアもあれば、真鍮メッキされたドアの内側の掛け金を本の栞《しおり》のように外に出して、わずかに開いているドアもあった。が、それ以外の多くのドアは閉じられており、実際に利用されている部屋の数はわからなかった。

アイスバケットを拾い上げ、こぼれた氷をできるかぎりすくい集め、氷を取りに出て部屋に戻っているふうを装った。開いたドアのまえを通り過ぎるたびに頭を中に入れ、部屋のクローゼット・スペースを確かめた。童話の『三びきのくま』のゴルディロックスよろしく。そこに掛けられた服はだいたいが大きすぎたり、小さすぎたり、めだちすぎたりした。寸法が合うのもあったが、それを着て誰にも見咎められずにホテルを出るのはむずかしそうだった。大柄な女性用のピンクのシフォンのドレスでは……

ようやく当たりくじが引けた。

めあてのものが見つかると、背後のドアを閉め、スライド錠をかけた。レスターが送って寄こした札束――きつく巻かれ、ゴムでとめてあった――をポケットから取り出し、ナイトテーブルの上に置くと裸になり、着ていた服をできるかぎりひらたくたたんで、ボックススプリングとマットレスの隙間に押し込んだ。

その部屋に泊まっていたのは、サウスダコタ州パーカーから来たノーマンとパティのガンダーソン夫妻だった。そういった情報は荷物のタグとナイトテーブルの上のグーグル・ナビから得られた。階下《した》の騒ぎにふたりは慌てて逃げ出したにちがいない。テレビはKMBC局に合わせたままで、まだ銃撃事件を報じていた。ヘンドリクスは夫妻の所持品をざっと見て、夫妻に同情せずにはいられなかった。スーツケースには柄物《がらもの》のポロシャツ、アイロンをかけたデニム、皺にならないイースター・パステルカラーのカスケードブラウスがぎゅう詰めになったたままだった。クローゼットにはカーキのズボン二本、外食にも日曜礼拝にもふさわしいドレス二着が掛けられていた。その下の床にはボートシューズ一足――ヘンドリクスには少し小さかったが、履くしかなかった――とヒールの低い実用的なパンプス一足。ネクタイもスポーツ・ジャケットも見あたらなかった。ビジネスウェアらしきものはどこにもなかった。

ガンダーソン夫妻は、そう、休暇を愉しもうと思ってきたばかりだったのだろう。

このあと夫妻がまた休暇を取ることはあるだろうか？

裸でバスルームにはいり、鏡に映った自分を見た。どうにか使いものにはなりそうだった。確かに、肩は猛烈に痛み、無数の傷が走る体はまるで道路地図のようだったが、乾いた血がべったりとついている左手の切り傷、咽喉《のど》仏につけられた長さ半インチのナイフの創傷――出血はあっても深い傷ではない――それに左頬のわずかな腫れを別にすれば、受けた負傷は人目を惹くほどのものではなかった。

ヘンドリクスはパティ・ガンダーソンの化粧バッグを漁《あさ》って、ピンセットを見つけると、左手を蛇口の下に持っていって乾いた血を洗い流した。ロックグラスの破片で切り傷が何個所にもできていたが、深手はなかった。刺さったままになっているガラス片をピンセットで慎重に取り除き、ゴミ入れに落とした。

それがすむと、ハンドタオルで氷を包み、腫れが少しでも引くよう顔に押しつけた。右眼の下にうっすらと黒いしみのようなものができ、それは眼窩《がんか》の下壁を越え、頬にまで延びていた。あと何時間かすれば、あるいはあと何日かすれば、それがさらに黒ずむはずだ。が、これが最悪の問題ということになってくれるなら御《おん》の字だ。

シャワーは針のように肌に刺さり、固まりきっていない血糊《ちのり》がピンクのすじを引いて流れた。きれいになるまでシャワーの下に立って体をこすった。洗いおえると、タオルでそっと体を拭き、親愛なるノーマンのアフターシェーヴ・ローションをふんだんに借りて手を消毒した。最初の養父のにおいがした。タフで厄介な男のにおいだ。ひどくしみたが、それで消毒はできたはずだった。

シンクに水を張り、ノーマンの使い捨てカミソリで、無精ひげをごまかしてつくった、みすぼらしい馬蹄形の口ひげを剃った。次にパティのピンセットを使って眉を多少細くした。常にひそめられているような眉を柔らかく、意志の強さを思わせる眉を心配げなそれに変えた。その出来栄えをしばらく見てから、またカミソリを手に取って、もみあげを時代遅れの四十五度にした。その結果、今朝ぶらぶらとカジノにはいってきた生意気そうなカウボーイとは似ても似つかない男に変身できた。眼の下の痣《あざ》はパティのコンシーラーをひと塗りした。それで変身完了。

あとはただ待つだけでよかった。バスタブの端に腰かけ、バスローブをぴたりと体に巻きつけた。

長くは待たずにすんだ。

ドアを叩く大きくて鋭い音がした。続けざまに七回。無視するわけにはいかないノックだ。

「きみかい、パトリシア？」とヘンドリクスは大きな声で言った。抑揚のないゆっくりとした口調を装った。「また鍵を忘れたなんて言わないでくれよな。まったく。ちょっと待ってくれ。シャワーを浴びてたところでね」

メイクした部分をできるだけ避けて顔を濡らすと、洗面台からカミソリを手に取ってドアに向かった。バスルームのドアのロックをはずしかけたところで、電子ロックの音が鳴り響いた。外から開錠されたのだ。ドアが開いた。ドアの外には、ブレザーにカーキのズボン、スパイラルコードのイヤフォンをつけた丸刈りの大男がいた。〈ペンドルトン〉の警備員だ。それにもうひとり、その男より小柄ながら防弾チョッキで完全武装し、威圧するように自動小銃をヘンドリクスに向けている男がいた。FBIのSWAT隊員。一瞬、ヘンドリクスはふたりを倒すことを考えた。SWAT隊員の自動小銃の銃身をつかみ、銃床を咽喉に押しつけ、隊員が倒れ、銃を放したら警備員に銃口を向ける。もちろん、そんなことを考えたそばからすぐに忘れたが。ここで争ってもこの建物から脱出することにはならない。かわりに両手を上げた。床に落ちたカミソリが音をたてた。銃を向けられ、ビビりまくっている男を演じ、男らしさとはほど遠い悲鳴をあげた。

「ここは安全です。心配しないでください——落ち着いてください。部屋を捜索しなければなりませんので。それから、わかってます？　血が出てますよ」

「ええ？　血——？」警備員は自身の首を指差した。ヘンドリクスはわけがわからないといった顔をして、その動きを真似た。そして、首の創傷に触れ、血のついた指を見て、びっくり仰天したふりをした。「うわ！　なんだ、こりゃ！　ひげを剃ってたらあんたらふたりが……ノックでびっくりして……いや、ちょっと待った。私の部屋を捜索しなくちゃならないとはどういうことです？　いったい何があったんです？」

SWAT隊員と目配せをしてから、警備員が顔をしかめて言った。「事件があったんです。カジノ・フロアのすぐ近くで銃撃があったんです。この部屋の宿泊者を教えてください」

ヘンドリクスは戸口からあとずさり、怯《こわ》えた声音をつくって言った。「私と——つまり、ノ、ノームとパトリシア、夫婦です。この部屋にその銃撃犯がいるっていうんですか？」

ふたりの男はまた目配せをしてうなずいた。ともに表情が和らいでいた。「いえ」とSWAT隊員が言った。「銃撃犯は階下《した》にいます。ただ、共犯者がいる可能性もあるんでね。ホテル全体を調べてるんです」いかにも相手を安心させる声音で——少なくとも本人はそう思っている声音で——そう言った。

「誰か怪我をした人は？」とヘンドリクスは尋ねた。

返事は返ってこなかった。かわりにふたりの男は部屋を調べた。バスルームも調べた。ベッドの下も。厚手のカーテンの背後も。

「なんてこった」とヘンドリクスはヒステリックな声で言った。「誰か殺されたんですか？」

「異常なし」と警備員が言った。

「こっちもだ」とSWAT隊員も応じて言った。ふたりともまるでヘンドリクスがその場にいないかのように振る舞った。

「ねえ、言ってくださいよ。パトリシアが階下《した》にいるんです！　パトリシア・ガンダーソンです！　家内は――私は……」ヘンドリクスは努めて落ち着こうとしているふりをして、最初からやり直した。「ゆうべ夕食をとったときにちょっと飲みすぎてしまって――胃がもう昔みたいにウィスキーを受けつけなくなってるんですね、きっと。それでパトリシアは私を寝かせたままクラップスをやりにいったんです。私のほうはサイコロよりカードが好きなんですが。それはともかく、家内は休暇中ずっとこんなふうなんです。トイレに行く以外、片時も私のそばを離れないんですよ。だから、私は遊びたければ遊びにいっていいんだって、ずっと言ってたんだけど、それでも、あいつは私の言うことを聞かなくて……」

「それで……？」とSWAT隊員がヘンドリクスの話をもとに戻そうとして言った。

「ええ、そうそう、ただ今日は私の具合が悪かったんで、私を寝かせたままひとりで行ったんでしょう。もう六時間くらいまえになるんじゃないかな。家内が怪我をしてるなんてことはありませんよね？　家内が怪我をしてるなんてことは……」

そこでヘンドリクスは泣きはじめた。

「大丈夫です」と警備員が言った。「奥さんはきっと無事です。ドアをロックして、しばらくじっとして待っててください。いいですね？」

「じっとして待つ？　じっとして待つ？　家内はどこかもわからないところで血を流して死にかけてるかもしれないんですよ！　そんなときにじっと待ってたりなんかできるもんですか！」そのあといきなりことばに威厳を込めて言った。「家内のところに連れていってください。階下《した》に連れていってください」

「それはちょっと」とSWAT隊員が言った。「われわれには今しなきゃならないことがありますから。われわれの捜索が終わるまではここで待っててください」

「冗談じゃない！」

一瞬、間《ま》ができた。「冗談じゃない？」とSWAT隊員が今耳にしたことばが信じられないとでもいった顔をして言った。「法の執行官の指示に従わないと、公務執行妨害になるんですよ。わかってるんですか？」

「だったら逮捕すればいい」とヘンドリクスは言った。「撃ちたければ撃てばいい。でも、後生です。階下《した》に連れていってください。パトリシアを探しに」SWAT隊員の意志は固かった。が、ヘンドリクスは警備員の眼に迷いを見て取り、さらにたたみかけて言った。「連れていってくれないなら、あんたたちのあとをずっとついていきます。私がそんなことをしたら、あんたたちは私を危険にさらすことになるんじゃないですか？　それにそもそも足手まといになるんじゃないですか？」

駄々が功を奏した。警備員が声を張り上げて言った。「まったく」そのあとSWAT隊員に言った。「できないことでもないよ。おれがこの人を階下《した》に連れていって、奥さんを見つけてくるよ」

SWAT隊員は納得しなかった。「ひとりじゃ任務は果たせない——あんたにドアを開けてもらわないと。交代要員は頼めない。人手が余ってるところなんてないんだから」

「カードキーがあればいいだけのことだろうが。あんたひとりでもできることだよ」

SWAT隊員は廊下に出ると、隊長に無線で連絡を取った。ノイズの交じるちょっとしたやりとりのあと、ヘンドリクスが拝借している部屋に戻ってきた。見るからに苛立っていた。

「いいってさ」と警備員に言った。「まっすぐ降りたらまたまっすぐ上がってきてくれ」それからヘンドリクスに向かって言った。「負傷者の確認をしているところへ直行して、申し出てください。もしあなたの奥さんが怪我をしてるか」——彼はそこでいったんことばを切って、適切な婉曲表現を探した——「そうでなくても、階下《した》に行けばわかると思います」

ヘンドリクスは安堵《あんど》の表情を浮かべた。状況を考えると、そういう演技はいたって簡単だった。「ありがとう——おふたりともほんとうにありがとう！　私がどれほど感謝してるか、きっとあなたたちにはわからないと思う」彼はドアに向かった。子犬のようにはしゃいだ気分で。警備員が彼の胸に手を伸ばして言った。

「ご主人」

「はい？」

ＳＷＡＴ隊員も警備員と同じ表情を浮かべ、笑っていた。彼らのまえに立っている無力な男はバスローブ以外何も身につけていなかった。「さきに何か着たほうがよくはありませんか？」

ヘンドリクスは偽装《ぎそう》が完璧に成功していることを確信した。このふたりはもはやなんの障害にもならない。

「何か着る!? 確かに、確かに！」そう言って、ヘンドリクスはおずおずとした笑みをふたりに向け、ガンダーソンのスーツケースから下着、青の地に赤白の縞模様のポロシャツ、ジーンズを引っぱり出した。ボートシューズの踵《かかと》に指を引っかけて、服と一緒にベッドの上に放った。それから武装したふたりに注意を戻して言った。「ええっと、ちょっとだけ向こうを向いていてもらえますかね？」

ふたりはヘンドリクスに背を向け、さらに天井に眼を向けた。ヘンドリクスはバスローブを脱いですばやく着替えた。引きしまった傷だらけの戦士の体じゅうにできたいくつもの痣を見られないよう気をつけながら。彼らが振り向くか、壁に掛けられた鏡に映った彼の姿を眼にするかしたら、彼のそれまでの偽装はすべて水の泡になる。

しかし、彼らは振り向かなかった。服を着おえ、サイズの小さな靴に無理やり足を突っ込むと、彼はまたノーマン・ガンダーソンになった。愛すべき夫に。不運な宿泊客に。

ナイトテーブルの上の札束を手に取り、ジーンズのポケットに突っ込んだ。そして、このあとも七階を調べるSWAT隊員を残して、警備員と一緒にエレヴェーターのほうに向かった。

そう、自由のにおいのするほうに。

29

「ガーフィールド捜査官？　こっちに来られますか？　貴重な情報を持っているという人がいるんですけど」

救急用に設えられたテントの中はごった返していた。重傷者も軽傷者もショック状態の者も間に合わせのベッドに横たえられ、そうした人々のあいだを初期対応要員がハエのように飛びまわっていた。ガーフィールドはそんな中を縫って進み、自分を呼んだ女性——可愛い顔をした二十代の救急医療隊員——のところに向かった。ＳＷＡＴがファウンテン・ルームの安全を確認してから三十分が経っていた。トンプソンが〝ゴースト〟と呼んでいる相手がレオンウッドを始末してからは一時間近くが経っていた。それが〝ゴースト〟の仕業であることは、トンプソンもガーフィールドも今ではもう少しも疑っていなかった。

トンプソンはファウンテン・ルームで経験したことにまだショックを覚えていた。無理もない。死を覚悟した一瞬もあったのだから。ガーフィールドにしても、そういう一瞬がどういうものか思い出すのに、銃で撃たれた古傷——苦労して侵入した〈マラ・サルバトルチャ〉からの餞別《せんべつ》——の幻の疼《うず》きなど要らなかった。毎朝鏡を見れば——眼のまわりの疲れた皺を見れば――それで足りた。内側から心を何かに齧られているような感覚。その感覚が去ることはなかった。その感覚は今でも現場に出るたびに甦った。

〈マラ・サルバトルチャ〉特別部隊員だったガーフィールドは、ロスアンジェルス市警に配属されると、コカインとエルサルバドルの女が好きな汚《けが》れたお巡りを演じた。純粋なエルサルバドル人ではない者が〈マラ・サルバトルチャ〉に潜入するには、有用ながら堕落したお巡りでなければならなかった。もっとも、その演技も最後には見破られてしまうわけだが。撃たれてから半年が経った今でも――傷は癒え、潜入捜査中に身についてしまったコカインの常習癖もFBIが治療費を負担してくれて断つことができたが――彼は空しさを覚えていた。今の自分が以前の自分のぬけがらのように思えてならないのだった。

が、そんなガーフィールドにしても、今日のトンプソンについては正当に評価しないわけにはいかなかった。確かに彼女は口うるさい女ボスかもしれない。それでも、正確な報告ができるだけの理性と知性を失わなかった。彼女の〝ゴースト〟の風体に関する報告もまずまずまともなものだった。ゴーストが自分をカウボーイだと思っていようと、もうさほど長くは草原を自由には歩きまわれない。SWATがゴーストをダクトの中に追いつめており、ダクトの出口をすでにすべてカヴァーした以上。ゴーストが動けば、どこかの出口でSWATが捕まえ、動かなければ、ガスを送り込んで意識を失わせてから、ダクトに突入する。そういう手筈《てはず》になっていた。

その作戦については、しかし、ガーフィールドは半信半疑だった。あまりに都合がよすぎた。簡単すぎた。なぜそう思うのか、その理由をことばで説明することはできなかったが。ただ、腹に落ち着かない感覚を覚えるのは、逮捕に向けての期待のせいではなかった。その逆だった。不安。起きてほしくないことが起きることを不承不承待つしかない者の不安だ。

忙しげに動きまわっている女の救急医療隊員を眺めた。浅黒い肌をした華奢《きゃしゃ》な体。ヒスパニックかヨーロッパのラテン系か。すこぶる可愛かった。いかした体に高い頬骨にあどけない眼。うっすらと化粧をしているように見えた。いや、と彼は考え直した。彼女は仕事中ではないか。

「特別」と彼はありったけの魅力を振りまいて言った。

「はい？」

「特別捜査官のガーフィールドだ」と彼は言った。

「特別……わかりました」彼女の表情からは彼女が彼のことを〝特別〟などとは少しも思っていないことがありありと見て取れた。

ガーフィールドは疲れたため息をつくと、ビジネスモードに切り替えた。撃たれるまえ、まだ自分に自信というものがあった頃には、ふんぞり返って歩く自信過剰の女にも彼の魅力が通用したものだが。しかし、撃たれて以来、彼の魅力とやらがどんなものであったにしろ、女たちの反応はすっかり鈍くなっていた。「こっちもわかった。で、何があった？」

「白人男性。四十五歳。イリノイ州の免許証の名義はアラン・レングル。その人があなたたちの追っている犯人と一対一でやり合ったそうです」

「それはレオンウッドのことか？」

女の救急隊員はひややかな眼で彼を見た。ちがうに決まってるでしょ、このまぬけ、わたしだって通達ぐらい読めるのよ——彼女の眼はそう語っていた。「その人じゃありません。別の人です。逃げた男のことです」

「ああ、犯人は今も逃亡中だ。だけど、そのレングルとやらは忍者か何かなのか？　そうでなければ、犯人は、あんな男と一対一でやり合って無事ですむわけがない。そいつがおれたちの時間を無駄づかいさせるだけの目立ちたがり屋か、いかれ頭でないかぎり」

長い間《ま》ができた。女の可愛い顔はどこか自信なさそうだった。口調もそうだった。「実はその人、自分は司書だって言ってるんですけど」彼女は改めて自信を奮い立たせて言った。「それでも逃げなかったそうです。こてんぱんにやられても。両脚とも添え木があてられていて、顔もものすごく腫れ上がってますけど。ドクターがまだ診断してないから確かなことは言えないけど、あくまで想像だけれど、少なくとも前十字靭帯を損傷していて、眼窩にもひびがはいっていると思います」

「なんとね」とガーフィールドは言った。

「ほんとうです。ついさっきまで十分かけてその人の頬からガラス片を取ってたんです。あなたが追ってる犯人にロックグラスで殴られたそうです。幸い眼にはどんな損傷もありませんけど。でも、失明していてもおかしくなかったでしょうね」

「どうして襲われたのか、そのことについてはなんて言ってる？」

「そうじゃなくて、その人の話からすると、その逆みたいです」

「なんだって？」

「自分から向かっていったそうです」

ガーフィールドは信じられないといったふうに首を振った。「わかった、ダーリン。よくわかった。その男のところまで連れていってくれ。あの殺し屋に喧嘩を吹っかけた司書さんがいるとはね。そんな人物に会える機会をみすみす逃すわけにはいかない」

女の救急隊員はガーフィールドの上位者ぶった呼び方に苛立って言った。「わたしの名前はソフィアです。ダーリンじゃなくて」そう言うと彼に背中を向け、あふれ返る人々の中を歩きだした。

「わかりませんね」とエンゲルマンは苦痛に思いきり顔をしかめ、罪のない傍観者を装って、マイアミでちらっと見かけたことのある横柄なFBI捜査官に言った。そう言いながらもその実、こんな男とこんなにも早くこんな場で出会うことに驚いていた。まるでふたりとも今日の事件を予期していたかのようじゃないか。このガーフィールドとそのパートナーはこっちが思っていた以上に有能で、同じ獲物の動向を追っていたということか。それとも粗野でトロいレオンウッドがどこかでへまでもやらかしたのか。いずれにしろ、エンゲルマンにしてみれば、面白いなりゆきだった。仕事はしくじったが。FBIはベストを尽くしているようだが、あの男はまだ逃亡しているのだ。となると、最善策はプランBだ。「私は何かまちがったことをしたんでしょうか? 私はただ助けようとしただけです」

「いや、あなたはもちろんまちがったことなどしていません。ミスター・レングル――」

「ミスターではなく、博士《ドクター》です」とエンゲルマンは面白半分に訂正した。「でも、どうぞ、アランと呼んでください」

「アラン、もちろん、見るかぎりあなたは何もまちがったことなどしていません。われわれはただ今日の事件の全容を知りたいだけです。だから順を追って説明していただけると……」

「話はもう応急処置をしてくれたあの若くて可愛い女性にしましたけど」エンゲルマンは多少なりとも不服そうに言った。が、つくり話を信じさせる相手としては、女性捜査官よりこの男のほうが与《くみ》しやすそうだと内心思った。

「その話を今度は私にしてほしいんです」とガーフィールドは言った。「わかりました」

エンゲルマンは両手を上げて恭順の意を示し、罠をしかけた。

そして、一心に耳を傾けるガーフィールドを相手に、不承不承ヒーローとなった男の物語『アラン・レングル・ストーリー』をでっち上げた。真実のかけらと真っ赤な嘘を巧みに織り込んで。アラン・レングルは出張で――出張の中身については触れなかった――この市《まち》に来たのだが、いくらかの気ばらしにいくらかのギャンブルを愉しもうと、カジノに立ち寄ったところ、パロメラの小切手贈呈式の無料チケットを手渡された。それはそれまでに見たこともない大金が書き込まれた、物理的にも大きな小切手の贈呈式で、興味本位で出てみることにしたのだった——はい、そのとおりです、と彼はきまり悪げに認めた。風船シャワーで何か手に入れられるかもしれない、と思ったのが出席の理由で、そのイヴェントの大きな魅力だったと、できれば認めたくはないふうを装って言った。「そう」と彼は包帯を巻かれた腫れ上がった顔と、添え木があてられた膝を指して言った。「ご覧のとおり、そんなふうに欲ばった挙句《あげく》がこのざまというわけです。

ちびちびやってたんです、ジン・トニックをね。ついでながら、すごくうまかった。司書の給料じゃ、ボンベイ・サファイアなんてめったに飲めませんからね。そうやって贈呈式が始まるのを待ってると、なんか場ちがいな人が眼にはいったんです。怒ったような顔をした男がナイフを手に人混みの中を舞台のほうに向かっていったんです。最初は警備員に知らせようと思ったんだけど、彼らはほかのことに気を取られてた。で、ちょっとそいつに声をかけようと思ったんです、今となってはなんて馬鹿なことをしたんだろうって思ってますよ。でも、いずれにしろ、客を掻き分けてそいつの背後に近づいて肩をつかんだんです。それでそいつが驚いたのはわかったけれど、残念ながら、そいつの驚きはそう長くは続かなかった。だいたい私は何をしようとしてたんでしょうね。そいつに追いついたら自分は何をしようとしてたのか。今でもわかりません。それはともかく、そいつは私を攻撃すること以外、何も考えてませんでした。私を蹴って私の下から逃れると——すみません、そのとき私も何かを壊してしまったようだけど——私の顔をグラスで殴ってきたんです。

そいつは私を殺してたでしょう」とエンゲルマンは続けた。「あの別の男が乱射を始めなければ。それから風船が落ちてきて、私はそのあと気絶してしまって、意識が戻ったときにはそいつはもういなくなってました」

「似顔絵描きにその男の特徴を話すことはできますか？」

「できると思います」と彼は言った。「もっとお役に立てるかもしれません」

「というと？」

「気がついたとき、こんなものを見つけたんです」彼はハンカチに包んだものをポケットから取り出して、ガーフィールドに手渡した。ガーフィールドが手に取ると、中身が乾いた音をたてた。

「気をつけて」とエンゲルマンは言った。

ガーフィールドはハンカチを開いた。歪んだ三角形のガラス片が三つはいっていた。「なんなんです、これは？」

エンゲルマンは笑みを浮かべると、いかにも得意げに胸を張って言った。「これは彼が私を殴るのに使ったグラスの破片です。救急隊員にここに運ばれるまえに床から拾い集めたんです。指紋かDNAが採取できるんじゃないかと思って、映画みたいに。人に踏みつけられて粉々にならないようにって、こうやって拾っておいたんです。動かしたことは問題ないですよね？　直接手で触ってはいません」

ガラス片に指紋が付着していることはまちがいなかった。エンゲルマンはすでにガラス片をとくと吟味しており、血糊に〝獲物〟の指紋がはっきりと残っているのは、先刻承知していた。自分の指紋もDNAも拭き取ろうとは思わなかった——そのどちらもいかなるデータベースにもないからだ。一方、獲物に関する情報と、獲物と実際に一戦交えた感触から、獲物は元軍人である可能性が高いと思ったのだ。それはつまり、獲物の情報はどこかのデータベースに収められているということだ。エンゲルマンが獲物を仕留められるかどうかはその一点にかかっていること を心底願った。エンゲルマンは自分のその読みがあたっていることを心底願った。これがはずれると、自分が〈評議会〉に仕留められてしまうことにもなりかねない。

「ほう」とガーフィールドは言った。「ちょっと待ってください」

ガーフィールドはそう言って、エンゲルマンのベッドから離れた。が、話し声がエンゲルマンに聞こえないところまでは離れず、無線に向かって言った。「われわれが追っている男に関する新情報が出てきた。解析が必要な証拠もある。これが突破口になるかもしれない。大急ぎで鑑識を寄こしてくれ」

指示を終えると、ガーフィールドは例の若い救急隊員と話し、そのあとふたりの制服警官と話してから、またエンゲルマンのベッドまで戻ってきた。

「アラン、あなたのおかげで助かりました。差し支えなければ、病院に行くのにミズ・アルバレスと警察官ふたりを同行させてください」

「もちろん、いいですよ」とエンゲルマンは言った。「私、なんか危険な状態に置かれてるんじゃないでしょうね？」

「もちろんそんなことはありません」とガーフィールドは答えたものの、さして自信のある声音《こわね》にはなっていなかった。「そんなんじゃありません。あなたは今日大変な一日を過ごしたわけだけれど、あなたの証言が重要な手がかりになる可能性があるんです。こちらとしてもそのことに手厚く報いたいだけです」

「それはご親切に、ガーフィールド特別捜査官。正直なところ、いったい自分は今日どんなことを体験したのか、自分でもよくわかってないんですけどね。でも、言っちゃなんですが、自分で求める以上に刺激的でした」

首に掛けているIDカードをアランがただ読んだだけなのはわかっていたが、ガーフィールドとしては、正式な肩書きを言われて悪い気はしなかったので、にこやかな笑みで応じた。蒔いた種がしっかりと根づいたことがわかり、エンゲルマンもにこやかな笑みを返した。あとはただ成長を待ち、収穫するだけだ。

ストレッチャーに乗せられ、待機していた救急車まで連れていかれると、エンゲルマンは汚れたブルーのチェックのシャツのボタンをはずして、右手をシャツの中に入れた。凝りをほぐすか、脇腹のどこか痛まないか調べるかのように。

「大丈夫ですか?」と可愛い救急隊員、アルバレスが訊いてきた。「どこか具合が悪いところでも?」

「大丈夫」と彼は隠したホルスターに収めたルガーLC9を指先で確かめながら答えた。

「正直なところ」アルバレスと警官ふたりに、赤色灯を回転している救急車に乗せられ、四人全員が乗り込んだところで、彼はさらに続けて言った。「さんざんだった日もこれでようやく報われたような気がします」

30

偽ミスター・ガンダーソンと警備員——名前はデショーン——は無言で下りのエレヴェーターに乗ると、カジノ・フロアに向かった。その日の事件の影響か、ふたりは世間話をすることもなく、険しい眼つきでぎこちなく立っていた。

ヘンドリクスは階数表示が変わるのをじっと見つめた。心の中で期待と不安が綱引きをしていた。階数表示が一階になると、すぐに一階に着いた。ノーマンのボートシューズはきつかった。階に着いたことを知らせる音がした。ほがらかすぎて逆に厭味《いやみ》な音に聞こえた。ドアがスライドして開くと、それまでのヘンドリクスの不安も心配も痛みも雲散霧消した。これならめだたないように振る舞うことなど苦もなくできる。

カジノ・フロアはまさに戦場と化していた。

ただの比喩ではない。ヘンドリクスは戦場を熟知している男だ。アフガニスタン時代、爆破された建物、焼け焦げた車、黒焦げの肉塊と化した妻や子供たちを見て、身も世もなく泣き崩れる戦士たち。巻き添え被害《コラテラル・ダメージ》。祖国のジャーナリストたちはそう呼んだ、まるで何かの副作用か、容認可能な些細な違反でもあるかのように。近代戦のための消毒されたことばだ。が、実際の戦争は消毒されてもいなければ近代的でもない。血みどろの惨劇であることは古代も現代も変わらない。嘆き以外何も残されていない、涙でいっぱいの人々の眼を見てきたことで、彼は祖国にいる者にはほとんど理解できない教訓を得ていた。それはどんな被害も巻き添えなどではないということだ。失われたあらゆる四肢、焼け落ちたあらゆるあばら屋、夫を亡くしたあらゆる妻、そして孤児となったあらゆる子供が怒りと恨みというさざ波を立てる。その波が今のように増えつづければ、いつかわれわれ人類はその波によって、地図の上から洗い流されることだろう。

レオンウッドはこの日、自分の分の波を立てた。

そして、レオンウッドが暴発するまえに手を打てなかったことに対して、ヘンドリクスも同じように自分の波を立てたのだ。

カジノ・フロアにはほとんど人がいなかったが、それでも静寂とはほど遠かった。遊んでいる者はいなくても、スロットマシンの群れは鳴き声と吠え声をたてどおしで、いもしない通行人に呼びかけていた。魂も顔もないカーニヴァルの客引きのように。風船が漂っていた。赤い斑《まだら》模様となって宙を舞っていた。上機嫌であることの病的なパロディか何かのように。割れたグラス、カクテルナプキン、ひっくり返ってチップがこぼれ出ているバケツ。そういったものがそこかしこに散乱していた。そんな中をゾンビになったような人たちが歩いていた。日和見主義のはいり込む余地などまるでないショック状態に陥っていた。死体がいくつか手足をくの字に曲げて床に倒れていた。青ざめた顔のまま放置されていた。死者より生者のほうが大切、というわけだ。広い空間のそこかしこに武装した男が配置されていた。ヘルメットをかぶり、首からさげた銃の銃床に両手を置いて微動だにしていない者もいれば、泣き叫ぶ負傷者をロビーに出る大きなドアに誘導している者もいた。

ヘンドリクスはしばらくエレヴェーター内から様子をうかがった。実のところ、その場の光景に圧倒されてすぐには動けなかったのだ。どうしてこんなに大勢が負傷したのか、すぐには理解できなかった。銃撃が起きたのはカジノ・フロアではなく、ドアが閉じられたファウンテン・ルームだ。そのとき二の腕にひどい青痣《あざ》ができている女が眼のまえを通り過ぎた。その青痣にはスニーカーの靴底の跡がはっきりと残っていた。

そういうことか。客たちが互いに踏みつけ合ったのだ。

レオンウッドが乱射を始めると、人々が戸口に殺到したのだ。

エレヴェーターのドアが閉じかけて初めて、ヘンドリクスはデショーンが横にいないことに気づいた。ドアが開くとすぐにデショーンはエレヴェーターを降りたのだろう。見ると、手を伸ばしてドアが閉まらないように押さえ、ヘンドリクスが降りるのを待っていた。

「すみません」とデショーンは言った。「あなたはまだこの光景を見てないのを忘れてました。ひとこと言っておくべきでしたね。大丈夫ですか？」

「大丈夫です」とヘンドリクスは弱々しく答えた。演技にしろ演技でないにしろ、その声に感情がこもっていたかどうかは、ヘンドリクス自身にもわからなかった。咳払いをしてから繰り返した。「大丈夫です」

「じゃあ、こっちへ。奥さんを探しましょう」

ヘンドリクスとデショーンは並んでカジノ・フロアを横切った。今のふたりは奇妙な兄弟――周囲を取り巻く恐怖によって固く結ばれた兄弟――にも見えた。一度ふたりは立ち止まって、眉に裂傷を負って血を流している男の手当てをした。デショーンが〈ペンドルトン〉という名のはいったスポーツ・ジャケットの袖で男の傷口の血を拭った。ヘンドリクスは男に肩を貸し、陽のあたる場所まで――引き渡し場所になっているテントのところまで――連れていった。そこからはどこに搬送されるのかわからなかったが、あとは救急救命士に任せた。

デショーンは制服警官との短いやりとりをしたあと、駐車場の片隅に見える仮設の囲いを指差した。そこには救急車が二台停まっていて、囲いの中に人の群れがいた。二、三百はいるだろうか。「あそこがいわば救護センターで、重傷でない人はあそこに集まってるようです。互いに安否が確かめられますからね。奥さんはきっとあそこにおられるんじゃないですかね」

「ありがとう」とヘンドリクスは言った。そのことばに嘘はなかった。自分がデショーンに嘘をついていることは気にしないことにした。現場を撮ろうと、二十台ほどのカメラが警察のバリケードに近づいていることも。そんなことにはとっくに気づいていたが。それでもカメラとの距離はまだかなり離れていた。マスコミの連中は、カンザスシティの全警官の半数が動員され、張りめぐらされたのではないかと思われるテープの中には、はいれない。それでも、もちろん油断はできない。これぐらいの距離があっても、今日《こんにち》の技術をもってすれば鮮明な画像など容易に作成できる。FBIがマスコミに映像の提供を求めたら、可愛いヘンドリクスが映っているものが山ほど集まるだろう。彼は顔を極力カメラからそむけた。

仮設の囲いまで行くと、女のFBI捜査官に出迎えられた。FBIと書かれたウィンドブレーカーにパイロット用のサングラス、くすんだブロンドの長い髪をFBIの野球帽のうしろに垂らしていた。デショーンはその捜査官と神妙にうなずき合うと、ヘンドリクスの肩に軽く手を置いた。芝居がかった仕種ながら、彼の善意はそれでヘンドリクスに充分伝わった。

ヘンドリクスもその捜査官と眼を合わせた、いや、合わせようとした。適切なアイ・コンタクト。それはほら話を信じさせる鍵だ。相手に与える印象が弱すぎると、胡散臭いと思われ、強すぎると、せっぱつまった感じがたいてい裏目に出る。が、女の眼は二枚の反射ガラスの奥に隠されていて、ただ冷ややかでよそよそしく見えるだけだった。彼女が何を見ているのかも何を思っているのかもわからなかった。逆にヘンドリクスのほうは丸裸にされたような気持ちになった。不安が募った。三十組ほどのまわりの人々の眼も彼のその不安を高めこそすれ、和らげてくれることはなかった。憔悴しきった彼らは期待を込めて彼のほうに眼を向け、彼が自分たちの待つ相手ではないことがわかると、いかにもがっかりしたようにその眼を彼からそらした。

「お名前は？」と捜査官はクリップボードの上でペンを構えて言った。ヘンドリクスはクリップボードをのぞき込んだ。ふたつのリストがあった。ひとつは印刷されたもので、チェックマークが付されていた。ホテルの宿泊者名簿にちがいない。もうひとつはルーズリーフに走り書きしたもので、宿泊者名簿に載っていない日帰り客をメモしたものだろう。当然、後者のほうが身元確認はむずかしい。デショーンがそばにいなければ、後者を名乗ることもできたが、あいにくデショーンはふたりのやりとりが充分聞こえるところにいた。

「ガンダーソン」とヘンドリクスは小声で答えた。パティもノーマンも近くにいないことを祈りながら。

捜査官は手元のリストに眼を通した。捜査官のイヤフォンが大きな音をたてた。すると、彼女はそこで初めて彼を眼にしたかのように、ヘンドリクスを見やった。サングラスに彼の姿がそっくりそのまま映っていた。「失礼」と彼女は顔をしかめて言った。何かに気を取られているのか、疑っているのか。「もう一度お名前をお願いします」

ヘンドリクスの胸の中で心臓が跳ねた。口の中がからからになった。人々のあいだにざわめきが広がった。パティ・ガンダーソンがそのざわめきのもとなのか？　彼女がまわりの人間にゲートのところにいる男は詐欺師だと言ったのか？

「ガンダーソン」と彼は繰り返した。闘争か逃走か。いざとなればすぐに逃げ出す覚悟を決めた。

そこで捜査官が気を取られたのも人々のざわめきも、彼とはなんの関係もないことがわかった。ゲートの女の捜査官の無線機同様、まわりにある無線機が一斉に音をたてており、その数秒後には、現場に停められていたパトカーの半数が非常灯をともして一斉に走りだした。

彼の眼のまえの捜査官は、通信内容をより正確に聞き取ろうとしたのだろうか、利き手の人差し指でイヤフォンを押さえつけていた。いや、聞こえてきたことがただ単に信じられなかったのか。ヘンドリクスが見ていると、彼女はクリップボードとペンを落とした。そして、反射的に首にかけた金の十字架を左手で弄《もてあそ》びはじめた。

「何かあったんですか？」とヘンドリクスは尋ねた。

「ちょっとした事故があったみたいです」と彼女は言った。「救急車がここを出て……負傷者をひとり搬送してたんですが……」彼女の声はそこでとぎれ、彼女の視線とともに遠くに飛んでいき、その途中のどこかで消えた。

「事故」とヘンドリクスはオウム返しに言った。捜査官の態度から、何があったにしろ、それがただならぬ事故であるのは明らかだった。

「でも、その救急車は……彼らは病院まで行けなかった。警察官がふたりと運転手と救急隊員は――」

「運ばれた負傷者は？」とヘンドリクスは促した。が、答はもうわかっていた、残念ながら。

「負傷者はどうしたんです？」

「いなくなったみたいです」と彼女は怒りに語気を強めて言った。「でも、負傷してるんだから、いつまでもそのままではいられないはずです」

その点に関しては彼女の言うとおりだ、とヘンドリクスは思った。もっとも、意図するところは彼女とちがったが。

ヘンドリクスはほぼ確信していた。その負傷者こそ彼を殺そうとした男だと。死んでいるものと思い、とどめを刺しそこねたあの男だと。なんと愚かなことをしたことか。男はどうにか救急車に乗り込むと、同乗者を全員殺したのだ。自由になるために。

そして、またヘンドリクスのあとを追いはじめたのだ。そう、あの男がいつまでも負傷者のままでいるわけがない。

31

「くそ」とガーフィールドは悪態をついた。「これは事故なんかじゃない」

キャンベル通りと東二十二丁目通りの交差点。ガラス片と金属片が散乱し、あたり一面深紅に染まっていた。地元警察は現場の周辺に広範囲にわたって非常線を張った。いわば小さな親切だ。歩行者がたまたま現場に通りかかったりしないように。歩行者の数はさほど多くはなかったが。キャンベル通りと東二十二丁目通りは東側を走るハイウェイの立体交差と、なだらかに坂をのぼる西のホスピタル・ヒルとの短いあいだで交差しており、そのあたりには、雑草の生い茂った魅力に乏しい中間地帯のような地所や、鎖で仕切られた空き地や、黄色いレンガの低層商業ビルや、十ブロックにまたがって病棟が建っているだだっ広い医療センターの駐車場などがあった。

救急車は右斜め方向に鼻づらを向けて、交差点の真ん中で横転していた。運転手は運転席から二十ヤードほど離れたところで、血だまりの中に突っ伏していた。衝突の衝撃で放り出されたのだろう。ガーフィールドは最初そう思った。が、ひびこそはいっていたが、フロントガラスは割れていなかった。調べると、運転手は背中にいくつも銃創を負っていた。逃げようとしたところを撃たれたのだろう。

ガーフィールドは横転した救急車のまわりをぐるっとまわってみた。車台はまだ熱を帯びており、そばを通ると額に汗がにじんだ。後部の左側のドア——横転した今は下側——が開き、右側のドアは重力に従って閉じていた。そこにガーフィールドが口説こうとした若くて可愛い救急隊員が体を横たえていた。ソフィア。〝わたしの名前はソフィアです。ダーリンじゃなくて〟。今の彼女は両腕をだらりと伸ばして倒れていた。爪が太陽に焼かれたアスファルトにぶつかって割れていた。必死に逃げようとしたのだろう。その顔はもう見る影もなかった。至近距離から二発か三発、頭を撃たれたのだろう。そんなことがわかってもなんの慰めにもならなかったが。

彼女の死体のそばに屈んだ。生気のないガラスのような片眼に見つめられているような気がした。彼はその眼を閉じてやりたいという衝動と闘った。そんな思いやりはただ犯行現場を汚すだけだ。車内に眼を移すと、医療機器が散乱し、その中に制服警官がふたり倒れていた。ひとりは顔をきれいに吹き飛ばされていた。果肉をくり抜き、中を血で満たしたスイカさながら。もうひとりは胸に二発食らっていた。それでも心臓は動いていたにちがいない。手製の絞殺ロープのようなもので、首を絞められてもいた。顔は青灰色、だらりと垂れた舌は紫、両眼とも膨張し、血走った白眼の血管が切れ、眼全体が真っ赤になっていた。

搬送中の被害者——ガーフィールドが重要証人と思った男——の姿はどこにもなかった。

ガーフィールドはまた悪態をついて、眼をそらした。

パトカーがそばに一台停まり、後部ドアが開いた。チャーリー・トンプソン。見るからにやつれた顔をしていた。「収穫は?」と彼女は尋ねた。その声からも疲労がありありとうかがえた。もうどんなことにも驚かなくなっていた。何事にしろ、驚くだけの力がもう彼女には残されていなかった。

「収穫はこの惨状だけだ。警官も救急隊員も運転手も殺された。目撃者と思われる被害者だが、そいつは行方不明。あんたのゴーストはわれわれの最重要犯リストに載ってるやつを追ってた。で、結局、二個所で襲撃に及んだ。どうやらそういうことのようだ」

「どうしてそう思うの?」と彼女は訊き返した。

「明らかだろうが。その男を見たやつがいた——そいつはその男と取っ組み合いまでした——つまりゴーストにしてみれば目撃者ができてしまったということだ。で、どうやったにしろ、警官と警備員の眼をごまかしてカジノを抜け出ると、ここまでやってきてその目撃者を始末した」

トンプソンは首を振って言った。「それはちがう。目撃者がほかにいようといまいと、わたしたち自身がもうゴーストを見てるじゃないの——この眼で。ゴーストはファウンテン・ルームでわたしを殺そうと思えば殺せたのにそうしなかった。彼を見た人間がわたしたちだけだったなんてありえない。カジノの客たちの尋問が終わったら、彼を見た人間がほかにももっといることがわかるはずよ。それにそもそも監視カメラが建物全体に取り付けられてるのよ。そのうちの少なくともひとつぐらい彼をとらえてるはずよ。大勢いる目撃者からひとりだけ殺すなんてなんの意味もないことよ。それにこれがゴーストの仕業なら、ゴーストはどうやってやってのけたのよ？　五人全員、赤色灯をつけてサイレンを鳴らして走る救急車に乗ってたのよ。そんな救急車をここで待ち伏せるなんてできるわけがないわ」

「わかった、だったら、マトロック（同名のテレビの法廷ドラマの主人公である弁護士の名）――ここではいったい何があったんだ？」

「マトロックは捜査する側じゃなくて弁護士よ、おばかさん。厭味を言いたいのなら、喩《たと》えぐらいはまちがえないことね」気づいたときには彼女はもう反射的にそう切り返していた。が、言ったそばから後悔した。ガーフィールドが厭味野郎モードになっているのは彼自身の防衛機制の為せる業だ。それ以外の何物でもない。だから、そんな今の彼の挑発には乗らないほうがいいに決まっているのに。自分がこれから彼の一日をさらにひどいものにしようとしているときはなおさら。

「これはあなたが重要証人だって思い込んだ男の仕業よ」と彼女は言った。ガーフィールドは反論しかけた。が、それをさえぎってトンプソンは続けた。「その括弧付き重要証人はゴーストと取っ組み合って生き延びたのよ。それでゴーストは計画どおりに仕事ができなかった。ゴーストはパロメラがレオンウッドに殺《や》られるまえに、レオンウッドを殺《や》るつもりだった。それは彼のファウンテン・ルームでの行動を見れば明らかよ。わたしの推測を言いましょう。あなたの重要証人はゴーストをやっつけにきたのよ――殺すために。でも、ゴーストは逃げた」

ガーフィールドは青ざめた顔で言った。「ちがう――そうじゃない。ゴーストに決まってる」

「悪いけど」と彼女は冷徹に言った。「あなたのほうがまちがってる」

「あんたにだって断言はできないだろうが」とガーフィールドは言うと、彼女から眼をそらして医療センターのほうに見える明かりを見やった。

「わたしには断言できるのよ、ハンク」と彼女は言った。「あなたにだって断言できるはずよ。自分の見たいものだけを見るために、自分から盲目になるのをやめたら」

「いったいなんの話だ?」

「弾丸《たま》よ」トンプソンは横転した救急車を顎で示した。「弾丸《たま》は救急車の中から発射されてるじゃないの」

ガーフィールドは彼女のことばの意味がわかるなり、道路にくずおれた。めまいがした。気分が悪かった。途方もない虚脱感を覚えた。警官ふたりと救急隊員を救急車に乗せたのは彼だった。その結果、彼らを死なせてしまった。従犯者、共犯者以外の何者でもない。ガーフィールドはそう思った。あのクソ野郎に逃げ道を与えてしまったのだ。このおれがバリケードを越えさせ、あのクソ野郎をわざわざ救急車まで連れていったのだ。おれは一生自分を赦せない過ちを犯してしまったのだ。

近づいてくるヘリコプターの重低音に現実に引き戻された。〈ペンドルトン〉の上空でホバリングしていた報道ヘリの群れの中の一機だった。腐肉に引き寄せられるクロバエよろしくやってきたのだ。果てることのない不幸という名の馳走のにおいをすぐ近くに嗅ぎつけて。

「おい！」とガーフィールドは立入禁止線のそばに立っている制服警官のひとりに声をかけた。「やつらを追い払え、わかったか？ ここは犯行現場だ」

「無線でそう伝えたんですが、向こうは担当捜査官に見てほしいものがあると言ってます」

トンプソンとガーフィールドは顔を見合わせると、その警官のほうに走りだした。ガーフィールドのほうが脚が長かった。今の彼は勝利に飢えており、トンプソンよりさきに着いた。無線機をつかむと、名乗りもせずに言った。「あんたらは犯人を見たんだな。なあ、そう言ってくれ」

「そりゃこっちだって見たかったですよ！」と雑音交じりの声が返ってきた。

「そうじゃないなら、なんの用だ⁉」

ヘリコプターからの返答はまるで意味不明だった。ガーフィールドは彼らに繰り返し尋ねた。聞きまちがえたかと思ったのだ。が、そうではなかった。「救急車に何か書かれてるんです」

ガーフィールドとトンプソンは横転した救急車のところまで戻った。トンプソンは自分が登ろうかどうか考えてから、組んだ両手をガーフィールドのまえに差し出した。ガーフィールドはその手を踏み台がわりにした。トンプソンは彼を押し上げた。ぎこちなく救急車の側面を這って、ガーフィールドは文字を反対側から見た。でかでかと血で殴り書きされていた。

彼は首を傾げ、メッセージを読んだ。家でニュースの生中継を見ている数十万人とともに。

その夜、事件が全国報道されると、メッセージを読んだ者の数は数百万にふくれ上がった。

また会おう、カウボーイ。

32

マイクル・ヘンドリクスは、ひっそりとした郊外の通りに面した赤レンガの家の脇の闇に身をひそめた。その家のポーチとアザレアの植え込みのあいだに。夜空一面に星がまたたいていた。外気はひんやりとしていた。そうした外気はヘンドリクスにいつも夏の死の近いことを感じさせる。彼は白い息を吐いた。筋肉が痛み、心臓の鼓動に合わせて、肩が疼《うず》いた。屋外コンセントの金属製のカヴァーを開けると、カヴァーが大きな音をたてた。彼は顔をしかめ、左手の窓のほうを見やった。住人は気づかなかったようだった。ブランコがあるということは子供がいるのだろう。子供はとっくに眠っているにちがいない。が、この家の所有者である夫婦のほうはCNNニュースに釘づけになっていた。ヘリコプターのカメラは血糊で書かれた彼へのメッセージを映し出していた。どんなにこの夫婦の興味を惹こうと、しかし、それは彼らが心配しなければならないことではない。四百マイルも離れた場所で起きたことだ。

救急車の〝事故〟の一報がはいると、FBIは〈ペンドルトン〉ともうひとつの犯行現場周辺との両方に人員を割かなければならなくなった。そのため、怯え惑うカジノの客たちへの対応は地元警察と〈ペンドルトン〉の警備員に任され、彼らのバリケードをすり抜けるのは思いのほか容易《たやす》かった。

連れがいたほうが疑われる確率は低い。そこでヘンドリクスは、〈シニア・センター〉のグループツアーに参加して、仲間とはぐれてしまった八十代と思しい老婦人に近づいた。そして、たまたまそばにいた親切な人からウィンドブレーカーを譲ってもらい、その老婦人に着せ、ファスナーをしめた。それで、〈シニア・ギャンブル・レディーズ〉とプリントされた黄色の蛍光色のTシャツが見えなくなった。気温が急に下がってきており、老婦人はとても喜んだ。それでも、仲間を探す手助けをしようと申し出ても、すぐにはイエスと言わなかった。

「お若い方」と老婦人は言った。「あたしだってね、伊達《だて》に歳を取ってるわけじゃないのよ。何か魂胆があるのならお門ちがいよ」叱りつけてでもいるかのようなきつい口調だったが、顔には笑みが浮かんでいた。訝《いぶか》しんではいるものの、彼との出会いを愉しんでいるようでもあった。少なくとも彼を恐れていないのは明らかだった――どうして恐れなければならない？　すでに救護センターのゲートで捜査官の取り調べがすんでいる彼を。

ヘンドリクスも笑みを返して言った。「確かに。正直なところ、ただここに突っ立ってるのに飽き飽きしてたんです。それに、今頃はぼくの恋人もニュースを見てると思うんだけど、このままじゃ無事だということが伝えられない。そこで相談なんですけど、ここから早く出る手助けをお願いできませんかね？　ぼくが死んだりしてないことを彼女に一刻も早く知らせたいんですよ」

「いいですとも」と老婦人は言った。「でも、ただってわけにはいかないわよ」

「ええ？」

「聞こえたでしょ、お若い方。テーブルに八十ドル分のチップを置いたまま出てこなくちゃならなかったのよ。あいつらが返してくれるなんてとても思えない。それをあんたがかわりに払ってくれるなら、可愛いお友達のところまであんたが帰るお手伝いをしてあげてもいいわよ」

「つまり、お金を払えってこと？」

「そのとおり。でも、あんたもついてたわね、倍にしろなんて言われなくて。そりゃ、歳は取っても、あたしだってヤル以上は愉しみたいもの。あんたも少しはいい思いをしたいなら、ちゃんとお代ぐらい払わなくちゃ」

ヘンドリクスは声をあげて笑い、ポケットから札束を取り出した。そして、二百ドル抜いて差し出した。

「あちゃ！」と彼女は言った――〝あっちゃー〟といったほうがより正確か――「もっと大金を狙うんだった。あんたってくそラッキー野郎ね」

「ぼくがどれほどラッキー野郎かどうか、あなたはまだその半分もわかってないと思うな」とヘンドリクスは言った。

彼がそのことばに込めたのと同じくらい皮肉だったのは、実際、彼はある意味でラッキーだったことだ。ロレイン――その老婦人の名――はヘンドリクスの支払ったものをポケットにしまうなり、利用される側から共犯者へと早変わりした。

彼女のほうが作戦を立てたのだ。まず彼女は取り乱したふりをしてよたよたと歩き、見まわしたかぎり、一番経験の浅そうな新米警官に近づいた。ヘンドリクス――祖母孝行の孫――はそのすぐうしろについて、祖母のみじめな状態をその警官に詫びた。祖母は薬がないと頭が混乱してしまうのだと。薬は家にあるのだけれど、服用時間をもう何時間も過ぎてしまっているのだと。いいえ、車で送ってもらうには及びません――ヘンドリクスの車はカジノの敷地の隅の駐車用ガレージに停めてあった。それはほんとうだった。が、どうでもいいことでもあった。そのレンタカーを使うつもりはなかったから。すでにFBIが駐車場の全車両を調べていることだろう。

ロレインが自分の役柄にすっかりなりきって演じると、その若い警官は食いついてきた。歯の一本も折れようかと思われるほど目一杯。スティール製のバリケードが脇に寄せられ、ちょうどふたりが通れるくらいの隙間をつくってくれた。ヘンドリクスは笑いを噛み殺すのが大変だった。ロレインは足を引きずり、盲人のように手をまえに差し出してそこを通り抜けると、今度は振り返り、カジノのほうへ戻ろうとした。

ヘンドリクスは慌ててそのあとを追いかけた。そして、まったくの嘘とも言えない情愛を示し、やさしく彼女の体の向きを変え、カジノの建物とは反対側の駐車場のほうへ促した。それからあとは腕を組んでゆっくりと歩いた。

ふたりはただ見せかけるために駐車場にはいると、カジノからは見えない反対側から出た。そこがふたりの別れの場となった。「ほんとに大丈夫？」とヘンドリクスは訊いた。彼女を仲間から遠く離れた場所に――〈ペンドルトン〉の敷地を取り囲む広大な商業地帯に――ひとり置き去りにするのはいささか気が引けた。

「あたしは障害者じゃないのよ」と彼女は言った。「携帯電話もあるし、あんたのおかげで、つかえるお金もある。とりあえずタクシーを呼んで〈ウィンステッズ〉まで行って、ベーコン・チーズバーガーとチョコレートモルトを注文するわ。老人ホームで出される低脂肪のクソみたいな食事をしてたら、絶対長生きできないもの。何年もまずいものを食べさせられて、食べものの味がわからなくなると、退屈で時間が長く感じられるだけで、ほんとに長生きしてるわけじゃないのよ。〈ウィンステッズ〉で一服したら、またタクシーで戻ってくるわ」

ヘンドリクスは笑みを浮かべて札束からもう百ドル抜いた。「またまともな食事をとりたくなったときのために」

「やさしいのね。一緒にタクシーに乗る？」

「いや、大丈夫」と彼は言った。

彼女はいっとき値踏みするような眼を彼に向けてから言った。「気をつけて。いい？」

「ええ」

ロレインは彼の頰にキスをした。ヘンドリクスは南に向かって歩きはじめ、ミズーリ川に出ると、ゆるやかな弧を描く川に沿って東に進み、ロレインの視界から姿を消した。

そして、鉄道の線路に出くわすまで、窮屈で履き心地の悪いノーマン・ガンダーソンのボートシューズで何マイルも歩いた。市《まち》から出る客車はすべてFBIが検問しているにちがいなかった。空港やレンタカー会社も同様だろう。が、それは障害にはならない。そのどれも利用するつもりはなかったから。線路に沿って歩き、踏み切りのあるところまで来ると、貨物列車が来るのを待った。そう長く待たなくてもすむはずだった。カンザスシティは輸送の中心地で、市《まち》から周辺地域、アメリカ全土に貨物が運ばれる。そんな貨物を載せた列車は踏み切りでは速度を落とさなければならない。彼は踏み切りを少し過ぎた木立ちの中の浅い溝に身をひそめた。そこだと道路からも身を隠せた。待った甲斐があり、一時間もすると、何も積んでいない貨物車両に飛び乗ることができた。列車はピオリアへ向かっていた。もっとも、それは着いてからわかったことだが。

なにより避けたいのは、鉄道警官に見つかることだったので、ブレーキの軋む音で目的地の近いことがわかると、列車から飛び降り、衝撃を和らげるために着地と同時に地面を転がった。そして、立ち上がると、疲労困憊しながらも――体は汚れ、筋肉はこわばっていた――市《まち》をめざした。

真っ先にやるべきはレスターに電話をすることだった。カンザスシティからかけるのは危険すぎた。FBIが携帯電話の基地局で通話を傍受しているのはまちがいなかった。が、遠くまで逃げてきて、やっと電話ができるようになったときにはプリペイド式携帯電話の電池が切れていた。

充電器は乗り捨てたレンタカーの中に置いたままだが、それは問題なかった。携帯電話の充電器などどこでも簡単に手にはいる。この国のコーヒーショップに行きさえすれば、遺失物のはいった箱の中にいくらでも転がっている。彼は店を三軒まわって自分の携帯電話に合う型の充電器を見つけた。カウンターの若い女性が彼の汚らしい恰好に胡散臭げな眼を向けてきた。さきほど店に来たのだと言うと、さらに不審げな顔をされたので、その店で充電するのをあきらめ、近辺をしばらくうろついて、目的を果たせそうな屋外コンセントのある個人の住宅を見つけた。

電話をコンセントにつなぐと、電源がはいった。レスターは最初の呼び出し音で応答した。

「おいおいおい、マイクル、無事なのか？　こっちは気が狂いそうだったんだぞ！」

「大丈夫だ」とヘンドリクスはほとんど囁くような声で言った。「かろうじてね」

「まったく。何があったんだ？　ニュースによると、レオンウッドが無茶をやったようだが」

「おれがしくじったんだ、レスター。台本どおりやつを殺《や》れなかった。そのまえにこっちが襲われちまったんだ」

「誰に？」

ヘンドリクスはため息をついた。「こっちが訊きたいよ」

「救急車にメッセージを残したやつか？」

「まちがいない」とヘンドリクスは答えた。

「ただの勘だが、あれはおまえに向けられたものなんじゃないかって気がしてね」とレスター は言った。「で、きっとまだ生きてるはずだって思ったんだ」

「その男についてニュースじゃなんて言ってる？」

「何も。公式見解としてはレオンウッドの共犯者ということだ」

「レオンウッドもおれと同じで、あんなやつがカジノにいたことは知らなかったはずだ」

「ちょっと調べようか？　ＦＢＩのコンピューター・システムに侵入しようか？　そうすれば、彼らがどれくらいおまえに近づいてるかもわかる」

「いや」とヘンドリクスは言った。「それは危険すぎる。レスター、おまえがいくらその手のことに長《た》けていようと、〈ペンドルトン〉の監視カメラの映像からおれの姿を消すことはできない。それに、どっちにしてももう手遅れだ。今頃はもうコロラドからケンタッキーのすべての空港、駅、バスターミナル、レンタカー会社に監視カメラからのおれの画像が行き渡ってるはずだ。名前まではわからないにしても。合衆国政府《アンクル・サム》の知るかぎり、おれは死んで埋められたことになってるんだから。つまり、今のところ、この騒ぎとおまえとを結びつけるものは何も出てこない。だからよけいなことはするな。今のこの状況は変えないほうがいい」

「だったら、せめておまえの新しいＩＤぐらいつくらせてくれ」

「なんのために？　おれの顔は変えられないんだぜ。心配するなって。なんとかしてそっちに戻るよ。この程度のことは何度も経験ずみだ」

「だけど、その謎の男は野放しで、おまえをつけ狙ってるんだぞ」

「だからこそ今は何もしないほうがいいって言ってるんだ。そいつが誰であれ、一筋縄ではいかないやつであることだけはまちがいない。はっきり言うよ。おれはおまえの存在をそいつに嗅ぎつかれたくないんだ。おれが帰るまで大人しくしてると約束してくれ」

「まったく。心配性の優等生みたいなことを言いやがって。おまえが戻ってきたら、ハグしてすべてをなかったことにしてやるよ」

「ああ」とヘンドリクスは言った。「謎の男を見つけて始末するのはそのあとだ」

ヘンドリクスは電話を切ると、さらに充電するため携帯電話を植え込みの中に置いた。それからあたりを見まわし、身を隠していくらか睡眠をとれる場所を探した。家の裏手にボートがあった。二十フィートほどの大きさで、ここ二、三年は使われていないような代物だった。キャンヴァス地のカヴァーの留め金をいくつかはずして、這うようにして中にもぐり込んだ。かび臭かったが、湿ってはおらず、小さなキャビンにはクッションを敷いたベンチがあった。

くたびれきっており、あっというまに眠りに落ちた。自分が死ぬ夢を見た。そのあと生き返る夢も。

太陽が東の地平線上に顔を出すのと同時に眼が覚めた。長い帰路に就く覚悟を決めた。

33

バー・カウンターについて坐っているブロンドの女は、ガーフィールド好みの女とは言えなかった。

バスケットボールほどもあるインチキな胸。アクリル製の安物のつけ爪《ネイル》。脱色した髪の茶色い根元。チューブトップとミニスカートで隠れたわずかな部分以外、すべてスプレーで日焼け色にした肌。最初、彼にはその女が自分にウィンクしているのかどうかもわからなかった。マスカラを塗りたくった、不気味なハエトリグサを思わせるまつげをうまく動かせず、眼をちゃんと開けることができないだけなのかもしれない。そう思ったのだ。実のところ、それまでふたりの女に声をかけて空振りに終わっていた。午後一時半のワシントンDC。この安酒場も期待できそうになかった。とはいえ、この女はバッジをつけた男とウィスキーが好物のようだ。だから、今日のところはこれで我慢しなければならないのかもしれない。彼は自分にそう言い聞かせた。

昨夜遅く、ガーフィールドとトンプソンはワシントンDCに戻るよう指示され、今日は午前中、部長のオフィスで過ごした。報告を聞きたい。それが部長のことばだった。が、実際には部長のオフィスが鞭打ちの刑場と化しただけだった。

部長は今回の〈ペンドルトン〉の大惨事《ディザスター》——これも部長のことばだ——をウェイコー事件(一九九三年、テキサス州ウェイコーで起きた、宗教団体による集団自殺事件)以来の大失態だと断じた。あの風船の落下——携帯電話で撮影された手ぶれの映像が〈ユーチューブ〉でウィルスのように世界じゅうに拡散していた——はFBIを愚弄するもの以外の何物でもない。部下が容疑者を取り逃がしたということで、議会はおれの首を飛ばすかもしれない。部長はそう言った。

トンプソンは部長の怒りの矛先を自分たちからそらすことだけを考えた。確かに〈ペンドルトン〉の〝大惨事〟は彼女の指揮下で起きたことだが、風船の件にしろ、犯人を取り逃がした件にしろ、失態のおもな責任は明らかにガーフィールド個人にあった。また、ゴーストに関してトンプソンはほかのどの捜査官より熟知しており、彼女がこの捜査の最適任者であることは論を俟《ま》たなかった。昼食休憩になる頃には、ガーフィールドが今回の失態のスケープゴートになることは火を見るより明らかになった。そのことは本人自身が誰よりよく認識していた。だから、ガーフィールドとしては、そのあと四時間も同じ仲間のふりをして過ごす気になどとうていなれなかった。そんな役を演じて自分のキャリアの終章を迎える気には。で、外の空気を吸いたいとトンプソンに告げると、通りを歩きつづけ、今の彼の気分と同じくらい情けない店が見つかると、その店でランチを流し込みたいと思ったのだった。ついでにロマンティックな出会いも転がってはいないかと。結局のところ、その出会いもその店と今の彼と同じくらいうらぶれたものだったが。

「あんたの銃を見せてよ」と女が言った。呂律《ろれつ》がまわっていなかった。甘ったるいウィスキーと苦いメンソールのにおいがした。

「あとでね」と彼は言った。ポケットで携帯電話が鳴った。パートナーからのメールだった。午後になってこれで十件目ぐらいにはなっているだろう。彼はそれを無視して、酔いどれ女に注意を戻した。

女は身を寄せてきた。彼の酔った眼のまえに、厚塗りした顔の毛穴がアップになった。

「ねえ、いいでしょ」と女は言うと、片手で彼の太腿の内側を撫で上げた。

ガーフィールドはグラスを煽って眼を閉じた。それはなにより自己嫌悪の振る舞いだった。が、女は彼が喜びを感じていると勘ちがいし、さらに手を上へとすべらせた。「それは銃じゃない」と彼は言った。

「あらあら、まちがえちゃった」と女は言った。「あんたの家に行くっていうのはどう？手錠くらいは見せてよ」

ガーフィールドは女をまじまじと見て、名前も知らないことに気づくと、バーを見まわして、あとから体にぼつぼつが出てきたりする確率がこの女より低そうな女をものにできる可能性についてぼんやりと考えた。眼のまえの女はガーフィールドの思惑に気づいたにしろ、そんなことを気にしたそぶりさえ見せなかった。

ガーフィールドは鳴らした指を振って、自分の空《から》のグラスを示し、併せて女のグラスも示した。バーテンダーは無言で、それぞれのグラスにジム・ビームをストレートで注いだ。

「くそったれ」とガーフィールドはうめくように言って、引き攣《つ》った笑みを浮かべた。女は彼のグラスに自分のグラスをあてた。ふたりはグラスの中身を干すと、一緒にふらふらと酒場を出た。ガーフィールドはあきらめ、今自分がしていることだけに身を任せた。


チャーリー・トンプソンは、人が右往左往しているFBI本部ビルのホールに立って、必死に携帯電話にメッセージを打ち込んだ。彼女もガーフィールドも四十分前には部長のオフィスに戻っていなければならないのに。しかし、ガーフィールドは戻ってこず、彼女は部長に、少し遅らせてほしいと頼んだのだ。必要な捜査がまだ終わっていないのだと言いわけをして。部長は不承不承、昼食休憩を三十分延長した。その時間がすでに十分過ぎていた。

「チャーリー！」ホールの向こうから声がした。彼女の直属の上司、キャスリン・オブライエン副部長がきびきびとした足取りで近づいてきた。こざっぱりとしたグレーのスーツに白いシルクのブラウス、それにハイヒール。髪はうしろでまとめていた。それが威風あたりを払うがごとき雰囲気を醸し出していた。それでいて厳格すぎるところは少しもない。そんな上司だった。「ずっとあなたを捕まえようとしてたのよ！」

「だったら、またもう少しでそのチャンスを逃すところだったわね。今頃はわたし、部長のオフィスにいなくちゃいけないんだから」

「どういうことなの？」と彼女はそれとなくやさしさを込めてトンプソンの肘に軽く触れながら言った。

「なるようにしかならないでしょうね。ええ、状況はかんばしくないわ。二十三人も死者が出たんだから。そのうちのひとりは存在していないはずの男だった、二年前から。証人保護プログラムを受けていた男だったのよ。で、その男を撃った殺し屋も殺された。さらに、目撃者と思われる被害者を病院に運ぶ途中、四人が殺された。現在七人が重体で集中治療室にいて、負傷者は百人近くになる。わたしのゴーストは逃亡して、ゴーストとやり合った男も取り逃がしてしまった。部長が頭にくるのも無理はないわね」

「頭にきてるのは事実だとしても、それはあなたに対してじゃないわ。この新たな殺し屋に関しては、あなたたちは先手を打ってたんだから。だから、あなたがいなければ、カンザスシティはもっと深刻な事態に陥っていた。今回のことで責任を感じる必要はないわ」

「ありがとう」とトンプソンは言った。「ガーフィールドにも同じことが言えるといいんだけど」

「あなたが彼をかばうとは思わなかったわね」

「パートナーだもの。それに横柄なところはあるけど、悪い人間じゃないわ。最善を尽くそうとしたのは彼もわたしも同じよ」

「で、そのガーフィールドは？」

トンプソンは肩をすくめた。「わたしのほうが訊きたいところよ。一時間もまえに姿を消して、メールに返事も寄こさないんだから。でも、ちょっと心配になってきた。今回の大失態にはさすがに彼も落ち込んでるみたいだったから」

「ええ」オブライエンは言った。「でも、それは彼だけじゃない」

　そう言ったオブライエンの眼に涙がにじんでいるのを見て、トンプソンは刺されるような罪悪感を覚えた。ふたりのあいだの空間に、語られることのない秘密がもたらす緊張が走った。まるで地中に埋められた送電線を電気が走るように。トンプソンが何か言おうと口を開きかけたところで、スーツ姿の一団が急ぎ足で脇を通り過ぎた。その一団が角を曲がって見えなくなると、オブライエンのほうから沈黙を破った。か細い声を震わせて。

「死ぬほど怖かったんだから。現場報告では詳細まではわからなかった。あなたが中にいるのは知ってたけど。無事だとわかったのは何時間も経ってからよ。だからしばらくのあいだはあなたはもう……」

　こぼれた涙がオブライエンの化粧にすじをつけて流れ落ちた。トンプソンは思わず手を差し出してその涙を拭った。「悪かったわ」彼女は言った。「とにもかくにもひどいことになってしまって、頭がまわらなかったのよ」

「頭がまわらなかった。そうでしょうとも」とオブライエンは言った。「でも、電話くらいできなかったの？」

「そうよね」とトンプソンも涙声になって言った。「そうするべきだった」

　ふたりがつき合うようになって半年が過ぎていた。トンプソンにしてみれば、覚えているかぎり最高に幸せな半年だった。ケイトのほうも同じように感じてくれていればいいのだが――トンプソンはそう思っていた。今みたいなときにはそのことに確信が持てた。

自分たちのことは秘密にしたいと主張したのはトンプソンのほうだった。オブライエンは世界じゅうの人に教えたがったのだが、トンプソンは恋愛とキャリアとは常に分けて考えていたかった。しかし、それはガーフィールドや彼の同類からレズビアンに対する差別的な陰口やジョークを聞きたくなかったからではない。恋愛話というのは仲間内では実にありふれた話題だ。むしろそういう話題がないと、不自然な間《ま》が生まれてしまう。そういうものだ。

自分がほんとうはどういう人間なのか。そのことを恥じているからでもなかった。そんなことではまったくない。自分の愛する女性が直属の上司でなかったら、口さがない女嫌いの男どもがなんと思おうと、そんなことはどうでもよかった。が、彼女は男社会の官僚組織の中で、懸命に努力して、人より抜きん出た結果を出してきた。それが上司といい仲になったおかげだなどとは金輪際思われたくなかったのだ。

「家族には無事を知らせた？」とオブライエンが尋ねた。

トンプソンはうなずいて言った。「ジェスには二、三時間前に話したわ。父と母には彼女から電話で伝えてくれるように頼んである。わたしがこういった仕事をしてることについて、わたしの両親がどう思ってるかは知ってるでしょ？　自分の口から伝えるだけの気力がなかったのよ」

「食事は？」

そんなことを訊かれただけでトンプソンは嬉しかった。二十四年間ジェスの世話をしてきたのだ。たまにはこっちが誰かに世話をしてもらうのも悪くない。「まだよ。何時間かまえに自動販売機のチョコレートバーを食べただけ」

「じゃあ、仕事が終わったら、夕食はわたしのところでってことにしましょう。わたしが何かつくるから」トンプソンが疑わしげに片眉を吊り上げたのを見て、オブライエンは言い直した。「わかった。じゃあ、出前を取りましょう」

「そうしたいところだけど、例のガーフィールドの偽目撃者からグラスの破片についた指紋を渡されて、その照合結果が今日じゅうに出ることになってるのよ。大穴狙いだけど、もしかしたらデータに引っかかってくるかもしれない。だから、ここで待っていたいのよ」

「わかった」とオブライエンは言いはしたものの、明らかにがっかりしていた。「わかったわ。それじゃまたの機会に」

「出前をわたしのオフィスに届けてもらえないかってわたしがあなたに頼んだら、あなたが応じてくれる確率ってどれぐらいある？」とトンプソンは言った。

オブライエンは満面に笑みを広げて言った。「それで決まりね」

34

この女はまるで北欧のヴァイキングみたいにファックする。ガーフィールドはそう思った。激しく、奔放なファック。けたたましいばかりのよがり声ときたら。アパートの住人の半数がドアを叩きにこないのが不思議なほどだ。しかし、考えてみると、まだ昼下がりだ。彼女の声を聞いている住人など、この建物にはひとりもいないのかもしれない。

ふたりはすでに一度終えていたが、女にはやめる気などさらさらないようだった。彼は二度目に果てると——疲れ果て、汗だくになって——上に乗った女を横に押しやり、お愉しみの時間が終わったことをあからさまに示した。女は眼を見開き、彼を見返した。それでも微笑んで、シーツの下から両手を伸ばしてきた。「どうしたのよ、保安官、こっちはまだウォームアップ中なんだけど」

「あんたはただ遊びの〝雑巾しぼり〟をされた子供の気分を味わってるだけさ」彼はそう言うと、寝返りを打って女の手から逃れた。酷使されたベッドスプリングがやんわりと抗議するように軋んだ。「ちょっとモノを冷まさせてくれ。無理やり使わされっぱなしだったもんでね」

「あんたの気が変わるかもしれないものがあるんだけど」

「ほう？」彼は意に反して訊き返した。「なんなんだ？」

「あたしのモーターをぶんぶんまわしてくれてるものよ」と彼女は言った。「でも、まずは約束して。熱くならないって」

ガーフィールドは指を二本立てて誓いの仕種をした。「誓って」

「そういうクソみたいなボーイスカウトの誓いこそ心配なのよ」

彼は呆れたように眼をぐるっとまわしてみせた。女はすぐには決めかねたようでいっとき眉をひそめたが、床からバッグを取り上げると、中を探った。そして、探したものが見つかると、得意げに差し出した。エメラルド色の小さなプラスティックで、鎮痛剤の〈アドヴィル・リキッド・ジェル〉の錠剤を巨大にしたような卵形のものだった。

弾丸型の吸引具。その手のものはガーフィールドも見たことがあった。見たのは中に二グラム詰められるものだった。そういう商品を売っている店に行けば、店員は嗅ぎ煙草用のものだと言うだろう。ディスプレーケースの中のマリファナ用水パイプを水煙草用だと言ってとぼけるのと同じように。まともな喫煙具店に置いてある、旧式のしろめ製の吸引具なら実際、嗅ぎ煙草用に使われていたのかもしれない。が、ガーフィールドとしては大金を賭けてもよかった。プラスティック製の吸引具で嗅ぎ煙草を嗜《たしな》む者はこの世にひとりもいないだろう。

そう、これはコカイン用だ。

「やる？」と女は言って蓋を開けると、一回分を吸い込んだ。

「どうするかな」とガーフィールドは言った。声がしわがれた。彼は半年近くドラッグを断《た》っていた。半年のあいだに死体が四つ。レオンウッドの置き土産である〈ペンドルトン〉の人間の残骸を含めれば、その数ははるかに増える。冷静に考えれば、ガーフィールドにもわかった。あの場の被害を最小限にとどめるために自分はベストを尽くした。あんなに死者が出るなど誰にも想像できなかったことだ。

それでも、ほろ酔い加減で二度ファックをして、すべてを流し去ってくれる小さな塊を見ても、どうしても死体の数を数えてしまう。

コカインという化学の救済に向かえば、それはできるだけ多くの罪を認めて懺悔《ざんげ》し、すべてをきれいにするのと同じことになるのではないか。

彼は女から吸引具を受け取り、一回分を詰めると、片方の鼻の穴を指で押さえ、短く一気に吸い込んだ。痺れる感覚、続いて後悔、そして無上の喜び。

コカインで陶酔感を得るには適度の量が求められる。少なすぎると、すぐに禁断症状がやってくる。苛々して不安になり、もっと欲しくなる。多すぎると、心臓の鼓動が激しくなり、手のひらに汗をかき、ひどく神経過敏になって妄想に取り憑《つ》かれる――それでもまだこの眼のまえの〝なんとかいう年増〟のような類いを相手にしても勃《た》つようなら、それは勿怪《もっけ》の幸いというものだ。一方、適量をやると、気持ちがよくなり、人生のすべてをトイレに流すことができる。それを笑いながらやれる。

彼は女がまた馬乗りになっていることにすら気づかなかった。女が絶頂を迎えようとするときまで。女は顔を真っ赤にし、瞼《まぶた》をぴくぴく震わせ、本能のまま彼のものを締めつけていた。が、今度は彼のほうが果てることがなかった。失速もしなかった。女がもう彼の上で動かなくなるまで自分の持てるあらゆるものを女にぶち込んでいた。さらに女を荒っぽく下にすると、そのまま動きつづけた。男の心の中には神がいた。女の心の中には種馬がいた。おぞましいメトロノームがひたむきに刻む愛。酒場に入り浸り、ほかの客に酒をねだる孤独な女に捧げられた、卑しい愛のパロディ。もしふたりのこの営みを見た者がいたら、その者の眼にはそんなふうに映ったかもしれない。

四時半、トンプソンはやっと部長から解放された。五時にオブライエンが中華料理のテイクアウトを持って、彼女のオフィスにやってきた。六時少しまえに指紋の照合結果が届いた。が、その結果が示すファイルの取扱い許可を得るのにさらに一時間を要した。にもかかわらず、ファイルはかなりの部分が編集されていた。

照合結果もまた手づまりだということがわかって終わるのか。ガーフィールドの偽目撃者が提供したグラスの破片は、捜査の方向をそらすためのものにすぎず、その場から逃げる口実だったのではないか……が、コンピューター画面から見つめ返してくるファイルの写真を見るなり、ヒットしたことをトンプソンは確信した。あのサディストのクソ野郎が何を企んでこんな証拠を自分のほうから差し出してきたのか、それは神のみぞ知る、だ。が、少なくとも指紋に関しては大あたりだった。

画面には細身で涼しげな顔をした男の写真が現われていた。快活、と言ってもいい。カメラに向かって精一杯いかめしい顔をつくろうとしている。それでも、その顔だちは〈ペンドルトン〉で見かけた男、レオンウッドを殺した男の顔にすぐに重なった。ファイルによると、彼の名前はマイクル・エヴァン・ヘンドリクス。里子で――家族の名前は記載されていなかった――特殊部隊に入隊していた。軍集団と大隊の項目は黒く塗りつぶされていた。ファイルはなんとも薄っぺらで、二度派兵されているのに、その派兵に関する情報はファイルのどこにもなかった。

要するに、とトンプソンは思った。二度とも政府としては知られたくない派兵だったということだ。

隠密任務にちがいない。

しかし、ヘンドリクスのファイルでなにより興味深いのはそのことではなかった。なにより眼を惹くのは、少なくとも政府によると、ヘンドリクスはカンダハール近郊で起きた爆破の犠牲になって死んでいる、という事実だ。彼の部隊は丸ごと吹き飛ばされた、ただひとりの生存者を残して。さらに調べると――その文書の大半は明らかにでたらめで、不都合な事実を糊塗《こと》しようとしたもので、死傷者の報告についてもマスコミ向けに〝消毒〟されていたが――そのたったひとりの生き残りがレスター・マイヤーズという男であることがわかった。記録には名前しか書かれておらず、社会保障番号はなかった。このマイヤーズという男がどこの誰だかは見当もつかない。調べを進め、一歩前進するたびに、国防総省が壁となって彼女のまえに立ちふさがる。それでもざっと調べたところ、アメリカ全土でレスター・マイヤーズという名の人物は数十人いた。彼女はほかの捜査官にも手伝わせ、どのマイヤーズが彼女の追っているマイヤーズなのか調べた。このマイヤーズは生還したほかの戦友と今でも連絡を取り合っているかもしれない。もちろん取り合っていない可能性もあったが、いずれにしろ、ヘンドリクスがまだ生きているとしたら、マイヤーズがその居場所を知っているかもしれない。ヘンドリクスの居場所を突き止めるためのなんらかの手がかりを与えてくれるかもしれない。

彼女はこの収穫をなんとしてもパートナーに知らせたかった。が、ガーフィールドは今もまだ戻ってきていなかった。メールに返事も寄こさない。ガーフィールドに対する懸念がますますふくらみ、より差し迫った、無視できないものになってきた。耐えきれなくなって、彼女は電話をかけた。呼び出し音が六回鳴ったあと、留守番電話に切り替わった。

「ガーフィールド」と彼女は言った。「いったいどこにいるの？　すぐに電話して。指紋の照合結果が出たのよ。ゴーストの正体がわかったのよ！」

ガーフィールドは暗闇の中、ゆっくりと眼を覚ました。街灯の明かりだけがブラインド越しに彼のアパートメントの中を照らしていた。頭がずきずきして、肌がむず痒かった。口の中は綿を詰めたようだった。

しばらく横になったまま、その日の出来事の棚卸しをした。自分がその日とんでもないヘマを犯してしまったことはわかっていた。麻薬に手を出してしまったことも、自分のキャリアを自分から台無しにしてしまったかもしれないことも。身を清め、これまでの行動を改め、さらに当然の報いを受けなければならないこともわかっていた。向こう側の出口からちゃんと出たいなら。なのに、コカインをあと一服すればすべてが解決するという頭の中の囁きを消すことができなかった。

脇に眼を向けると、女がうつ伏せになって、シーツにからまっていた。背中の窪みにタトゥーが彫ってあった。かつては黒だったのが、不鮮明な青に色褪せていた。

他人を裁くな、自分が裁かれるために。彼はそう胸につぶやいた。（新約聖書。マタイによる福音書七章一節と二節「他人を裁くな、自分が裁かれないために」のもじり）

女は吸引具をナイトテーブルの上に置いていた。それを取ろうと、女を起こさないように気をつけて、女の体の向こう側に手を伸ばしたものの、もう少しのところで届かなかった。さらに身を乗り出すと、よろけて、バランスを崩した。体を支えようと女の横のマットレスに手をついた。ベッド全体が揺れた。が、女は微動だにしなかった。

ベッドについた手を引っ込めると、その手が血だらけになっていた。

ガーフィールドは女を仰向けにした。咽喉《のど》を掻き切られていた。両眼をかっと見開いていた。もうまるで生気がなかった。女の脇のベッドは血だらけで、血はその下の床にしたたり落ちていた。

彼はベッドから飛び起きて、ホルスターを、銃を探して、床をすばやく見まわした。そして、そのときになってようやく気づいた。部屋の隅の肘掛け椅子に男が坐っていた。彼にルガーを向けて。

男の顔は腫れ上がり、痣《あざ》ができていた。右眼のふちには裂傷がいくつもできていた。椅子の脇にガーフィールドのホルスターと携帯電話があった。それにキッチンナイフ。血糊がついて縞模様を描いていた。

「やあ、ガーフィールド特別捜査官」と男は笑みを浮かべて言った。「また会えるとは嬉しいかぎりです」

35

暗闇の中、ヘッドライトの方向がふらふらと路肩のほうによれた。車の左前輪ががたごと音をたてて路肩を走った。ヘンドリクスははっとして眼を覚ました。慌ててハンドルを切った。車の後部が横すべりした。どうにかもとの車線に戻ると、外気にあたって眠気を吹き飛ばそうと窓を開けた。

昨晩はかび臭いボートのキャビンのベンチで一晩じゅう寝返りを打つことになった。寝返りを打つたび傷が痛んだ。手と首の傷はひどく痒くなっていた。痣《あざ》になったところはひりひりして、手を触れるとそこだけやけに軟らかかった。肩は動かし方をまちがえると、肩関節に錆びた釘がどっさりと詰められているかのような音をたてた。夜が明けると、ボートに備えられていた救急箱の薬で傷の手当てをし、アスピリンを嚙み砕いて四錠飲んだ。

家の私道に停めてあった車が二台とも出ていく音が聞こえるまで待って、隠れていた場所から這い出ると、携帯電話を回収し、盗んだ小さすぎるボートシューズを手にピオリアへ向かって裸足で歩きはじめた。

そのあと、福祉団体の〈グッドウィル〉の駐車場で、寄贈品のはいった箱をこじ開けると、手あたり次第に寄贈袋を開け、いくつか開けたあとシンプルな黒のTシャツにリーヴァイスのジーンズ、フードつきのトレーナー、ペンキのかかった黒のバスケットボールシューズを手に入れた。チャリティ品を盗むのは気が引けたが、薄汚い恰好をして店にはいれば、よけいな視線を集めてしまう。それに、どちらにしろ、現金が少しばかり不足していた。法の手に追われている逃亡者が家から千二百マイルも離れた場所にいて、七百ドルも持っていないのだ。少しくらい施しを受ける資格はあるはずだと思うことにした。

近くのハンバーガー店の〈ハーディーズ〉のトイレで新しい服に着替え、それまで着ていた服はゴミ入れに捨てられたペーパータオルの下に隠した。

〈ハーディーズ〉からさほど遠くないところにベストウェスタン・ホテルがあった。宿泊客を装って臆することなくロビーにはいった。フロントには、退屈しのぎに携帯電話でゲームをしている若い女がいたが、顔を上げようともしなかった。ビュッフェで朝食をとり、ホテルのビジネスセンターのコンピューターで、地元の情報が得られる〈クレイグスリスト〉にアクセスした。

あちこちに電話をかけまくって三時間が過ぎたところで、九三年型シビックの誇り高き所有者になれた。タイヤは摩耗し、後部座席はぼろぼろで、車内には犬のようなにおいがこもっていたが、三百ドルという値段は悪くなかった。手頃な車はほかにも二台ほどあったのだが、取引きが成立しなかったのだ。今は選り好みしている場合ではなかった。ヘンドリクスはもう百ドル上乗せをして、所有者に車をホテルまで運んでもらった。そして、所有者を家まで送ると、家路に就いた。

盗難車は短時間の移動には問題ない。しかし、二十時間も運転する場合には、警官に見咎められる心配をしなくてすむほうがはるかにいい。

遠くに浮かぶクリーヴランドの明かりが彼を手招きしているようだった。クリーヴランドまでたどり着けば、鎮痛剤が調達でき、食事にもありつける。それにシャワーとちゃんとしたベッドにも。向こうからは何も尋ねてこない、現金払いのあやしげなモーテルで。そういうことの心配はあまりしなくていい。クリーヴランドというのは彼がそれぐらいよく知っている土地柄だった。

ラジオをつけて、ダイヤルをまわし、クラシック・ロック専門局に合わせた。ローリング・ストーンズが流れていた。ヴォリュームを上げ、音に合わせてハンドルをドラムがわりに叩いた。パークハイザーに騙されてから初めて状況が好転したと思えた。

トンプソンの携帯電話が鳴った。着信音から相手がガーフィールドであることがわかった。

彼女は弾かれたように椅子から立ち上がって電話を手に取った。「ガーフィールド、いったい何をしてたの？　あなた、大丈夫？」

電話の向こうから足を引きずるような音がした。携帯電話を落としたのだろうか？

「ええ？」と彼は言った。「いや、まあ、そう……大丈夫だよ」

「ほんとうに？　あなた、なんだか気もそぞろみたいなしゃべり方をしてるけど」

ガーフィールドは笑い声をあげた。面白がっているというより自棄《やけ》になっているような笑い声だった。「気もそぞろ？　いや。大変な夜だったからね。それだけのことだよ」

「聞いて。例の手がかりに進展があった。指紋がヒットしたのよ。一筋縄じゃいかなそうな特殊部隊の元隊員。名前はマイクル・ヘンドリクス。でも、よく聞いて。彼は何年もまえに死んだことになってるのよ。で、今、当時の戦友で、同じ部隊にいた退役軍人を突き止めようとしてるところ」

「すばらしい」とガーフィールドはそっけなく答えた。「ファイルを送ってくれ。そっちに行くまでに眼を通しておくよ」

「わかった」と彼女は言った。「すぐに送るわ。でも、あなたがずっと姿を見せないものだから、部長が怒り狂ってる。あなたは具合が悪いみたいだって言っておいたけど、部長も馬鹿じゃない。わたしが嘘をついてるのはまるっきりばれてる」

「悪いな、チャーリー。そんなことまでしてくれなくてもよかったのに……おれがあんたにしてきたことを思えばなおさら」

トンプソンにしてみればなんとも意外な台詞《せりふ》だった。「ねえ、パートナーってなんのためのものなのよ？」

「それでもだ」とガーフィールドは後悔をにじませた声で言った。「今さらこんなことを言ってもしょうがないけど、ほんと、悪かったよ、チャーリー」

36

〈ベイト・ショップ〉のドアに取り付けられたベルが鳴り、砂色の髪の男がはいってきた。太陽の光が射し込み、男の輪郭を縁取った。土曜日の午後四時を少しまわったところで、開店してからまだ五分と経っておらず、レスター以外には店に誰もいなかった。

ベルの音を聞くと、レスターはカウンター越しにドアのほうを見た。車椅子からだと、客と思しい男の頭と肩しか見えなかった。男が挨拶がわりに片手を上げると、黒のジャケット、黒のタートルネック、黒のキッドスキンの手袋が見えた。それにとても薄いブルーの眼も。少し足を引きずり、顔には痣《あざ》ができていたが、その表情からはそのような状態を不快に思っているようなところは少しもうかがえなかった。口元にかすかに笑みさえたたえていた。まるでずっと忘れていたジョークのオチをたった今、思い出したかのように。

「いらっしゃい」とレスターは声をかけた。「厨房はまだ開けてないんで、お腹がすいてるのなら、ほかをあたってください。一杯やりたいだけならどうぞ。お酒《ポイズン》は何にします？」

「毒《ポイズン》とは！」と男は言った。笑みが顔全体に広がった。話す英語は完璧だったが、訛りから外国人なのは明らかだった。オーストリア人か、スイス人か。

男は狭い店内を見まわした。ボックス席にもカウンター席にもテーブル席にも誰も坐っていなかった。この男にはどこかしら邪悪なところがある。レスターはそう直感した。捕食動物のような何か。みぞおちのあたりに恐怖が広がった。「今日はこのあたりは静かだけど、でも、心配なく。もう今にも誰か来るから」レスターはそう言いながら、自分でもはったりとわかるそのことばがこの男にはそうは聞こえていないことを内心祈った。

「そのようですね、レスター」と男は言って、うしろ手にドアのスライド錠をかけると、ガラスの部分に吊るされたプレートをひっくり返して〈閉店〉に替えた。「たぶんそうなんでしょう」

もう考えるまでもなかった。危険が迫っている。レスターは迷わずカウンターの下に隠された非常ボタンを押した。ヘンドリクスに危険を知らせるためのものだ。そのあとすばやく車椅子の座面の裏側にマジックテープでとめたベレッタM9を取ろうとした。その銃をすぐさま構えていたら、レスターにも戦えるチャンスがあったかもしれない。しかし、男はマングースのようにすばやかった。そばのテーブルから木の椅子をつかむと、レスターめがけて投げつけた。椅子は銃をもったレスターの手を直撃し、ベレッタが彼の手から弾かれ、カウンターの中の鏡を粉々にした。そのときを逃さず、男はレスターに襲いかかった。カウンターを飛び越え、坐った姿勢のレスターの股間に膝蹴りを見舞った。あまりの痛さにレスターは世界が端から崩れかけていくような気がした。

「きみから最高の歓迎を受けているとは思えなかったものでね、ミスター・マイヤーズ」砂色の髪の男は非難がましくそう言うと、レスターの顔を手の甲で殴った。レスターの顔が横を向くほど激しい一撃だった。

男はつくり笑いを浮かべ、黒い手袋をはめた手で、レスターの腕を車椅子の肘掛けに結束バンドで固定した。そして、料理用のつけあわせのレモンを丸ごと口の奥まで詰め込んだ。二匹のハチレモンの皮にあたった歯から果汁が垂れ、その同じ歯が唇につけた傷にしみた。ハチに同時に刺されたようなものだった、上唇と下唇を。

男はレスターの動きを封じると、すぐに準備に取りかかった。おぞましい、動物のような笑みを浮かべ、落ち着き払って店内を確認した。まずブラインドを閉め、トイレに誰もいないか確かめた。束の間、男はキッチンに姿を消した。貯蔵室と通用口をチェックしているのだろう。レスターはそう思った。

続けてこう思った、何が起ころうとしているにしろ、それはどう考えても愉しいことじゃない。

ガーフィールド特別捜査官からヘンドリクスのファイルを手に入れさえすれば、エンゲルマンにとってマイヤーズを探し出すのは電話一本で事足りた。ただ、電話をかけても〈評議会〉の連絡係はなかなか電話に出てくれなかった。そうすることで連絡係は――組織は――進展がないことに自分たちが業を煮やしていることをはっきりとエンゲルマンにわからせようとしたのだろう。

「なんだ？」呼び出し音が八回鳴ったところで、連絡係が出た。

「頼みたいことがあります」

「これまでさんざん頼まれてきたよな。なのに成果はゼロだ。それでもまだ頼めると思ってるとはな。いったい、おまえ、どういう了見をしてるんだ？」

「もう少しです」とエンゲルマンは言った。「私はターゲットに誰より近づいています」

「だといいんだが。で、なんだ、今度は？」

「そちらには軍の情報に精通している人がいると思うんですが」

連絡係は躊躇《ちゅうちょ》してから言った。「たぶん」

「レスター・マイヤーズという男を探す必要があります。退役軍人だということ以外は何もわかっていません。歳は二十代後半からたぶん三十代前半の男です」

何かを値踏みしているような長い間《ま》ができた。「そいつがその男なのか？」

「いや、ちがいます」とエンゲルマンは言った。「その男ではありません。それでも、必要な情報を持っているはずです」

「そのマイヤーズというのは……地下組織の人間か何かなのか？」

「いえ、そうではないと思いますが、その男の軍歴には厳重な鍵がかかってるんです」

「おまえに払った金にはそういう調べものをするための費用も含まれてると思うんだがな」

「おっしゃる意味はわかります。でも、時間がないんです」とエンゲルマンは言った。

「警察もそいつを追ってるということか？」

「そうです。さきを越されてしまったら……」

「わかった」と連絡係は言った。「五分くれ。五分後にかけ直せ。それと、よろしいですか、アレグザンダーの坊ちゃん」連絡係は自分たちが雇った殺し屋の上品ぶった物言いを真似て、わざと相手を気づかうような声音《こわね》でエンゲルマンのファーストネームを呼んだ。

「はい？」

「これがおねだりの最後の電話だ。次におまえが連絡を寄こすのはターゲットが死んだときだ」

砂色の髪の男は店の奥の部屋から戻ってくると、コートの内ポケットから黒革の道具入れを取り出した。サイズといい形といい、ちょうど女物のクラッチバッグのような道具入れで、三辺にファスナーがついていた。特別によくできたピッキング道具入れ。レスターの眼にはそう映った。

実際、ほぼそういうものだった。

男はその道具入れのファスナーを開けてカウンターに置いた。そして、レスターに見せつけるように中身を広げた。全部で三つの仕切りがあり、そこに入れられたものは革のストラップが掛けられ、スナップでとめられていた。まさに悪夢以外の何物でもなかった。

外科用メスのセット。さまざまな形やサイズの千枚通しやノミ。丸頭ハンマーとも鉈《なた》とも言える、その中間のような器具。小さな糸鋸《いとのこ》。あらゆる形の刃を取りそろえたハンドドリル。

種々雑多の鉗子《かんし》、そして鋏《はさみ》。

それらが古いものであることに疑う余地はなかった。おそらくアンティークだろう。切れ味が鈍そうで、ところどころ錆びていた。何に使われるのかは明白だった。手術器具だ。が、この男が手にすると、治療するというより解体するために使われるものであることが容易に知れた。

レスターは拘束を解こうともがいた。車椅子が左右に揺れた。砂色の髪の男は、泣いている子供に接するような甘ったるい声でレスターをなだめただけで、彼の動きを止めようとはしなかった。レスターは暴れつづけた。激しい動きに両腕と胸が燃えるように熱くなるまでもがきつづけた。髪と服が汗で地肌に貼りついた。結束バンドが皮膚に食い込み、傷ができ、血が出た。血は静かにリズミカルな音をたてて、硬材を張った床にしたたり落ちた。レスターも最後にはもがくのをやめ、文字どおり恐怖の眼差しで男を見た。

「もう終わりましたか?」と男は言った。レスターは何も言わなかった。「それはよかった。自己紹介をさせてもらいます。私はアレグザンダー・エンゲルマンという者です。さて」男は広げた手術器具の上に片手をやると、木製の柄の小さな千枚通しを選んだ。「あなたの知っていることをすべて話してください。マイクル・エヴァン・ヘンドリクスという男について」

37

土曜日の午後。ニューヨーク・ステート・スルーウェイは混雑していた。シラキュースからオールバニーにかけての道路すべてで舗装工事をしているのではないか。ヘンドリクスは半ば本気でそんなことを思った。道路は何マイルにもわたって一車線に減らされていた。ヘンドリクスは時速二十マイルで進みながら、渋滞を呪った。この分だと、山小屋に着くのは夜中になってしまう。

一晩山小屋で寝て翌朝、レスターの店があるポートランドへ向かうことにしたのだ。あの男を追跡するのが一日くらい延びても支障はないだろうと思ったのだ。それに、それまでの四十八時間内に起きたことを考えれば、少しくらい休息を取っても罰はあたらない。そう思ったのだが。

のろのろと進みながら、シビックの燃料計を見て気を揉んだ。針の先がEに近づいていた。ガソリンスタンドまでなんとかもってくれることを祈った。高速道路は両方向とも見渡すかぎり渋滞していた。ウィンカーを出してから五分後、やっとギルダーランド・プラザのサーヴィスエリアにはいることができた。途中に見えた自発光式道路標識によると、あと五マイルは工事が続いているようだった。

シビックにガソリンを入れていると、ポケットの中で携帯電話が振動した。短く一回だけ震えた。メールが来たことを知らせるものだ。彼は空いているほうの手でポケットから電話を取り出した。

画面には911とあった。

レスターのバーにある非常ボタンが押されたときに送られてくるメッセージだ。

ヘンドリクスは途方もない恐怖に心臓を鷲《わし》づかみにされた。レスターが窮地に陥った。しかし、ここからポートランドまではあと五時間はかかる。

彼はシビックに乗ると、渋滞している高速道路に眼をやった。サーヴィスエリアの駐車場を出て、道路に戻ろうとする車が何台も連なっていた。この先五マイルもこんな調子なのかと思うと、気が狂いそうになった。

駐車場の奥にサーヴィスエリアの駐車場と従業員の駐車場を隔《へだ》てる金属のゲートがあった。ドライヴァーが料金を支払わずに有料道路を利用するのを防ぐためのものだ。危険な賭けであることはわかっていた。通報され、追跡され、逮捕されるかもしれない。そんなことになったら、レスターはもう自力でなんとかしなければならなくなる。

彼は歯ぎしりをしながら、ゲートに向かって車を走らせた。そして、思いきりアクセルを踏み込んだ。

ゲートが勢いよく弾けて開いた。シビックはゲートを通過すると、渋滞を尻目に細いアクセスロードの彼方に姿を消した。

エンゲルマンはレスターに対して静かにことを進めた。慌てることなく。その表情には細心の注意と恍惚《こうこつ》の両方が見て取れた。大作曲家が熱狂的なたったひとりの観客のまえで自分の作品を披露しているかのようだった。彼はまず初めにレスターに言った。あなたはヘンドリクスについて知っていることをすべて話すことになるだろう、と。それは尋問ではなかった。もちろん。が、そのあとの悶絶の数時間のうちにレスターは悟った。エンゲルマンはすでにそのときから尋問を始めていたのだ。

エンゲルマンとは正反対にレスターのほうは静かになどしていられなかった。叫び、泣きわめき、すがり、赦しを乞うた。もっとも、間に合わせのさるぐつわ——最初はレモン、一時間もしないうちにレモンが嚙み砕かれたあとはエンゲルマンのベルト——のせいでくぐもった声にしかならなかったが。

そもそもレスターの声がまわりに洩れる気づかいはなかった。〈ベイト・ショップ〉の建物は、メイン州の厳しい冬に耐えられるように頑丈な古いレンガで造られている。また、隣りの店は毎週のように土曜日にレゲエバンドを呼んで、演奏会を開いており、その日もそのご多分に洩れなかった。ディナータイムになると、オールド・ポートは活気づく。通りは観光客や大道芸人、酒場をはしごする人たちで賑わう。そんな喧噪の中でレスターのくぐもった叫び声に気づく者などいるわけがなかった。

心を強く持つことだ。レスターは自分にそう言い聞かせた。エンゲルマンは非常ボタンのことは知らないし、それを押したことにも気づいていない。時間を稼ぎさえすれば、そのうちマイクルが助けにきてくれる。もっとも、メッセージを受け取ったらすぐに逃げろというのが常にレスターがヘンドリクスに言っていたことだったが。

しかし、マイクルは今でも心は兵士だ。だから仲間を見捨てたりはしない。

ひとえにその思いがレスターを一時間持ちこたえさせた。が、その一時間が過ぎるとそのあと半時間、レスターはその思いに翻弄されつづけ、そして最後にはマイクルはすぐにはやってこないことを悟った。そこで今度はエンゲルマンを挑発することにした。挑発してエンゲルマンに自制心をなくさせようと。そうすれば過って殺してくれるかもしれない……

その残酷な希望がいっとき彼を支えた。が、エンゲルマンは慣れていた。自らの仕事に厳しかった。そして、その仕事ぶりは独創的でさえあった。レスターの固い決意をもってしても敵わなかった。恥じることではない。これは裏切りではないのだから。エンゲルマンに二時間も〝奉仕〟を受けてしまっては、誰でも自分の母親さえ差し出すだろう。たいていの者は五分ともたない。

太陽がポートランドの西の低いスカイラインをオレンジ色に染める頃、さすがのレスター・マイヤーズの心もついに折れた。

38

「なんてこと」とトンプソンが言った。

「ここで何があったの？」

トンプソンは、ヘンリー・ガーフィールドの寝室の戸口に立っていた。汗をかいた手には使い捨てのニトリル手袋をはめ、足には紙製の靴カヴァーを履いていた。作業着を着ていかめしい顔にマスクをした鑑識係がいたるところにいて、証拠品に番号札を置いたり、指紋採取のために家具の表面の埃を払ったりしていた。写真係が死体の写真を撮るたびに部屋が白く光った。

女はトンプソンの知らない女だった。咽喉《のど》を掻き切られてベッドに横たわっていた。裸体には死斑《しはん》が見られ、体はひっくり返されたようだった。体の下の血痕は比較的少なかったが、ベッドの左側とその下の床には血の海ができてきた。

ガーフィールドも裸だった。額の真ん中を銃で撃たれ、ベッドの裾《すそ》に横たわっていた。ひざまずかされ、そのあと撃たれたのだろう。

トンプソンのさきほどの質問は、現場担当者に正式に尋ねたというより、いわば反射的なものだったのだろう。それでも、戸口で挨拶をしたワシントンDCの殺人課刑事はとりあえず返事をした。「まだ調査中でね。われわれも今到着したばかりなんで。銃声を聞いた者はいないようだけれど、階下《した》の住人が天井に浸み出した血を見て通報したみたいだね。で、被害者がFBIの人間だったんで、連絡をしたほうがいいと思ってね」

トンプソンは現場に到着したときにその刑事から自己紹介を受けていた。が、そのときにはまるで何も考えられない状態だったので、すぐには名前が思い出せなかった。ニューマン？ ニューサム？ ニューバウアーだ。

「死亡推定時刻は？」と彼女は尋ねた。

「まだなんとも言えないけれど、死斑が出て、死後硬直が始まっていて、死体の体温が室温と同じになっているところを見ると、少なくとも二十四時間は経ってるだろうね。検死医が来ればもっとはっきりするだろう」

トンプソンには際限なく自分の気持ちが沈み込んでいくのが自分でもわかった。ガーフィールドから電話があって、ヘンドリクスのファイルを要求されたのが二十四時間前。何も考えずにファイルを送ってしまったことを彼女は心から悔いた。「それだけわかれば充分よ」

「せめてもの慰めだけれど、お仲間は苦しまなかったと思うね」とニューバウアーは言った。「遺体に外傷はないし。争った形跡もないからね。銃で撃たれただけで、それも至近距離からのようだから、即死だったと思うね」

トンプソンは首を振った。ガーフィールドは抵抗すらできなかったのだ。あの悪党のなすがままだったのだ。

「ドラッグ関連の事件かもしれない」とニューバウアーが考えていることを口に出して言った。「ナイトテーブルからコカインとその道具が見つかったんだよ」

トンプソンは首を振った。「ドラッグ関連じゃないわ」

ニューバウアーは顔をしかめて言った。「いいかな、こっちは礼を欠いちゃいけないと思って連絡したんだよ。もし何か知ってるなら――」

トンプソンはもう彼のことばを聞いてはいなかった。本部に電話をした。取り次ぎを三回経て、ようやく話の通じる相手が出た。「まずいことになったわ」と彼女は言った。「ヘンリー・ガーフィールドが殺された。ゴーストの身元がたぶん〈組織〉にばれてしまった」間《ま》ができた。「救急車をひっくり返した例の男の仕業だと思う」また間ができた。「そうよ。まずいわ。リストにあるすべてのレスター・マイヤーズをマークして。今すぐ!」

マイクル・ヘンドリクスはポートランドのオールド・ポート地区にいた。酔っぱらいを掻き分けながら、街灯のともる通りの人混みを歩いていた。焦りと苛立ちが彼の心を占めていた。その両方がかぎりなくパニックに近づいていた。誰かが振り向けば、それは敵意の眼差しが自分に向けられたのではないかと思い、軽く誰かにぶつかっただけで、その相手はみな敵かもしれないと身構えた。開いたバーのドアから聞こえてくる、うるさい生演奏の音楽にさえ神経を逆撫でされた。ダンスクラブから洩れる重低音にも呼吸を邪魔されているような気がした。

二十《はたち》そこそこの筋肉オタク――襟を立てて、野球帽をうしろまえにかぶり、テキーラと安物のオーデコロンのにおいをぷんぷんさせた若造――がふらつきながらヘンドリクスの肩に強くぶつかってきた。

「気をつけろ、このまぬけ！」と男は言った。

ヘンドリクスは男を品定めした。酔いのために眼がどんよりとし、皮膚から血管が浮き出ていた。カントリー・ハム並みの大きさの拳をしていた。喧嘩がしたくてたまらない。そんな顔をしていた。ヘンドリクスのほうはそんな男の相手をするつもりなどさらさらなかった。そのまま無視して歩きつづけた。

「おい！」と男はヘンドリクスの腕をつかんで引っぱった。「おまえに言ってんだよ、このクソ」

ヘンドリクスは振り返ると、右手でその筋肉オタクの咽喉元を締め上げた。男は苦しげな叫び声をあげた。が、ヘンドリクスがさらに手に力を込めると、その叫び声はごぼごぼという音に変わった。この阿呆の咽喉笛をつぶすなどいとも簡単なことだ。大通りで窒息死していても、酔っぱらいが倒れているとしか誰も思わないだろう、手遅れになるまで。一瞬、そうすることがとても魅力的な行為に思えた。が、レスターの顔がすぐに瞼《まぶた》に浮かんだ。どんな厄介事にも関わっている余裕はない。彼は男を解放した。男は眼を剝き、荒い息をしながらあとずさりして群衆の中に逃げ込んだ。

やっと〈ベイト・ショップ〉に着くと、シャッターが降りていて、店内は真っ暗だった。

〈閉店〉の表示が出ていた。土曜日の夜。それはありえない。焦る気持ちを抑え、十分ばかり店のまわりを調べた。店内に人の動きは感じられなかった。誰も待ち伏せなどしていないと確信できると、彼は店に続く小径《みち》をすばやく抜けて、鍵を使い、通用口から中にはいった。

最初に気づいたのはにおいだった。汗と一セント銅貨のにおい。それに混じって、より不快なにおい。長く置きっぱなしにしたゴミのようなにおいだ。店内は暗くてよく見えなかったが、ヘンドリクスにははっきりとわかった。そのにおいのカクテルが意味するものはなんなのか。何度も嗅がされた、思い出したくもないにおいだ。戦場でも嗅いだ。が、灰色の冷たい石の壁に囲まれた地下室で嗅いだほうが多かった。裸電球と裸の狂信者がつくる長い影が床と壁に伸びていた。狂信者たちは椅子に縛りつけられ、秘密を吐くか、自らの命を吐き出すまで、ゆっくりと痛めつけられた。死から引き出されるにおい。人の肉体は死という救済が与えられるずっとまえから、血や胆汁や膀胱や腸《はらわた》を投げ出しつづける。

眼が暗闇に慣れると、命を奪われたたったひとりの友人の肉体がぼんやりと現われた。小さな店内の真ん中にいて、車椅子に坐ったままうつむいていた。バー・カウンターで使われる雑巾が、腫れあがって出血した唇のあいだから垂れていた。坐ったままの状態でいられるのは、結束バンドで腕が車椅子の肘掛けに固定されているからだった。転げ落ちないよう、結束バンドは車椅子のスポークのあいだに通されていたが、あまりにきつく縛られたせいだろう、苦痛にもがくうち皮膚が腕の腱から剝がれてしまっていた。まるで電線から絶縁体を剝がしたように。そのおぞましい全容がわかると、ヘンドリクスは吐き気を覚えた。ロダンの『考える人』を冒瀆したような光景だった。拘束され、血だらけになった肉体の苦しみに捧げられた頌歌《しょうか》のような光景だった。

　ヘンドリクスは友の近くに駆け寄った。さらにそばに近寄ると、新たな恐怖に襲われ、涙があふれた。シャツがぼろぼろになって床に散らばっていた。拷問者が切り裂いたのだろう、生身のキャンヴァスにじかに触れられるように。胸にペンチを食い込ませたような痕があった。死食動物が面白半分に骨から肉をかじり取り、あちこちで食い散らかしたかのようだった。レスターの筋肉質の肩には、肉片を一インチずつ繰り返し削ぎ落としたような痕があった。カミソリの刃か手術用のメスで丁寧に削いだのだろう。その痕はまるで木版のようだった。血が固まっていなければならない部分はべとつきながら、釉《うわぐすり》でもかけたようにつるつると光っていた。そこに付着しているものからウィスキーのにおいがした。傷口に注いで痛みを最大限にしたのだろう。片方の耳が切られてぶら下がっていた。左手の指が三本切り落とされ、左肘にはゴムホースがきつく巻かれていた。出血多量にならないように縛ってから、指を一本ずつ切り落としたのだ。車椅子のまえの床には、ピンクがかった白い歯が何本も散らばっていて、深紅色の血だまりの真ん中に浮いていた。皮膚は灰色で、胸は動いていなかった。ありがたいことに両眼は閉じられていた。

　ヘンドリクスはレスターのまえにしゃがんで、自分の額を死んだ男の額に押しあてた。

「すまない、レスター」眼を閉じると、涙がこぼれた。きつく眼を閉じて、悲しみから逃れようとした。無駄だった。「ほんとうにすまない」

これが彼の選んだ人生の結末だった。つまらない贖罪——赦罪——を求めたがために与えられた罰だった。彼はその昔、神と国家のためには殺人も必要悪だと信じていた。その信念が彼を見捨てたあとは、均衡を求めればまた物事は正されるのではないかと考えるようになった。が、今、あの世に旅立ってしまった友をまえに涙を流して、その新たな聖戦も結局はまえのものと同様、欺瞞《ぎまん》にすぎないことに気づかされた。遅きに失しながらも。この世で殺人に意味があるとするなら——死に意味があるとするなら——それはたったひとつの目的があるときだけだ。愛する者の命を守るときだけだ。

彼は思った——自分がかわりに死ねればどんなによかったか。レスターをこんな目にあわせた男が〈ペンドルトン〉で自分にとどめを刺してくれていればどんなによかったか。アフガニスタンのあの砂漠の高地で、部隊の仲間と一緒に死んでいればどんなによかったか。そうすれば、ここ三日の数々の恐怖を味わうことなどなかったのだから。

自分には自殺ができるだろうか？　彼はふと思った。それとも、自分は人を殺すことに長《た》けるあまり、もう自分を殺すことなどできなくなっているだろうか。死ぬには自分はタフすぎるだろうか？　しぶとすぎるだろうか？

少なくとも、レスターはそういう男だった。それがそのときはっきりした。

すっかり生気を失った男がその眼をかっと見開き、血だらけの汚れた布を口から吐き出して叫びはじめたのだ。

それはヘンドリクスがこれまでに一度も聞いたことのないような声だった。肺から息が吐き出されるたびに、レスターの筋肉のひとつひとつが収縮した。拘束から逃れようと、彼は激しく体を揺さぶった。傷口という傷口から新しい血が噴き出た。その揺れは車椅子が倒れそうになるほど激しかった。

レスターはどうやってここまで生き延びたのか。ヘンドリクスにはわからなかった。誰にしろこんな状態で生きられる人間などいやしない。もちろん、その状態から――傷の深さから――もう長くないことは明らかだったが。

「なんてこった、レスター。もう死んじまったと思ってた!」とヘンドリクスは叫ぶと、ポケットから携帯電話を取り出した。「がんばれ。今、病院に運んでやる」

すると、レスターは彼の手首をつかみ、しっかりと握った。そして、食いしばった歯のあいだから――歯はほとんど残っていなかったが――声を絞り出した。「駄目だ!」蚊の鳴くような声だった。しゃべるための声を出すのに咽喉がふくらんだ。腫れ上がり、原形をとどめていない唇の端から血がしたたり落ちた。

ヘンドリクスはレスターが自分を守ろうとしてくれているのだと勘ちがいした。「おれのことなら心配するな。今、大事なのはおまえを病院に――」

「駄目だ!」とレスターはきっぱりと繰り返すと、じっと考え込むように眼を閉じた。そして、口と顔に負った傷のせいで、くぐもった聞き取りにくい声ながら、落ち着いた声音《こわね》で言った。「イヴリン……」

ヘンドリクスは凍りついた。恐怖がまるで命を得た氷のように背骨を這い上がった。

「すまない」とレスターは続けた。乾いた血がこびりついた頬を血が伝った。「おまえが来るのを待ってた。しゃべるつもりなどさらさらなかった。だけど……」

ヘンドリクスは友の肩に触れた。どこまでも慎重に触れた――これ以上レスターに苦痛を味わわせたくなかった。もっとも、損傷を負っていないところなどほとんど残っていなかったが。「気にするな。そんなこと、気にするな」それは本心だった。拷問者にイヴリンのことを話したからといって、どうしてレスターを責めたりできる？　できるわけがない。おまえの安全を脅かすようなことは何も知りたくない。現にレスターはそう言いつづけていたではないか。誰しも永遠に拷問を受けつづけることなどできない。ショック症状になるか、意識を失うか、あるいは、死が訪れるのを今か今かと待つか。拷問を受ける者にはそれ以外に選択肢はない。ヘンドリクスの敵はこの三つのどれをも許さないほど巧妙だったということだ。レスターは果敢にその敵に立ち向かい、わが身を顧みず、抵抗した。そんなことはレスターを一目《ひとめ》見ればわかる。

「何があったのか、話してくれ」とヘンドリクスは言った。

レスターはうなずき、苦痛に顔を歪めた。どんな手当てをしようと、もう手遅れだった。それは本人にもヘンドリクスにもわかっていた。レスターは助かる一線をすでに越えていた。五分のちがいになどなんの意味もない。彼をこれほど長く持ちこたえさせたのは、ひとえに彼が強い意志を持ちつづけたからだ。イヴリンのことを話してしまったことに対して、少しでも埋め合わせをしたいという彼の固い決意のなけなしの賜物《たまもの》だった。

レスターは話せることのすべてをヘンドリクスに話した――まずエンゲルマンがこの店を出てまだ一時間も経っていないことを伝えた。イヴリンの存在だけでなく、彼女の住所も相手にわかっていることも話した。とぎれとぎれに話した。息をするのもつらそうだった。無理に力を込め、うなるようにしてことばを吐いた。ヘンドリクスはそんな彼の手を握りしめ、一心に耳を傾けた。が、ついにレスターが発したことばのあとに永遠の空白ができた。ヘンドリクスは顔を起こした。彼を見つめ返すふたつの眼から光が消えていた。

レスターは逝った。でも――とヘンドリクスは嗚咽《おえつ》をこらえて思った――最後には彼を苦しめた敵に勝利した。すぐには殺さず、残虐なやり方で苦痛を引き延ばした挙句《あげく》、置き去りにして死なせた男に。最後の最後まで踏ん張り、今おれがなにより必要としてる情報をおれに伝えることで。今度のことを終わらせるチャンスをレスターは自分の命に代えておれにくれたのだ。おれにとって誰より大切な人を救うチャンスを。

39

手を伸ばし、死んだ友の瞼《まぶた》を閉じた。そのときドアを叩く音がした。

ヘンドリクスはレスターの車椅子の脇で立ち上がると、窓まで走った。覆面パトカー。ブラインドの羽根をわずかに広げて外をのぞくと、黒のセダンが二台停まっていた。一台は彼がはいってきた小径をふさぐように停めてあった。黒いスーツを着たふたり組の男がドアのまえに立っていた。その少しうしろにさらにふたりいた。銃を構え、まわりの様子をうかがっていた。FBI。まちがいない。

トイレにはいってドアを閉めた。暗かったが、窓から街灯の明かりが射していた。窓枠ははずれそうになかった。彼は片手にスウェットシャツを巻きつけると、窓ガラスの下の部分を叩き割った。彼が外へ脱出するのと男たちがドアを蹴破って中にはいってきたのが同時だった。ヘンドリクスは平静を装い、何事もなかったかのように歩いて角を曲がり——心は千々《ちぢ》に乱れ、胃はきりきりしていたが——ポケットから携帯電話を取り出して、記憶の中にある番号にかけた。

「もしもし？」その声は恐怖に上ずり、弱々しかった。

「やあ、エドガー」

「おまえか」とエドガー・モラレスは吐き捨てるように言った。「おまえと関わったためにどういうことになったかわかってるのか？　どこかのサイコ野郎にベッドで殺されかけたんだぞ。おまえのせいで！　それから寝られなくなった。寝るときには枕の下に銃を隠す始末だ。あいつがまた戻ってきやしないかと思うと、もう生きた心地がしない」

おれがいなければ、あんたはエンゲルマンがやってくるとっくのまえに死んでたんじゃないのか。ヘンドリクスは内心そう思ったが、何も言わなかった。かわりにこう言った。「エドガー、実はその男のことで電話したんだ。そいつが今どこに向かってるかわかったんだ。決着をつけようと思ってる。永久に。しかし、さきを越されてしまった。頼みたいことがある」

「頼み？」とモラレスは言った。「なんだ？」

「あんたの会社はプライヴェート・ジェットを持ってたね？」

間《ま》ができた。なんと答えればいいか、迷っているのだろう。それでも最後にはため息をついて言った。「国内の空港ならどこでもすぐに飛べる。どこへ行きたいんだ？」

トンプソンがレスター・マイヤーズという名の人物全員を監視するよう指示を出してから、メイン州ポートランドの支局から折り返しの電話がかかってくるまで、十一分を要した。ポートランドのレスター・マイヤーズこそ彼らの追っているレスター・マイヤーズだった。ただ、〝だった〟というところが強調された。

そのレスター・マイヤーズは海辺の観光地でバーを経営していた。最初に現場に向かった捜査官によると、店内には誰もおらず、ずたずたに切り裂かれたレスター・マイヤーズの死体だけが残されていたということだった。一見、殺されたのは何時間もまえのようだったが、死体はまだ温かかった。確かなところは検死医の到着を待たないとわからないだろうが、どうやらほんの数分の差でマイヤーズを救えなかったらしい。そもそも救えたとして。携帯電話に送られてきたずたずたにされた死体の創傷の写真を見るかぎり、トンプソンにはとてもそんなことができたとは思えなかった。

これほどひどい傷を負いながらどうやって生きながらえたのか。トンプソンには見当もつかなかった。ただ、ひとつ言えるのは、マイヤーズはアラン・レングルと名乗った男の真のターゲットではなかったということだ。レングルがヘンドリクスをおびき寄せる餌《えさ》としてマイヤーズを利用したのなら、彼を拷問することはあっても死なせはしなかったはずだ。マイヤーズを連れ去り、またおぞましいメッセージをあとに残していたのではないか。自分を追わせるために、ヘンドリクスに宛てて救急車にメッセージを残したときのように。そうではない。現状が示しているのは、殺人鬼がマイヤーズから情報を引き出すのに成功したということだ。つまり、マイヤーズより大きな餌が見つかり、今回はマイヤーズ自身がメッセージになったということだ。

ヘンドリクスがそのメッセージを受け取ったかどうかはわからない。それでも、ふたりを同時に捕らえられるかもしれないという期待にトンプソンは胸が高鳴った。まずはレングルが何を企んでいるのか突き止める必要がある。

しかし、それがなんであれ、答はヘンドリクスのファイルのどこかに——黒く塗りつぶされた欄の中のどこかに——あるはずだ。

トンプソンは携帯電話のアドレス帳をスクロールして、国防総省にいる古い友人に電話をかけた。

「チャーリー・トンプソン。あなたから電話があるなんて思ってもみなかった。元気にしてる?」

「ええ、元気よ」とトンプソンは言った。「起こしてしまった?」

「いいえ、まだ起きてた」と古い友人は言った。「で、何かあったの?」

「実は、ダイアン、お願いがあるの。あなたのところのマイクル・ヘンドリクスという人物のファイルが手元にあるんだけど。わたしに見られるのはとても乏しい資料だけなのよ。でも、その資料だけでもこのヘンドリクスというのは、実にクールな男なのがわかる。ただ、ファイルを見るかぎり、彼は死んだことになってる。ところが、実は死んではいないのよ」

「で、どうしてほしいの、チャーリー?」

「何者かがこの男を狙ってる。悪党が。その悪党がどうやら彼をおびき寄せるためにとっておきの餌を見つけたみたいなのよ。ヘンドリクスは孤児で、兄弟姉妹はいない。だから、もしかしたら恋人がいたんじゃないかって、そう思ったわけ。わかっているかぎり、結婚はしていない。それにその恋人が男か女かもわからないんだけど」

「つまり、その恋人とやらを探すのを手伝ってほしいってこと？」

「そう。どんな情報でもいい。彼の死亡給付金の小切手はどこに送られたのかとか。考えつくかぎりなんでもいい」

「チャーリー、保護されてるファイルというのは、なんの理由もなく保護されてるわけじゃないのよ。あなた、わたしに仕事をなくさせたいわけ？」

「あなたが協力してくれなかったら、彼の恋人が命をなくすかもしれない」

ダイアンはため息をついた。「まったく。あなたにはほんと、ノーって言えないのよね、わたし。ちょっと待ってて。二十分でかけ直すわ。それから、チャーリー？」

「何？」

「あなたの声が聞けてよかったわ。いつか一杯やりましょう。近況報告をかねて」

「わかった」とトンプソンは言った。が、それは実現しないだろう。わかりながらも彼女はそう答えていた。

40

午前二時、ダレス国際空港の長期駐車場は閑散としていた。ヘンドリクスはコンクリートの床に靴音を響かせ、ナンバープレートを眼で追った。

ポートランドからワシントンDCのダレス空港まで二時間かからなかった。次の民間機が到着するのは六時間後だ。エンゲルマンはそれに乗ってくるはずだ。ヘンドリクスはそう踏んでいた。エンゲルマンもモラレスの会社のプライヴェート・ジェットのことを思いついたりしていないかぎり。

駐車場の四階に条件に見合う車があった。医師用ナンバープレートをつけた九〇年代初期の改造ポルシェ。折りたたみ式の屋根から簡単に中にはいれそうだった。このエンジンならあっというまにイヴリンのところまで連れていってくれる。それに、年式の古い車なので、キーがなくても簡単に始動させられる。

ヘンドリクスはプライヴェート・ジェットに備えつけてあった工具の中から、多機能ナイフを一本とドライヴァーを二本、それにビニールテープをいくつか調達していた。ポルシェは運転席側の窓のすぐうしろが折りたたみ式屋根になっていて、そこにナイフで切れ目を入れた。そして、内側に手を入れて鍵をはずした。ステアリングコラムのカヴァーをはずすのに少々手間取った。駐車場の暗がりでは色分けされたコードを見分けるのはむずかしかったが、それでも最後には求めているものを引っぱりだすことができた。イグニションコードをバッテリーコードにつなげると、ダッシュボードに命が吹き込まれた。ここからは生きているもののように慎重に扱わなくてはならない。彼は絶縁体を剝いでスターターコードを剝き出しにすると、ふたつのコードのつなぎ目にあてた。

馬二百四十七頭分に匹敵するエンジンがうなり声をあげた。

駐車場を出ると、時速八十五マイルを保ち、イヴリンのところへ急いだ。たとえ医師用ナンバープレートをつけていても、警官に止められないわけではない。が、そんなことはかまわなかった。目的地に着くまでずっと追われることになってもいい。なにより優先すべきはイヴリンだ。彼女の身の安全を守ること。それがすべてだ。彼女の家の玄関先まで何台もパトカーを従えていけば、むしろそれはこっちにとって好都合だ。

誰にも止められなかった。暗い田舎道の上空では重く垂れ込めた雲が星を隠し、今にも雨を降らせようとしていた。こんなときに彼に眼をとめる者などいないだろう。気づいたときにはもうイヴリンの家の玄関のまえに立っていた。

エンゲルマンにさきを越されなかったことは一目《ひとめ》でわかった。エンゲルマンがさきに来ていたら、そのことをあからさまに誇示していただろう。家を荒らし、一騒動起こして、気味の悪い置き土産のひとつも残していることだろう。ヘンドリクスを動揺させ、自制心をなくすほどの激しい怒りに陥れるために。が、見るかぎり不審なところはなかった。イヴリンの家はひっそりとしていた。明かりはどこにも見えず、暗かった。

とはいえ、エンゲルマンはまもなくここにやってくる。できることなら、そのときのために万全の準備をしたかった。

少なくとも、武器を調達する時間があればよかったのだが、ここまでの道のりのあいだずっと、必要な武器を調達するのに時間をかけることが命取りになりはしないかという考えを頭から締め出すことができなかったのだ。イヴリンをエンゲルマンから守れるか、それとも彼の愛するたったひとりの女性の命を狂人の手に委ねてしまうか。それは一刻を争う問題だ。それに、捜査の手が自分にどれほど伸びているのかも見当がつかなかった。あらゆる法の執行機関にマークされている可能性があった。レスターが死んでしまった今はバックアップしてくれる仲間もいなければ、テクノロジーもない。馴染みの火器提供者に連絡を取るすべもなく、それができたとしても彼らに支払う現金もすぐには手に入れられない。となると、信用度に欠ける火器提供者にあたるか、必要な武器を盗むしかない。が、そのどちらもFBIに居所を突き止められてしまう要因になりうる。エンゲルマンをこのゲームから抹殺するまえに捕まるリスクだけはなんとしても避けたかった。武器を手に入れるのには考えなければならないことが多すぎた。

脈が速くなった。イヴリンと対面するのが怖かった。彼女にすべてを告白すること、モンスターに成り果てた自らをさらすのが怖かった。

彼は玄関のドアを叩いて叫んだ。

「イヴリン！」その声は妙に甲高く、まるで遠くの誰かの声のように彼の耳に響いた。「頼む、イヴリン、開けてくれ！」

午前三時になろうとしていた。まっとうな市民ならぐっすり眠っている時間だ。

もし自分がイヴリンだったら、とヘンドリクスは思った。頭のいかれたやつに名前を叫ばれ、ドアを叩かれても、返事などしないだろう、そう、こんな真似をしたらどういうことになるか、彼も考えるべきだった。

家の中の明かりがついて、ドアに設えられた装飾用ガラスパネル越しに黄色い光がこぼれた。ドアが開いた。ヘンドリクスは突然のまぶしさに眼を細めた。男にシャツを鷲づかみにされた。その次の瞬間にはもう戸口の側柱に押しつけられていた。バットの先を顔に突きつけられていた。

くそスチュアート。

ヘンドリクスはそのときその場でスチュアートを殺すことをすんでのところで思いとどまった。

かわりにスチュアートの説得を試みた。落ち着かせようとした。が、やるだけ無駄だった。スチュアートは激怒していた。恐怖を隠すための怒りだ。自分の城を守ろうとする王の怒りだ――「誰だ、おまえは？　何を考えてるんだ？　こんな真夜中に人の家のドアをどかどか叩きやがって」――そんなことばを繰り返した。スチュアートにはヘンドリクスのことがわからないのだ。それを思うと、ヘンドリクスはいささか気が滅入った。それはすなわち、イヴリンは彼の写真を手元に置いていないということだった。

たとえこの家に彼の写真があり、それでもこの男には1＋1という簡単な計算ができないのだとしても、この男を責めるわけにはいかない。妻の元フィアンセ——死んだはずの元フィアンセ——が真夜中にドアを叩きにくるなど誰に予測できる？　スチュアートの怒りはますます激しくなった。唾を飛ばし、顔の血管を浮き上がらせ、自分の鼻先をヘンドリクスの鼻先にくっつけそうなほど近づけ、激昂していた。その間ずっとヘンドリクスの頭にあったのは、この男がイヴリンの隣りに寝ることを許された男なのだということだけだった。

ヘンドリクスはバットをつかんで、スチュアートを家の奥に押しやり——必要以上に強く——ドアを閉めた。スチュアートは玄関ホールで仰向けにひっくり返り、壁ぎわにあったテーブルにぶつかりながら尻餅をついた。テーブルに置かれていた鍵やら携帯電話やら小銭やらが彼に降り注いだ。

イヴリンが現われたのはそのときだ、もちろん。

スチュアートは倒れたテーブルを脇にどけた。彼の名前を呼びながら、イヴリンは転がるように階段を駆けおりてきた。ヘンドリクスには見えないところで、ずっと聞き耳を立てていたのだろう。彼女は、バットを握ってスチュアートのまえに立っているヘンドリクスを見た。ヘンドリクスはまわりの空気がゼリーにでもなったかのような気がした。動くことも、話すことも、息をすることもできず、ただそこに突っ立って、イヴリンをじっと見つめた。

た。彼女の恐怖が困惑へと変わった。そして、彼が誰なのかわかると、それはショックに変わった。

「マイクル?」とイヴリンは震える声で言った。ヘンドリクスの名が彼女の口から発されたとたん、彼の胸は張り裂けた。どんな銃弾にも果たせないほど。その胸の痛みは愛の痛みだった。そして、死の痛みだった。

イヴリンは口に手をあて、膝をついた。まるで水中にいるかのようにゆっくりと。そのイヴリンの姿に――口を開いたまま、夫のアンダーシャツを着て、胸を大きく弾ませ、何も言えずにいる姿に――ヘンドリクスは打ちのめされた。心を砕かれた。おれがこんなふうにしてしまったのだ。おれが彼女をこんなふうにしてしまったのだ。ヘンドリクスにはそれ以外何も考えられなかった。

忘れられたバットが音をたてて床に転がった。ふたりのあいだの距離が溶けるように縮まった。至福の束の間、ヘンドリクスは彼女を抱きしめた。ふくらんだ彼女の腹が温かかった。彼女は彼の首に顔を埋めて泣いた。

「整理させてちょうだい」と彼女は言った。コーヒーのマグカップを両手で握り、裸の脚を体の下に折りたたんでカウチに坐っていた。「その男がここにやってくる。あなたを狙って。それがいつなのかはわからないけど、そのときが来たら、あなたはその男を殺さなければならないのね」

「そいつが狙っているのはきみだ」とヘンドリクスはイヴリンのことばを正して言った。彼が最後に見たときには、まだ可愛い子犬だったブルドッグのアビゲイルはすっかり成長していた。小さな尻をしきりに振って、彼が戻ってきたことを心から喜んでいるように見えた。スチュアートはそれほどでもないようだったが。

「でも、標的はあなたたなんでしょ？」

「そうだ」と彼は言った。「しかし、だからと言って、そのぶんきみの身が安全になるわけでもない、きみは危険にさらされている」

「そのようね。それはわかるわ」

「でも、おれにはきみたちふたりを守れる。きみたち全員を」彼はアビゲイルの耳のうしろを掻きながら、イヴリンの大きな腹に眼を落として言い換えた。「とにかくおれを信用して、言うとおりにしてほしい」

「冗談じゃない！」とスチュアートが言った。「なんでこんなご託をおれたちは聞いてなきゃならないんだ？　おまえは、自分はもう死んだものと彼女に思わせたままにした。そんなおまえが今さらなんで信用できる？」

「なぜなら、おれには嘘をつかなきゃならない理由なんてこれっぽっちもないからだ。イヴリンに死んだと思わせたのは彼女を守るためだ。おれのこんな人生から、おれのこんな仕事から守るためだった。なのに、なんで今さらのこのこやってきて、わざわざそれをぶち壊さなきゃならない？　すべては彼女の身に危険が迫ってるからだ」

スチュアートは鼻を鳴らし、呆れたように眼をぐるっとまわした。「おまえは人殺しを生業《なり》にしてるサイコ野郎《わい》だ——人を殺して生きてる人間だ。そんなおまえが別の殺し屋をおれたちの家に呼び寄せた。そんなおまえの言うとおりにしなきゃならない理由をひとつでも言ってくれ」

ヘンドリクスはそれまで黙っていたことをスチュアートに話した。それは口に出して言いたくはないことだった。一度聞いたら、スチュアートとしても無視するにはいかないことだった。

「いいか、スチュアート、ほんとうのことを知りたいか？　よかろう、だったら教えてやるよ。エンゲルマンにはイヴリンがどうしても必要なんだ。生かしたままのイヴリンが。おれを始末するために彼女を利用したがってるのさ。といって、それは彼女の身が安全であることを意味しない。およそ善人とは言いがたい男なんでね、このエンゲルマンというのは。十中八九、彼女を拷問にかけるだろう。それもただ叫び声を聞きたいがためにだ。しかもおまえには何もできやしない。なぜなら、おまえはそのときにはもう死んでるからだ。わかるよな？　イヴリンは必要でもおまえは必要でもなんでもない。やつにとってはどうでもいい存在だ。おれを殺すのにおまえにはなんの利用価値もない。だからおまえのことなど一顧《いっこ》だにせず始末するだろう」

反論しようと、スチュアートは何か言いかけた。が、ヘンドリクスが手を上げてそれを制した。「わかってる、わかってるよ。おまえが心配してることとは。だけど、それは誤解だ。

おれとイヴリンの関係はずっとまえに終わってる。そんなことより今はおれたちが直面してることだけ考えてくれ」

何かに気づいたらしく、イヴリンが顔を曇らせて言った。「たとえあなたがその男を殺したとしても、雇い主は別の殺し屋をまた差し向けるだけじゃないの？　それはいつまでも繰り返される。問題が片づくまで。それはつまり、わたしたちは決して安全にはなれないということよ」

「もしかしたらそうかもしれない。もしかしたらそうじゃないかもしれない。この男は手口からしておそらくフリーの殺し屋だ。つまり、おれを殺せなければ金はもらえない。ああいうやつらは決して秘密を洩らさない。誰かにターゲットを奪われて報酬を横取りされたくはないからね。そのあたりの事情はおれにはよくわかる。だからまず今夜でけりがつくはずだ」あまりに単純すぎる話であることはヘンドリクスにもよくわかっていた。真っ赤な嘘というわけではないにしろ。それでも、今のこの厄介な状況を切り抜けるには、彼女にそう信じてもらう必要があった。

「だったらそれからどうなるの？」とイヴリンは言った。「あなたが勝ったとして、悪党が殺されたとして、そのあとはどうなるの？」

ヘンドリクスは肩をすくめ、あえてさりげなさを装った。動揺を悟られないように、声の抑揚を努めてなくして言った。「おれはいなくなる。きみたちのことはそっとこのままにしておく。おれの出番はないからね。ここにとどまる理由は何もないからね」

「そんなのは当然のことだ」とスチュアートが言った。王位を狙う男に城主が新たな怒りの矛先を向けていた。イヴリンは何も言わなかった。ただ、その顔はヘンドリクスのそのことばに苦しそうに歪んでいた。眼には涙がうっすらとにじんでいた。

これでいいのだ。ヘンドリクスはそう思った。これこそおれの望みだったのだから。イヴリンにはとことんおれを憎ませなければならない。今心の中で考えている計画に関して、おれ自身が自分を憎んでいるのと同じくらい。

彼女が憎んでくれさえすれば、ヘンドリクスは立ち去ることができる。

ようやく彼女が口を開き、表情のない落ち着いた声で言った。

「あなたがいなくなったあと、警察にはなんて言えばいい？」

「ほんとうのことを言えばいい」とヘンドリクスは言った。「何を言ってもかまわない」

「なんでこんなことをやる必要があるんだ？　言ってくれ」とスチュアートが息を切らせて言った。彼とヘンドリクスは主寝室から持ち出したクイーンサイズのマットレスを抱えて、階段を降りていた。

すでに夜が明けかけていたが、迫りくる嵐のせいで、誰も夜明けに気づかないほど外は暗かった。雷鳴が轟《とどろ》くと、家全体が揺れた。豪雨を予感させる大きな雨粒が指で叩くように窓ガラスを打っていた。ヘンドリクスはその音に子供の頃を思い出した。十歳のときに暮らしていたリッチモンドの養護施設。教会を改装した施設だった。大部屋に三十人の子供が寝起きしており、雨が降るたびにまるで水道の蛇口を開いたかのように天井から雨洩りがした。雷が光るたびにステンドグラスの受難の絵が壁に歪んで映し出された。

「それは言えない」とヘンドリクスは言った。よりにもよってスチュアートなどを相手に戦略の話をするつもりはなかった。これまでにそうした戦略を共有してきたたったひとりの男は、今頃はメイン州の検死医の解剖台の上に横たわっている。「バーベキューグリルを持ってるか？」

スチュアートはうなずいた。少なくともそれは役立ちそうだ。スチュアートはこれまでどんな種類の銃も持ったことがなく、子供の頃にBBガンで遊んだことさえなかった。それはすでに確認ずみだった。

「ガスと炭のどっちだ？」

「なんなんだ、おれのグリルに何か文句でもあるのか？」

「そうじゃない。おれはおまえの命を救おうとしてるだけだ。おまえの愛する女の命も」

「ガスだ」とスチュアートは答えた。「ガスならいいのか？　それとも駄目なのか？」

「まだなんとも言えない」とヘンドリクスは答えはしたが、心の中では満足していた。

腹の大きなイヴリンはあまり重いものは持たないほうがよかった。にもかかわらず、ガレージから荷物を運んできた。髪をびしょ濡れにして、息を切らし、必要な道具のはいった箱を腹の上にのせていた。釘のはいった箱がふたつに、スプレー塗料缶が三つ、虫よけスプレーに、使いきったエンジンオイルの容器。「あなたに頼まれたものを持ってきた。ベニヤ板とツーバイフォーの木材とガソリンも十ガロンある。それも持ってくる?」

「駄目だ!」とスチュアートとヘンドリクスが同時に言った。ふたりとも彼女の体に負担をかけたくなかった。「おれが取ってくる」スチュアートがそう言って、マットレスから手を離し、ダイニングルームからフレンチドアを抜けて外に出た。アビゲイルがよちよちとそのあとを追いかけ、嵐を告げる雷鳴が遠くから轟くたびに哀れっぽく鼻を鳴らした。ヘンドリクスはマットレスを引きずり、ひとりで運んできたもうふたつのマットレスの上に重ねると、イヴリンに尋ねた。

「この家には地下室はあるのか? それか、地下貯蔵室は?」

「両方あるわ」と彼女は答えた。

「見せてくれ」

ふたりはまず地下貯蔵室を見た。家から数ヤード離れたところにあった。じめじめとしてまったく手入れがされていない状態だった。次に地下室へ向かった。そこでヘンドリクスはイヴリンの古いラジカセを見つけた。それは棚の上のさまざまな日用雑貨――クリスマスライトやポットのない古いコーヒーメーカー、二組のローラーブレード、〝グラス類〟と書かれた箱――と一緒に置かれていた。ずんぐりした長方形のグレーのラジカセは古いもので、CDは聞けないが、真ん中にカセットデッキがあり、円形の黒いフクロウの眼のようなスピーカーがついていた。その横にカセットテープのはいった箱もあった。その昔ふたりがキャビンで聞いたものだ。マーラーの交響曲のボックスセットも四つあった。それは何年もまえに彼女の父親がキャビンに置きっぱなしにしていったものだ。ほかのテープはイヴリンがガレージセールの靴箱の中から――新しいステレオに買い替えた人たちが、使えなくなったカセットテープを安く売っていたのだ――見つけて一本ずつ増やしたものだった。その結果、あっというまに、些細なものながら、古めかしくも時代を超え、すべてを網羅した、ちょっとしたコレクションができあがったのだ。デヴィッド・ボウイ、ローリング・ストーンズ、ブロンディ、ブッカー・T、ザ・クラッシュ、アレサ・フランクリン、レッド・ツェッペリン、ベニー・グッドマン、ジョーン・ジェット、プリンス、エルヴィス・コステロ。今でもヘンドリクスはそれらの曲を聞くと、彼女のことを思わずにはいられない。

「これはまだ使えるのかな？」と彼は尋ねた。口元から笑みがこぼれそうになっていた。

「たぶん」とイヴリンは答えた。

彼はラジカセとカセットテープを階上《うえ》に持って上がった。コードをコンセントに差し込み、カセットテープを入れて、再生ボタンを押した。プリンスの『ラズベリー・ベレー』がスピーカーから流れだした。その明るい曲調は今彼らが置かれている状況にそぐわなかった。ヘンドリクスはテープを止めた。

「何もはいってない空《から》のテープはないかな？」彼女はどこに辻馬車を停めたのかと訊かれでもしたかのような眼で彼を見た。「そりゃそうだよな。だったらセロテープは？」

彼女は言われたとおりセロテープを取りにいった。キッチンでは、ガレージから抱えて持ってきたツーバイフォーの木材を床におろした拍子に、床のタイルにひびがはいったのを見て、スチュアートが悪態をついていた。ヘンドリクスが考えていることをスチュアートが知ったら、この程度の悪態ではすまないだろう。

イヴリンがセロテープを手に戻ってきた。ヘンドリクスはプリンスのテープを取り出してケースに戻すと、ボックスセットからマーラーのカセットを一本抜いてツメにテープを貼った。

イヴリンがそれを見て尋ねた。「どうしてそのテープなの？」

「別に」と彼は答えた。が、実のところ、彼女の集めたテープは作戦に利用したくなかったのだ。

スチュアートを部屋に呼んで、彼はふたりに何をしてほしいか伝えた。そして、その場はふたりに任せ、家の中の準備に取りかかった。まず地下室からグラスを詰めた箱を持ってくると、ひとつずつ布巾に包んでハンマーで叩き割り、ガラスの破片を一個所だけ除いて、窓という窓の内側に撒き散らした。

そのあと浴槽に張ってあった水をモップ用のバケツに汲んだ。二階のドアはすべて釘を打ちつけて開かないようにした。ブラインドをおろし、明かりを消した。リネン用クローゼットから取ってきたダークブルーのシーツを裏庭に面したフレンチドアに掛けた。これで外から中は見えない。さらに食器棚を引きずってきて、通りに面する張り出し窓のまえに据えた。

それが終わると、キッチンに戻って、電子レンジに虫よけスプレーとスプレー塗料を押し込んだ。さらに、銀食器を収めた引き出しの中身まで放り込み、タイマーをセットした。これでレンジのボタンを押せば、十秒で爆発するはずだった。ヘンドリクスの思いどおりに行かなくても、いくらかは役に立つかもしれない。ボタンを押すチャンスさえあれば。当然、そのために彼は死ぬことになるが。必要とあらば、それはそれでしかたのないことだ。エンゲルマンのクソ野郎を道づれにできるなら、死ぬこともそれほど怖いことではないように思えた。

次に、スチュアートとイヴリンにはなんの説明もすることなく、リカーキャビネットから酒を集め、家の中を歩きまわって中身を振り撒いた。スチュアートとイヴリンはその家に住む者として当然の恐怖を覚えながらも、彼が家じゅうの敷物や家具を台無しにしてまわるのをただじっと見守った。それは数カ月前、ジェノヴェーゼ・ファミリーに雇われた殺し屋を追っていたときに、ヘンドリクスが覚えたちょっとした仕掛けだった。それが実演されるまえにその殺し屋を始末したので、実際にうまく行くのかどうかはわからなかった。が、理論上はうまく行くはずだった。ヘンドリクスがとどめを刺しそこなった前回のことが何を示しているにしろ、ひとつ言えるのは、あの男には自分のやっていることがちゃんとわかっているということだ。

リカーキャビネットのアルコールはすべてなくなった。ヘンドリクスは冷蔵庫と戸棚の中も漁った。ふたりにも手伝ってもらい、マスタードや卵、唐辛子、酢、それに酢漬けニシンの缶詰めも家の隅々にまでばら撒いた。家はすでにアルコールでめちゃくちゃになっていた。今さらどんな異議を唱えようと意味はなかった。ヘンドリクスはバスルームにあった消臭剤の中身を空《から》にし、キッチンの床一面にゴミを捨てた。スチュアートは性質《たち》の悪いジョークでも見させられているような顔をしていたが、健気なことに何も言わなかった。

これで家の中は腐ったゴミのマリネ状態になった。そろそろこの夫婦を隠す頃合いになった。ヘンドリクスはふたりに、どこへ行って、何をすべきか話し、ふたりが腕を組んで去っていくのを見送った。アビゲイルがふたりのあいだをよちよちと歩いていた。そんな彼らを見ていると、たまらなくなった。せめて別れを言おうと、彼はふたりのあとを追いかけた……


準備はすべて整った。ヘンドリクスは家の中を歩きまわって、不備がないかを確かめた。この計画ではどんなミスも許されない。エンゲルマンのような手練《てだ》れを相手にするのだ。チャンスはたったの一回しかない。しかもそれは一か八かの賭けだ。

点検を終えると、ヘンドリクスは急いでキッチンへ行って、ナイフとパブスト・ブルーリボン・ビールを調達した。ナイフの重さとバランスを試して、それでも間に合うはずだと判断した。ビールの栓を開けると、カウチに坐り、暗闇の中、耳をそばだてて待った。

あと何分、あるいはあと何時間でやってくるのだろう？　もしかしたら、もうすでに来ているのだろうか。そして、こちらの様子をうかがって、襲撃のチャンスを待っているのだろうか。

いつだろうとかまわなかった。最後には必ずやってくるのだから。それだけはわかっているのだから。今やるべきは待つことだけだ。

待つというのはヘンドリクスの一番得意な科目だった。

41

木の葉を激しく叩く雨の音はエンゲルマンに盗聴器のホワイトノイズを思わせた。寄りかかった木の幹はたっぷりと水を含んでいた。落ち葉や松葉で足元がすべりやすく、一歩踏み出すたびに怪我をした膝が抗議の声をあげた。そんな足を引きずりながら、深いヴァージニアの森を抜け、彼はイヴリン・ウォーカーの家に向かっていた。びしょ濡れの服が体にまとわりついた。

が、よろめくことはなかった。歩くペースを落とすこともなかった。

高度三万フィートの上空では——雲の上では——太陽が輝いていた。晴れ渡った青空だった。朝のユナイテッド航空シャトルの下では、雲が日本の提灯のようにちらちらと光っていた。小さくて遠い実質をともなわない光景だった。ほかの乗客もエンゲルマンにとっては実質のない存在だった。レスター・マイヤーズと過ごした時間の余韻に酔い痴れていたのだ。あのあと体を洗いはしたものの、暴力のほのかな香り——死の香り——は服からも肌からも嗅ぎ取れた。そのにおいに気づくと、深く息を吸い込み、心ゆくまで味わった。そして、そのにおいのおかげで活力が戻った。そのにおいに自分が超人であること、最高の殺人鬼であることが改めて思われた。最後に不承不承そのにおいを肺から解き放つと、強い目的意識が心を満たした。彼はふと思った――この感覚はこの飛行機に乗っているほかの人間にも感じ取れるものなのだろうか。

悪天候の中、飛行機がダレス空港に向かって降下を始めた。不吉なことが起きる前兆のようだ。彼はそう思った――自分の到着が予言されていたのかもしれない。

そんな思いも彼には森の中を歩く燃料となった。

レンタカーを停めた山道の車寄せからほぼ斜めに森を抜け、イヴリンの家に向かいながら、時々、木々のあいだからほかの家屋を見やった。家々のテレビの画面には天気予報やアニメや朝のニュース番組が映し出されていた。コーヒーを飲みながら新聞を読んでいる夫婦、パジャマのままパンケーキを食べている家族。どの家にも明々《あかあか》と明かりがともされ、雨降りの日曜日の陰気さを追い払っていた。が、ようやくウォーカー家にたどり着いても、そこにはどんな動きも明かりも人の気配もなかった。物音も木の葉にあたる規則的な雨音以外、何も聞こえなかった。

彼は木立ちから離れた。雨にずぶ濡れになりながら、見つからないよう身を屈め、家のまわりをこっそり探った。家の土台の部分と植え込みと格子造りのテラスの土台に貼りつくようにして、時々、顔を起こして窓の中をのぞいた。が、どの窓にもカーテンが引かれ、よじ登れそうな低い窓には板が打ちつけられていた。

ターゲットにさきを越されたのだ。

そう思うと、怒りが沸々と湧き起こってきた。しかし、どうやってヘンドリクスに出し抜かれたのか。細心の注意を払い、賢い計画を立てたつもりだった。あの障害者を死なせるのに時間をかけすぎたのか。が、相手の苦痛を長引かせることこそエンゲルマンの無上の喜びだった。だからすぐに殺すなど彼には論外だった。それでも、その程度の計算ミスではどんな支障も起こらないだろう。彼は獲物との対面を心待ちにしていた。その獲物が今彼を待っているのだ。

殺戮のときが迫っていた。

エンゲルマンは銃を抜いた。まがい物のルガー。空港から数マイルのところにある、評判がいいとは言いがたい質屋で購入してから、まだ二十分も経っていなかった。ナイフも一本手に入れた。鹿の腸《はらわた》を抜くためのものだ。それはブーツの内側に忍ばせてあった。必要とあらば、そのナイフは人間の獲物にも見事に役割を果たしてくれるだろう。

嵐雲が太陽をさえぎり、激しい雨が周囲のものすべてを霞ませ、時々、稲妻が閃光を放ち、たまさかの鮮明なスナップショットを撮ってくれた。偵察用としてはそれで充分だった。二度目の偵察で表玄関に気づいた。ほんの少しだけ開いていたのだ。右端のそのわずかな隙間の奥に闇がのぞいていた。その闇が手招きをしているかのようだった。

エンゲルマンはにやりとして思った――大胆な。大胆すぎる。ヘンドリクスは私のことを愚かなアマチュアだとでも思っているのだろうか。彼はわずかに開いたドアのまえを通り越し、さらに先にある張り出し窓を選んだ。その形状からほかの窓のようには釘で板を打ちつけられなかったようだが、かわりに大きな家具が窓をふさいでいた。

エンゲルマンは銃把で窓ガラスを三枚割ると、その隙間から体をすべり込ませ、クッションのある造りつけベンチの上に降りた。そして、その部屋の戸口をふさいでいる重そうな木製の家具——食器棚か、テレビボードか——に足を押しつけ、蹴り倒した。膝に激痛が走った。食器棚が倒れ、皿が何枚も粉々に割れた。

エンゲルマンは身を屈めてすばやく部屋を横切り、カウチの肘掛けのうしろに身をひそめ、戦いに備えた。家の中にはゴミの埋立地のような悪臭が充満していた——アルコール、酢、そのほかあらゆるにおいが混じり合っていた。エンゲルマンは吐き気を覚え、頭もくらくらした。そこらじゅうからおぞましい刺激臭を発散させることで、方向感覚を麻痺させようとでもいうのだろうか。そうだとしても、それはエンゲルマンのダイヤモンドのように鋭い集中力を鈍らせるにはほど遠かった。

彼は息をつめ、耳をすました。家のどこか奥のほうから、女の泣く声と犬の低いうなり声が聞こえてきた。が、すぐに静かになった。女のほうは「シーッ！」という鋭く短い男の声に泣くのをやめ、犬のほうはおそらく誰かが犬の口を手で覆ったのだろう、くぐもった哀れな声になった。そのあとは女も女を黙らせた男も声を押し殺していた。

エンゲルマンは悠然と笑みを浮かべた。「正直に言いましょう、マイクル、感銘を受けました」彼はそう言って、自分のいる暗い部屋にヘンドリクスのほうからやってこないものかと思った。「私よりきみのほうがさきにここに来ていようとは思いもよりませんでした」そこで玄関のドアが開いていたことに対する感想を述べた。「それはそうと、私を招待してくれたとは親切なことです。きみの案内どおりには中にはいらなかったけれど。でも、それぐらいの無礼は赦してくれますよね？　さらに無礼を承知で言うと、掃除ぐらいはしたほうがいいと思いませんか？」

「イヴリンを巻き込む必要はない」家の奥のほうからヘンドリクスの声がした。「彼女を逃がして、おれとおまえとふたりだけで決着をつけるというのはどうだ」

敵が近くにはいないことを悟ると、エンゲルマンは姿勢を低くして走り、部屋を横切った。そして、廊下に出ると、隣りの部屋に身を隠し、そこから廊下の奥に向かって声を張り上げた。「いいでしょう！　玄関のドアはまだ開いたままです。きみさえよければ、そこから彼女を出せばいい。ただ、外に出て、彼女の身に何か不愉快なことが起きないといいのですが。森というのはとても危険な場所ですからね」そう言うが早いか、彼はさらに廊下の向かい側の部屋にすばやくはいり、その陽動作戦が実を結ぶことを期待した。ヘンドリクスが彼の影を追って姿を現わすことを。

そううまくはいかなかった。それでも、イヴリンには絶大な効果があったようだ。エンゲルマンはそう思った。彼女の泣き叫ぶ声が聞こえたのだ。彼女の恐怖は身が震えるほどの満足を彼に与えた。とりわけ、それがヘンドリクスのいるほうから聞こえてこなかったことに満足した。つまり、彼女が隠れているのはヘンドリクスとは別の場所だということだ。稲光りに照らされた壁の写真から推測するに、おそらく夫と犬も一緒なのだろう。そして、その場所はエンゲルマンの隠れているところからそれほど離れてはいない、たぶん。それは取りも直さず、ヘンドリクスより自分のほうが彼女に近いところにいるということだ。

稲妻が続いて光り、そのあとほとんど間《ま》をおかず、それと同じ数の雷鳴が轟《とどろ》き、戦闘開始の太鼓のように家を揺らした。嵐がちょうど真上に迫っていた。身も心も昂《たかぶ》り、エンゲルマンは顔に針でも刺されているかのような感覚を覚えた。

外の嵐が高まると同時にエンゲルマンも立ち上がった。そして、廊下を進んだ。まるで腹をすかせた肉食動物のように。恐怖に怯えるアビゲイルのくぐもった小さな鳴き声のするほうへ。


チャーリー・トンプソンはフォード・エスケープのアクセルを踏み込んだ。スピードメーターの針が九十を超えた。フルスピードでワイパーが行ったり来たりし、大量の雨水を排除していた。が、これほどひどい雨になると、さして効果はなかった。曲がりくねった田舎道の走行に悪戦苦闘していると、バックミラーに黄色の点々がぼんやりと映り、小刻みに揺れた。それが応援の車のヘッドライトであることを祈った。冷徹きわまりない殺人鬼ふたりにひとりで挑む蛮勇はさすがの彼女にもなかった。

ダイアンは二十分でかけ直すと言ったが、実際には七時間以上かかった。それでもトンプソンが要求した情報はちゃんと手に入れてくれた。その情報によると、ヘンドリクスは派兵されていたあいだの大半、毎週イヴリン・ジェイコブズという女性に宛てて手紙を送っていた。恋人なのかフィアンセなのかはダイアンにもわからなかった。その女性はその後、別な男と結婚し、姓がウォーカーとなって、ヴァージニア州の田舎に住んでいた。ワシントンDCから車でほんの一時間のところに。

ガーフィールドを殺した犯人はそこに向かっている。さらにその犯人を追って、ゴーストもそこに向かっている。トンプソンはそう確信し、とにもかくにも自分もそこをめざさなければならないと思ったのだ。〈ペンドルトン〉から運び出された多くの遺体のためにも。死んだパートナーのためにも。彼女自身のためにも。どんな代償を払うことになっても。

カーナビが抑揚のない一本調子の高い声で、次の角を曲がるように指示してきた。あと十分の四マイルで目的地に着く。彼女はスピードを上げたままハンドルを切った。タイヤがスリップしてフォード・エスケープは派手に尻を振った。バックミラーのヘッドライトも同じように曲がったのを見て、彼女は神に感謝した。

眼のまえの仕事から少しでも心を遠ざけようとすると、虐殺されたレスター・マイヤーズの現場写真が瞼《まぶた》に浮かび、そのまま彼女に取り憑いた。その写真は彼女の決意を揺るがせた。そして、取り返しがつかなくなるまえに手を引けと囁いた。

そのたび彼女は同じ反応をした。アクセルをさらに踏み込んだ。ヘッドライトの光に嵐を切り裂かせ、さらにまえに進みつづけた。

エンゲルマンはキッチンにはいると、そこに突っ立ち、怪訝《けげん》そうに首を傾げた。部屋の真ん中の床の上にラジカセが置かれていた。おそらく三十年くらいまえの古い代物だ。ブレイクダンサーみたいな連中が持っていたような。〝ゲットー・ブラスター〟。たしかそんなふうに呼ばれていた。エンゲルマンにしても何年もお目にかかったことはなかった。実質上、アンティークといってもいい。見ていると、奇妙な音がスピーカーから聞こえてきた。犬の情けない鳴き声。それと同時に女のすすり泣く声。

「失望させてしまったかな？」ヘンドリクスの声がした。エンゲルマンが顔を上げると、キッチンとダイニングルームを隔《へだ》てるアーチの下にヘンドリクスが立っていた。十五フィートほど離れていた。フレンチドアを覆っているシーツから稲光りが洩れると、バックライトのようにヘンドリクスを背後から照らした。ずぶ濡れで、ぜいぜいと息を切らしていた。それまで雨に打たれていたのだろう。エンゲルマン同様、駆け引きをするのに外を駆けずりまわっていたのだろう。「彼女はここにはいない」とヘンドリクスは言うと、右足を少しまえにやって、両足の親指のつけ根に均等に体重をかけた。「何時間もまえに彼らは避難した。おれより先んじたければ、民間機など使わないことだ」

「失望したかだって？」とエンゲルマンは訊き返した。彼も間《ま》を測っていた。「その逆ですよ。むしろ感動しました。カンザスシティできみと出会ったあと、もしかしたら私はきみの才能を高く評価しすぎてしまったのではないかと思っていたんです。邪魔がはいらなければ、あのとき私はあなたを仕留めていたと思いますが」ヘンドリクスは肩をすくめた。〝それはどうだか〟とでも言うように。「しかし、どうやらきみは見事に復活しましたね。私はこのときが来るのをどれほど心待ちにしていたことか」

閉めたカーテンの隙間から稲妻のまばゆい白光が洩れ、そのあとバリバリという雷鳴が轟いた。その音に家が震えた。

「これは映画の一シーンなんだろうか？　おまえが〝おれたちは同じ穴の貉《むじな》だ〟なんて台詞《せりふ》を言うシーンなんだろうか？」

エンゲルマンは声をあげて笑った。「とんでもない、マイクル。きみと私は少しも似ていませんよ。きみは人殺しに理由を求めています。動機を求めています。自分を納得させるためにね。あるいは、自分の良心をなだめるために。さらにはためらいを克服するために。それと、きみには人を愛する傾向もあるようですね。イヴリンときみの愛しいレスターがそのいい例です。一方、私にとっての殺しとは、それだけで満足できるものです。そうそう、そのレスターですが、調子はどうですか？　今頃はもう死んでいるものと思いますが。きみが望むなら、彼の隣りで眠れるように手配してもいいですよ。そうすれば永遠にきみのものです。いや、何、私が言っているのは、自分のせいで彼を死ぬまで苦しめたという罪悪感のことですが」

「どうやってレスターを見つけたのかいつか話してくれ」とヘンドリクスは歯を食いしばるようにして言った。そう言ったのは答を聞きたかったからではなかった。エンゲルマンに話を続けさせ、自らの動揺を抑える時間を稼ぐためだ。

「ああ、それは秘密でもなんでもありません。ガーフィールドとかいう、あの可愛い捜査官に訊いたんです。そうしたら喜んで教えてくれました。ああいう裏切り者の給料に私たちの税金が使われているとは妙な話です。でも、その彼ももう給料は受け取れません——しかし、どっちみちきみは税金なんか払ってはいませんよね？」

「払うべきものはもう払ったよ」とヘンドリクスは言った。

「おしゃべりのついでですが」とエンゲルマンは言った。「このひどいにおいはなんなんです？　食料品店の商品を全部腐らせてしまったようなにおいだ」

「おれが来たときにはもうこうなってた」とヘンドリクスは表情を変えることなく言った。

「それにしても、そもそもここに来るとは、あなたも愚かなことをしたものです。自分の感情の奴隷になるなんて」

「来なかったら、奴隷にはならなくても卑怯者になってしまう」

「かもしれませんが。ひとつ教えてくれませんか？　きみの愛するイヴリンと彼女の夫はきみの帰還にどんな反応を示したんでしょう？　きみの愛するイヴリンはどうやら身ごもっているようですが」

ヘンドリクスは何も言わなかった。

「なんとも残念なことですね。でも——これが慰めになるかどうかはわかりませんが——そのことを悔やんでいる時間はあなたにはあまり残されていないでしょう」

ヘンドリクスは右手に持ったキッチンナイフを構えた。その刃が明滅する稲妻に光った。

「そうかもしれない」と彼は言った。「どっちにしろ、さっさとけりをつけよう」

エンゲルマンは銃を構えた。「おや」ほぼ暗闇に近い中でも雨に濡れたエンゲルマンの顔に笑みが広がったのがわかった。「お互いナイフさばきはもう存分に披露し合ったものと思っていました。それに残念ながら、膝がまだよくありません。だから接近戦では私のほうが不利です。こんなにあっけない結末になってしまうことをどうかお許し……」

エンゲルマンのまがい物のルガーが火を噴いた。

その直前――千分の一秒ほどまえ――ヘンドリクスはかすかな笑みを洩らした。

そして、祈った。

ウォーカー家の郵便受けがトンプソンの眼にはいった。その脇を未舗装の道が這っており、その道は森まで続いて森の中に消えていた。彼女は思いきりハンドルを切った。タイヤがぬかるみに沈み込み、いっとき後輪が空転して一対の尾のように泥水をはねかした。それでも最後には地面をとらえ、車はまたまえに進んだ。雨で泥と化した曲がりくねった私道をどうにか五十ヤードほど進んだところで、火の玉が上がった。それは四階建ての建物ほどの高さに達して、闇をばらばらに切り裂いた。彼女の顔に暖かいものが伝わり、車に瓦礫が打ちつけられた。

彼女は、応援チームがあとから検証し、一時間後に判明することをそのとき一瞬に理解した。

眼のまえからウォーカー家の家そのものが消えていた。

ヘンドリクスはマットレスの上に倒れていた。煤《すす》と血だらけになって顔をしかめて。エンゲルマンに撃たれた胸がひどく痛んだ。が、弾丸《たま》はバーベキューグリルの鋳鉄製の鉄板にあたっており、おかげで衝撃は分散されていた。痣《あざ》にはなるだろうが、肋骨は折れていない。あたりには、木材のかけらやこけら板の破片が降り注いでおり、時折それが体にあたったが、気にもとめなかった。生きていることがただ嬉しかった。実のところ、計画がこれほどうまく行くとは思っていなかった。

ぐったりとなって、マットレスに仰向けになった。その途端、痛みに顔を起こした。後頭部に手をやると、傷ができていて、指先が真っ赤に染まった。ガラスの破片が頭皮に食い込んでいた。あのフレンチドアをロケットのように飛び抜けたときだ。あらかじめ、窓ガラスを取りはずしておけばよかったのだが、そんなことをしたら、ガスがそこから外に出てしまっていただろう。それまでの準備がすべて水泡に帰していただろう。

ジェノヴェーゼ・ファミリーの殺し屋には拍手を送らなければならない。予想以上にうまく行ったのだから。彼はまず二時間前にガスオーヴンの火を吹き消してガスが確実に家に溜まるようにした。次にバーベキューグリル用のプロパンガスを使って、家じゅうにガスを充満させた。そんな家の中では動くだけでつらかった。眩暈《めまい》がして、方向感覚が削がれ、多幸症の症状も出てきた。が、いずれにしろ、ガス洩れを知らせる着臭剤というのは、人がそのにおいを嗅ぎ分けなければ意味がないということだ。それより強いにおいが充満していれば

――ウィスキー、ピクルス、あるいは腐った生卵の強烈な腐臭を振り撒い

ておけば、それは恰好のカムフラージュになる。　標的をただ殺すだけではなく、ドカンと派

手にやりたい殺しにはいかにも便利な方法だ。

それに加えて、キッチンの流しの下の棚に忍ばせたガソリン缶と、その横のスプレー缶を

詰め込んだ電子レンジも役立った。彼はイヴリンのキッチンを即席爆発装置[I]につくり替えた

のだった。エンゲルマンの発砲が起爆剤となって爆発が起こり、その爆発力はヘンドリクス

を外に吹き飛ばした。家が銃となり、ヘンドリクスが銃弾となったかのように。要するに、

衝撃波の方向をあらかじめ決めておいたのだ。キッチンとダイニングルームとのあいだの戸

口の両側に、ベニヤ板を張って通路をつくり、衝撃波がそのあいだを通るようにしたのだ。

その結果、アフガニスタンにいた頃、幾度となく扱った成形炸薬弾[E]をより強力にしたような

ものになった。彼は最後の対決の直前に冷たい水を頭からかぶっていた。それが火傷を最小

限に食い止めてくれた。熱によって体の水分が蒸発し、皮膚は赤くなり、ひりひりしたが、

水ぶくれや火傷ができるほどではなかった。このあと捜査官が周囲一マイルほどの木々に付着した黒焦げの彼の[D]

肉片を探しまわることになるのは、ほぼまちがいなかった。

スチュアートとイヴリンとアビゲイルは地下貯蔵室に身をひそめていた。石と土の層が爆

風から身を守ってくれたはずだ。ふたりには、サイレンの音が聞こえてから一時間経つまで

はどんなことがあっても外に出てはいけない、と忠告してあった。そうすれば、たとえ彼が

しくじって、エンゲルマンに殺《や》られても、ふたりに危害は及ばないと思ったからだ。それにうまく行けば、彼には逃げる時間ができる。姿を消す時間が。イヴリンにも時間を与えられる。ばらばらになった彼女の人生――彼女自身が築き上げた、彼が与えられたかもしれない人生よりいい人生――のピースをもとどおりにする時間だ。

ヘンドリクスはスチュアートの四輪バギーをガレージのうしろに隠しておいた。ガソリンは満タンになっていた。それにまたがってエンジンをかけても、その音はほとんど聞こえなかった。爆発の余波と、嵐と火事のふたつの音に掻き消された。火事の炎はかろうじて建っている家の残骸をまだ焼いていた。

涙が出そうになり、ヘンドリクスはいっとき坐ったままでいた。破壊された家の破片が今もまだ地下貯蔵室に降り注いでいた。イヴリンとの最後の時間――彼女を地下貯蔵室の中に避難させた最後の瞬間――が心に甦った。

まずスチュアートがアビゲイルを抱えて中にはいった。イヴリンがそのすぐうしろに続いた。ヘンドリクスに言われるまま、慌ててその指示に従ったあとのことで、くたびれ果てていた。着ている服も汚れていた。計画を問い質してもヘンドリクスは何も答えないので、落胆して彼女の顔は曇っていた。それでも、ヘンドリクスには今の彼女が一番美しかった。

彼は地下貯蔵室の戸口のすぐ中まで彼女を連れていった。しっかりとその手を握って。スチュアートはその間ずっと闇の中からふたりを睨みつけていた。中にはいると、彼女はヘンドリクスのほうを向いて言った。「これでおしまいね？」

そのことばは夫のために口にしたもので、その瞬間、ヘンドリクスは胸に激しい痛みを覚えた。それは身を切るような痛みだった。同時に、彼は彼女の顔に書かれた、声にならない哀訴を見た――〝どうしてこれでおしまいになんかできるの？〟。

「すまない」と彼は言った。

「わたしこそ」と彼女は答えた。そして、彼の手を放すまえにぎゅっと強く握りしめた。

今、ヘンドリクスはその瞬間を思い出し、不可解にも希望のようなものが胸に湧くのを覚えた。

親指でスロットルを押し込んだ。四輪バギーが動きだした。ヘンドリクスはたったひとりで雨の降りしきる田舎道を走りはじめた。今ふたたびイヴリンをあとに残して。

42

晴れ渡った十月のワシントンDC──すがすがしい冷たい外気、雲ひとつない空、青空に映える鮮やかな赤と黄の木の葉。〈ナショナル・モール〉は観光客と地元の人たちで賑わっていた。観光客はあちこちのモニュメントを背景に紅葉の写真を撮り、地元の人たちは、終わることを知らない市《まち》の賑わいの中、ひたすら平和なときを愉しんでいた。チャーリー・トンプソンとケイト・オブライエンはそんな景色を満喫しながら、混雑した遊歩道を腕を組んで歩いた。

こんなおだやかな時間の中では、先月起きた数々の出来事が、トンプソンにはまるで他人事のように思えた。

彼女とオブライエンが一緒に暮らすようになって、数週間が過ぎていた。あることからそうすることになったのだ。〈ペンドルトン〉の事件でガーフィールドを失ってから、トンプソンはひとりで眠ることに耐えられなくなった。彼女のアパートメントはあまりにも静かだった。ガーフィールドが自宅のアパートメントであんなことになったことを思うと、自分があまりにも無防備のように感じられたのだ。日中は問題はなかった。が、眠ると、毎晩のようにレオンウッドとレングルが夢に現われた。そのためほとんどの夜、叫び声をあげて眼を覚まし、無我夢中で銃を探すようになった。

オブライエンの堂々たるフェデラル様式の白いレンガの家が、そんな夢を妨げてくれる場所になった。ケイトのおだやかな寝息を聞いていると、自分もいつのまにか眠りに落ちることができた。まるで自分の家にいるようかのようだった。初めての夜、ケイトはチャーリーに歯ブラシを一本と引き出しをひとつ貸してくれた。二週間後、ふたりはチャーリーの仮住まいという形を解消することにした。そして、ふたりの関係を公表することに。FBIのくそったれどもを驚かせることに。

歩きながら、オブライエンが屋台を指差した。注文を受けてからつくるドーナツ屋だった。試してみたいのだ。「あなたもどう？　あそこのアップルサイダー・ドーナツは絶品だそうよ」

「いいわね」とトンプソンは同意した。「ふたつ買ってきて。わたしはベンチを探しておくわ」

オブライエンはドーナツ屋の列に並んだ。トンプソンは人混みの中を縫い、ドーナツ屋のそばにあるベンチで、誰も坐っていないベンチを探した。

そこでいきなり誰かに手首をつかまれ、立ち止まった。乱暴とまでは言えなかったが、迷いのないつかみ方だった。

トンプソンは振り返った。

ヘンドリクスが立っていた。

彼は秋色をまとった人々の中に溶け込むような服装をしていた。バーンコートにワークブーツ、それにジーンズ。大学リーグのジョージタウン・ホヤズの野球帽を目深にかぶり、眼を隠すようにしていた。ぴんと張りつめたような、いかめしい顔をしていた。

「エンゲルマンはきみのパートナーのせいでイヴリンにたどり着いた」と彼は言った。「おれの親友が殺されたのもそいつのせいだ」

トンプソンはまわりを見まわした。胸の中では心臓が早鐘を打っていた。遊歩道には人があふれていたが、誰ひとり彼らに注意を払ってはいなかった。まわりに人々は大勢いても、彼らはそこにたったふたりいるだけだった。

「でも、彼はそのために命を落とした。そんなことより、わたしのまえに現われるなんて大した度胸ね」と彼女は挑むように言った。「こうしているあいだも大勢の捜査官があなたを探してるというのに」

「探したければ探せばいい」と彼は言った。「それよりここに来たのはきみに頼みたいことがあるからだ」

トンプソンは神経質そうな笑い声をあげた。「頼みたいこと?」彼女は信じられないといった口調で訊き返した。「このわたしに」そう言いながら、右手をバッグのほうに這わせた。バッグの中には銃があった。

「そうだ」

「わかった」と彼女は言った。何が狙いなのか、それを探るためには彼にしゃべらせる必要がある。「なんなの？」

「イヴリンと彼女の家族に証人保護プログラムを適用してくれ。彼女の安全を保障してやってくれ」

「どうすればそんなことができるわけ？」

「おれに不利な証言を彼女にさせるんだ」と彼は言った。「今回おれが彼女にしたことを考えれば、それはむずかしいことでもなんでもない。で、彼女がそれに同意したら、証言者が危険だということを上司に納得させればいい。エンゲルマンのようなやつから狙われる可能性があると。それにおれからも遠ざけるべきだと」

「待って──あなた、それで彼女の家を吹き飛ばしたの？　彼女があなたを憎めば不利な証言をするだろうということで？」

「イヴリンは頑固だ」とヘンドリクスは言った。「選択肢があれば、彼女は一歩も譲らず、これまでどおりに暮らすと言い張るだろう。だから、その選択肢だけは奪った。彼女の安全を守るためにやるべきことをやった。ただそれだけのことだ」

「わたしがあなたの望みを聞くなんて、そんな考えはいったいあなたの頭のどこから出てくるの？」

「なぜなら、きみならイヴリンがおれにとってどれだけ大事な存在かわかるからだ。妹のジェスがきみにとって大事な存在であるように。それに恋人のキャスリンも。そう言えば、彼女と暮らすようになって、よく眠れるようになったそうじゃないか」

トンプソンは恐怖と怒りで自分の顔が紅潮するのがわかった。胃の中のあちこちを何かが這っているような不快感を覚えた。「はったりはやめることね」と彼女は言った。バッグのファスナーをそっと開けていることには気づかれていないことを念じながら。「あなたに彼女たちを傷つけることなんてできない」

「はったりかもしれないし、そうじゃないかもしれない。それでも、きみの持ち札はコールを宣して、カードを互いにさらし合うほど強くはない」

「彼女たちに指一本でも触れたら、言っておくけど――」

「言うだけ無駄だ」とヘンドリクスは言った。「きみはおれには何もできない。こっちにはこれ以上失うものは何もないんだから。愛する人を守りたいなら、言ったとおりにすることだ。おれには何ができるのか、それは誰よりきみがよく知ってるはずだ。きみは無意味な危険を冒すような人間じゃない。そのことはおれにはよくわかってる」

トンプソンはしばらくのあいだ無言だった。そのあいだに気づかれないようそっとバッグの中に手を入れた。「上司を説得できなかったら？」

「説得するんだ」

オブライエンの声がした。人混みのどこかから彼女の名前を呼んでいた。最初は戸惑ったような口調だった。その口調に不安が混じった。

「ケイト！」とトンプソンは叫び返した。そして、声のするほうにすばやく視線を向けた。

応援があてにできる人のほうへ。そして、ケイトがやってくるなり、銃を抜いた。

ケイトはトンプソンが抜いた銃を見るなり、手にしていたドーナッツをわざと落とすと、すばやく左足首のホルスターの銃に手を伸ばした。そして、言った。「チャーリー、どうしたの?」

トンプソンは遊歩道の雑踏を見渡した。必死に見まわした。が、無駄だった。マイクル・ヘンドリクスの姿はもうどこにもなかった。

訳者あとがき

マイクル・ヘンドリクス。アフガニスタンで隠密作戦に参加し、心に癒しがたい傷を負って、もはやまともな市民生活が送れない〝モンスター〟となってしまった帰還兵。現在は自身のただひとつの特技を生かして、ひそかに暮らしている。その特技とは人殺し。そう、ヘンドリクスはプロの殺し屋なのだ。ただ、請け負い殺人は決して引き受けない。殺し屋に命を狙われている相手に自分のほうから連絡し、報酬が折り合えば、その相手を狙う殺し屋を逆に始末する。しかも証拠は一切残さず、離れ業としか言いようのない手口で殺す。殺し屋の殺し屋。それが本書の主人公だ。

そんなヘンドリクスにいち早く眼をつけていたFBI女性捜査官がいた。シャーロット・トンプソン。殺し屋というのは通常、独自の手口を持つものなのに、ヘンドリクスの場合、狙撃あり、絞殺あり、爆殺ありと、手口が一定していない。にもかかわらず、彼女はヘンドリクスがこれまでに犯したいくつもの殺人事件をある特定の個人の犯行と見なし、顔の見えない犯人に〝ゴースト〟という名をつけていた。最初はまわりの同僚の誰にも相手にされない。しかし、〝ゴースト〟の犯行が次から次と明らかになっていくにつれて、まわりも考えを改めるようになる。そんな中、彼女の眼を惹く殺人事件がマイアミで起こる。常識的には考えられない超人的な狙撃なのだ。〝ゴースト〟の仕業の可能性を直感したトンプソンは、パートナーのガーフィールドとともに急遽マイアミに飛ぶ。

〝ゴースト〟の存在に気づいていたのは、トンプソンだけではなかった。アメリカの犯罪組織連合〈評議会〉も感づいていた。自分たちが放った刺客が何者かに次々と殺されていたからだ。トンプソンが直感したマイアミの狙撃事件から、彼らもその存在を確信するようになる。このまま放置しておくとファミリー同士が疑心暗鬼になり、大規模な内部抗争にも発展しかねない。組織防衛のためにもなんらかの手を打たねばならない。かくして、〝ゴースト〟を抹殺するために世界でもトップクラスの殺し屋が雇われる。言ってみれば、殺し屋を殺す殺し屋を殺すための殺し屋。それがアレグザンダー・エンゲルマンだ。

物語はほぼ同時進行でこの三人の視点から描かれる。場面転換のテンポのよさ。スリルに次ぐスリル。サスペンスに次ぐサスペンス。〝ゴースト〟の存在と所在をさきに突き止めるのはトンプソンかエンゲルマンか。そこにはどんな対決劇が待っているのか。ストレートで真っ向勝負のノンストップ・スリラー。それが本書だ。あちらでの評判もすこぶるいい。

展開が早く、きわめて巧みに構成されており、適度に油を注された部品がどれもみなスムーズに動く銃器のような作品。これを読まずして何を読む？

沢な読書の愉しみが味わえる。

——ニューヨーク・タイムズ・ブック・レヴュー

一気読み必至。血肉と愚かさを備えた登場人物に出会うことで、めくるめくような贅沢な読書の愉しみが味わえる。

著者ホルムの描くアクションシーンは息をもつかせぬつむじ風だ……彼が創り出すサスペンスのレヴェルはまさに信じられないほどの高みにある。

——デイヴィッド・バルダッチ

——ブックリスト誌

バルダッチも評している登場人物のキャラクター造形。前述の三人だけでなく、〈評議会〉に雇われた別の殺し屋のハビエル・クルスとレオン・レオンウッド（これはどう考えても名画『レオン』に引っかけたのだろう）の描き方も実に丁寧だ。さらに端役も段取りのためのただの小道具に終わっていない。たとえば、腹話術師のアルバート・トゥッシュボームと〈シニア・ギャンブル・レディーズ〉のロレイン。ふたりともほんのチョイ役で、話の本筋にはあまり関係ないのだが、読後妙に心に残るキャラクターである。

小説でも映画でもすでに出尽くした感のある殺し屋ながら、ここにまた新たなアンチ・ヒーローが誕生した。なお、本書はミステリファンの世界大会であるバウチャーコンで選ばれるアンソニー賞の最優秀長篇賞を今年受賞し、この秋にはシリーズ第二作 *Red Right Hand* が上梓される。

本邦初お目見えの著者クリス・ホルムを紹介しておこう。ニューヨーク州シラキュース生まれ。なんでも母方の家系が警察一族で、警官だった祖父がミステリ好きだったそうだ。物語を初めて書いたのは六歳のときで、校長先生に誉められたという。短篇はすでに《エラリー・クイーンズ・ミステリ・マガジン》や《アルフレッド・ヒチコックス・ミステリ・マガジン》に数多く発表しており、長篇は本書のまえにコレクター三部作と銘打たれた作品が三作ある。主人公は〝魂〟のコレクター。天国と地獄との戦いを描いたファンタジーということだが、どれもタイトルが凝っている。第一作は『*Dead Harvest*（死んだ収穫）』、第二作が『*Wrong Goodbye*（悪いお別れ）』、第三作が『*The Big Reap*（大いなる刈り取り）』。ハードボイルド・ファンはきっとにやりとされているのではないかと思うが、それぞれハメットの『*Red Harvest*（赤い収穫）』、チャンドラーの『*Long Goodbye*（長いお別れ）』（これについては日本の矢作俊彦氏のほうがさきだった！）、同じくチャンドラーの『*Big Sleep*（大いなる眠り）』のもじりである。ふたりの天才へのオマージュになっていることはまちがいない。

ただ、子供の頃からずっと（奥さんに嫌がられるほど）影響を受けつづけているのはパンクロックとスター・ウォーズだそうだ。現在はメイン州ポートランドにその奥さんと在住。執筆していないときには玄関ポーチでギターを掻き鳴らし、近所迷惑になっているとのこと。

今後に大いに期待のかかる新人作家の日本初上陸。どうぞお愉しみいただきたい。

二〇一六年九月

窓際のスパイ

Slow Horses

ミック・ヘロン
田村義進訳

ミスをした情報部員が送り込まれるその部署は〈泥沼の家〉と呼ばれている。若き部員カートライトもここで、ゴミ漁りのような仕事をしていた。もう俺に明日はないのか？　だが英国を揺るがす大事件で状況は一変。一か八か、返り咲きを賭けて〈泥沼の家〉が動き出す！　英国スパイ小説の伝統を継ぐ新シリーズ開幕

暗殺者グレイマン

The Gray Man

マーク・グリーニー
伏見威蕃訳

身を隠すのが巧みで、〝グレイマン（人目につかない男）〟と呼ばれる凄腕の暗殺者ジェントリー。ＣＩＡを突然解雇され、命を狙われ始めた彼はプロの暗殺者となった。だがナイジェリアの大臣を暗殺したため、兄の大統領が復讐を決意、様々な国の暗殺チームが彼に襲いかかる。熾烈な戦闘が連続する冒険アクション

ハヤカワ文庫

訳者略歴　1950年生，早稲田大学文学部卒，英米文学翻訳家　訳書『八百万の死にざま』ブロック，『卵をめぐる祖父の戦争』ベニオフ，『刑事の誇り』リューイン，『あなたに似た人〔新訳版〕』ダール（以上早川書房刊）他多数

HM=Hayakawa Mystery
SF=Science Fiction
JA=Japanese Author
NV=Novel
NF=Nonfiction
FT=Fantasy

殺《ころ》し屋《や》を殺《ころ》せ

〈NV1395〉

二〇一六年十月二十日　印刷
二〇一六年十月二十五日　発行

（定価はカバーに表示してあります）

著者　クリス・ホルム
訳者　田《た》口《ぐち》俊《とし》樹《き》
発行者　早川浩
発行所　株式会社早川書房

郵便番号　一〇一 - 〇〇四六
東京都千代田区神田多町二ノ二
電話　〇三 - 三二五二 - 三一一一（大代表）
振替　〇〇一六〇 - 三 - 四七七九九
http://www.hayakawa-online.co.jp

乱丁・落丁本は小社制作部宛お送り下さい。
送料小社負担にてお取りかえいたします。

印刷・星野精版印刷株式会社　製本・株式会社明光社
Printed and bound in Japan
ISBN978-4-15-041395-8 C0197

本書は活字が大きく読みやすい〈トールサイズ〉です。